2022年度连云港师范高等专科学校高级别科研项目成果（批准号LSZGJB202202）

打赤脚的孩子

当代中国文学书库

龙彦波 ◎ 著

中国文联出版社

图书在版编目（CIP）数据

打赤脚的孩子 / 龙彦波著 . -- 北京：中国文联出版社，2023.1
ISBN 978 - 7 - 5190 - 5078 - 8

Ⅰ.①打… Ⅱ.①龙… Ⅲ.①散文集—中国—当代 Ⅳ.①I267

中国版本图书馆 CIP 数据核字（2022）第 232539 号

著　　者　龙彦波
责任编辑　贺　希
责任校对　李佳莹
装帧设计　中联华文

出版发行　中国文联出版社
地　　址　北京市朝阳区农展馆南里 10 号　　　　邮编　100125
电　　话　010 - 85923025（发行部）　　　　85923091（总编室）
经　　销　全国新华书店等
印　　刷　三河市华东印刷有限公司

开　　本　710 毫米×1000 毫米　　1/16
印　　张　19.5
字　　数　300 千字
版　　次　2023 年 1 月第 1 版第 1 次印刷
定　　价　89.00 元

《打赤脚的孩子》的由来

　　《打赤脚的孩子》有三种含义：一是"打赤脚"，北方方言词汇。就是光着脚（没有穿鞋子）的意思。"打"在这里可作发语词，无意义，抑或就是"打"本义。二是作者在国外教育访学之余，心中所见、所思、所感、所得。因此，所有《打赤脚的孩子》中的诗文、书法、图片等都是个人的游历所拾得、是感悟人生的原创。三是在苏北家乡黄海边上——青口河畔，这里河流众多，东临黄海，有名的是青口河，从西往东直通黄海。青口河河面不是很宽阔，约百米宽，那可是河岸两侧青少年儿童最快乐的去处。每逢青口河河水干涸，夏季午后，河下，就成了我们这些孩子们的乐园。小时候，曾记得某一天，在河边玩耍时，把母亲买给我穿的新球鞋鞋面溅湿了，上面溅满污泥和沙土。因为年纪小，不懂事，担心恐怕回家去挨打挨骂，索性就用沙子来清洗鞋面。新鞋子越洗越脏——于是，自己就赤着脚，把鞋带子扣紧，扛在肩上奔跑。最后，觉得它碍事，随手将"新鞋"丢在河岸边，与小伙伴们沿着河边，有泥沙混合着的路基疯狂地追逐、嬉闹——忘记了早晚。

　　学生时代，青春焕发，朝气蓬勃，为了圆我的大学梦，去异地求学四载；长大后，又离开家去异地工作，每逢节假日，我就在家与工作地之间穿梭、奔忙。其间，也曾肩负着国家的使命——做民间文化使者去国外教学和访学。如今，依然漫步在人生之旅行途中。

　　关于诗歌，认为这是国粹，它是心灵跳动的灵感体验。也是模模糊糊、一知半解，简单地说不是科班出身，还好，诗歌对于我来说，我还能坚持到今天，还好我不曾放弃。回味那些幸福的时光——不论在少年，青年，还是在外地，抑或是异国之域，弹指间都已飘逝而去，但回想起那些美好的日子，它们都透明清晰地印在了脑际——

　　万里长征，漫漫人生。"新挥笔墨著文章，笑尝情怀悟人生"！在成长的蹉跎岁月里，滚打摸爬，学会了点积累的习惯。想一想，这一路走来，还真有了些儿"藏货"。今天，把它们拿出来，整理归纳修缮。就这样，将这些自认为算是诗行、文章的书稿，羞答答地摆在了你们面前。终于在心灵的驱动下付梓出版。感谢张金良、东青同志的大力帮助，感谢中国文联出版社的大力推荐和支持，感谢学校同人的热心关怀。正如作家卞毓方所说的：从此，在我心里就有了一处灵性的山野。且摘一片枫叶为书签，捡一粒卵石做镇纸，留得这脉红尘之外的秋波，伴我闯荡茫茫前程……

撰写于 2012 年 1 月 5 日星期四

德国奥斯纳布吕克市应用科技大学

2021 年 8 月 30 日修改

龙彦波

俗话说：好书是沉淀岁月冲刷的沙金，很重，不耀眼，却有保存的价值。当人们的生活水平提高，不再有衣食之忧时，叶茂根深的传统文化成为我们日常陶冶性情，滋润心灵的诉求。

　　读懂一纸情怀，听小桥流水乡土乡音，徜徉田园风光洗净一身铅华。感叹我的童年、少年和青年时光怎么在弹指间就过去了，一眨眼的工夫。时间哪时间！子在川上曰：逝者如斯夫，不舍昼夜。所以有时候我们得为自己编造梦想虚构故事，不是逃避，而是为了找到更多笑对生活的理由。

　　岁月留香。年轻的漂泊是一生的养分！

　　出版个人作品集，是作者多年前的心愿，全书记载了作者几十年的教育生活点滴和学习心得体验，还有平时创作的书法作品、欧游途中的景色留影等，作品内容比较庞杂，以教育心得为主，采用诗句引领每一章节（算是独创）。作品集分正文和尾声两部分。正文分五章：海外留影 书为心画 心灵导航 青春之歌 欧游散记。

　　　教育片想落笔端（扬帆启航著华年）/青春迈步忆当年/异国游历赋诗卷/闲暇撰文话情缘/

　　　思乡恋曲驻心田/书海泛舟技能篇/国外身行影也行/两载欧游抒华年/

　　　　　　　　　　　　　　——《打赤脚的孩子》作品集体例编排诗

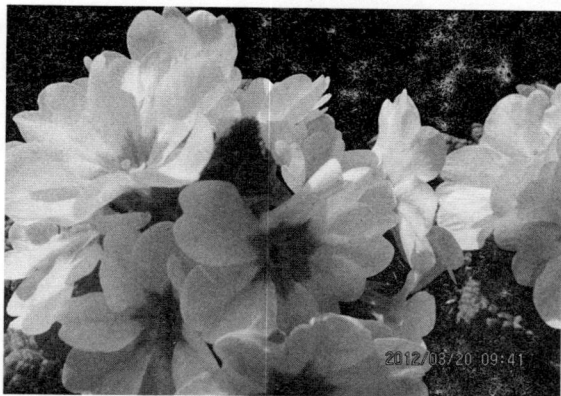

2012/03/20 09:41

序　言

　　在经历的岁月里，在美好的人世间，点缀着不同的思绪，记载一些创作经历，以及国外游历印迹，作为壮丽而完美的新生活进行曲，让它一直延续……

　　在生活的记忆里，在人生的丛林中，与诗书画为伴，真切地感受到生命中充满了灵光，感觉到自己通体发亮。真的，很喜欢读歌德《对月》里的诗行，你听：

　　……

　　你又把幽谷密林/注满了雾光/你又把我的心灵/再一次解放/

　　我明白了：那是我心灵的第一次解放/

　　……

　　一切的峰顶/沉静/一切的树尖/全不见/丝儿风影/小鸟们在林间无声/

　　等着吧，俄顷/你也要安静/

不论多少个春秋变换，几多岁月、几番桑田沧海；你丰厚了我内涵！不论几多流萤飞歌，不论多远，都有你陪伴……在这里——是我心灵中的净土，精神的港湾。今天，又一次站在了时代腾飞的起跑线上——

2020 年岁末

昶序工作室　彦波手笔

目　录
CONTENTS

海外留影

1. 奥地利维也纳金色大厅留影

2. 在奥地利国王府

3. 奥地利金色大厅

4. 奥斯纳布吕克郊外

5. 北欧：哈姆雷特堡前留影

6. 在挪威奥斯陆人体艺术园前

7. 奥斯陆人体艺术园内：喷水圆鼎池（寓意每个人的幸福生活都要不断努力奋斗才能获得）

8. 比利时首都布鲁塞尔（奥运会象征圆球体前）

9. 德国布莱梅市中心留影

10. 从德国北海归来途中拍摄到天空有多个太阳

11. 游历德国北海

12. 德国北海滩涂

13. 在法国凡尔赛宫门前

14. 凯旋门前　　　　15. 卢浮宫镇馆之宝：断臂维纳斯塑像

16. 在塞纳河游览

17. 艾菲尔铁塔前留影

18. 徒步上艾菲尔铁塔

19. 巴黎街道

20. 巴黎市中心街路

21. 卢浮宫镇馆之宝：《蒙娜丽莎》油画

22. 卢浮宫草坪石雕像

23. 丹麦轮渡与海的女儿图

24. 安徒生童话《海的女儿》前

25. 荷兰风车村

26. 荷兰·库肯霍夫公园门前留影

27. 荷兰郁金香花（部分）

28. 荷兰首都阿姆斯特丹市中心广场

29. 德国不莱梅火车站前留影

30. 古罗马斗兽场前留影

31. 意大利比萨钟楼前

32. 佛罗伦萨留影

33. 梵蒂冈皇宫

34. 在德国法兰克福宝马车总部前留影

35. 德国宝马车展览厅白色宝马车边留影

36. 阿尔卑斯山脚下：水晶加工总部前留影

37. 意大利比萨斜塔前

38. 芬兰东正教堂前留影

39. 芬兰新教堂前

40. 芬兰石头教堂内留影

41. 芬兰总统府前

42. 瑞典首都斯德哥尔摩诺贝尔雕塑前留影

43. 瑞典贺尔沁咯市中心代表象征物前留影

44. 瑞典新皇后宫

45. 瑞典诺贝尔宴会厅前

46. 芬兰-瑞典航渡上留影

47. 德国·多特蒙德市中心

48. 奥斯纳布吕克市政厅前

49. 奥斯纳布吕克春天

50. 在奥斯纳布吕克观看马术比赛的马场

51. 马术比赛现场（抢拍瞬间）

52. 挪威市政厅前留影

53. 诺贝尔宴会厅前

54. 捷克、斯洛伐克

55. 捷克市政厅前

56. 捷克王宫前

57. 游览匈牙利著名大桥（当年茜茜公主出嫁的水路）

58. 斯洛伐克市政厅

59. 奥地利的市貌（冬季未过）

60. 莫扎特故居

61. 奥斯纳布吕克皇宫

62. 意大利老城区

63. 奥斯纳布吕克大学

书为心画

扇　面

2011 年 3 月龙彦波书赠奥斯纳布吕克市政厅

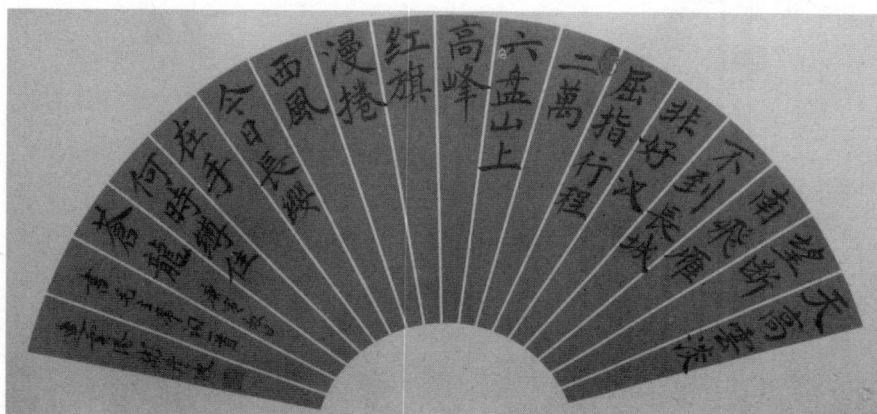

2011/05/18 14:50

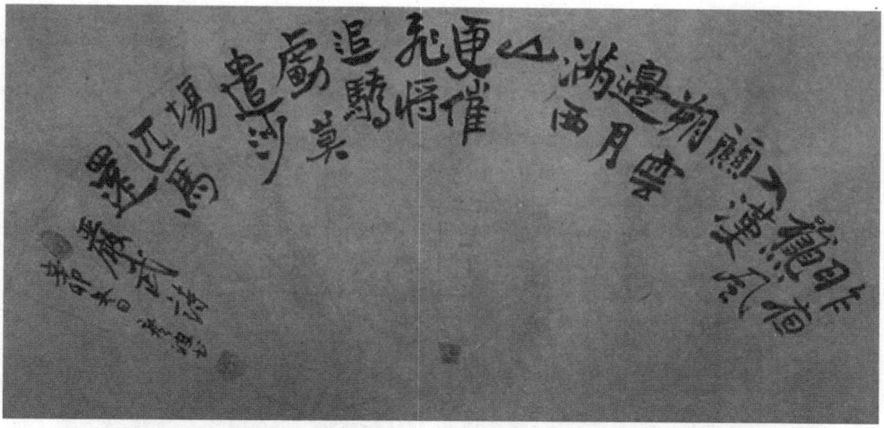

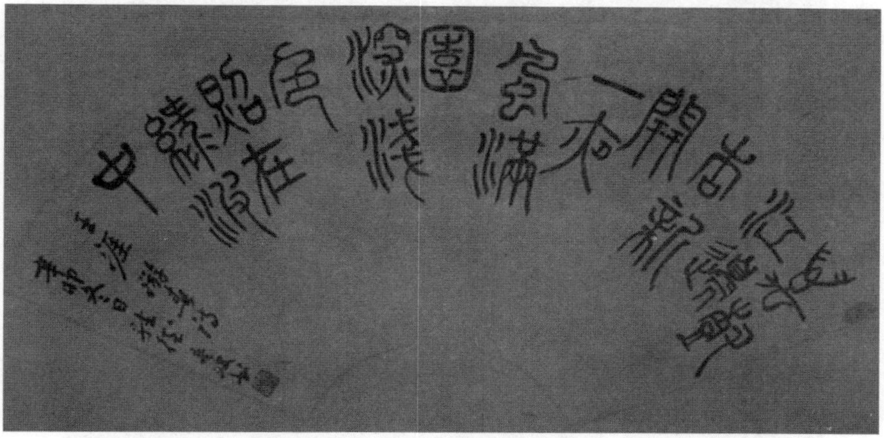

条　幅

竖式条幅（16 幅）

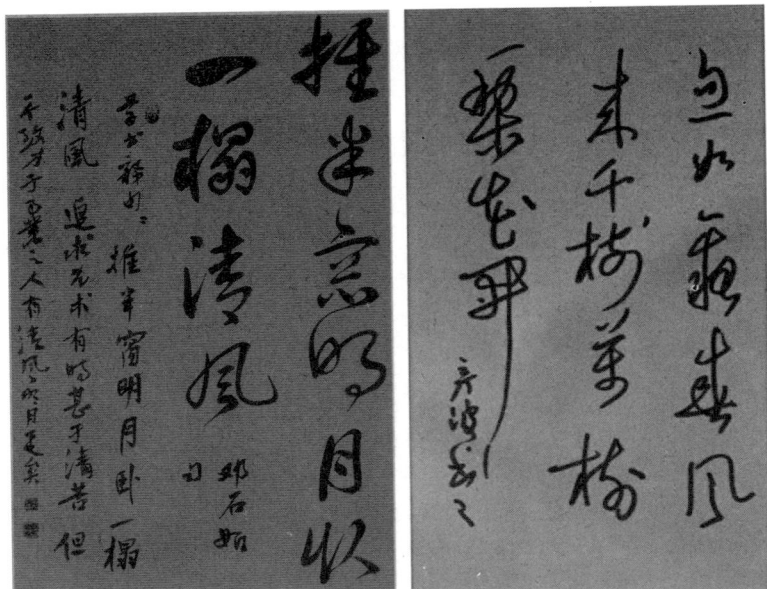

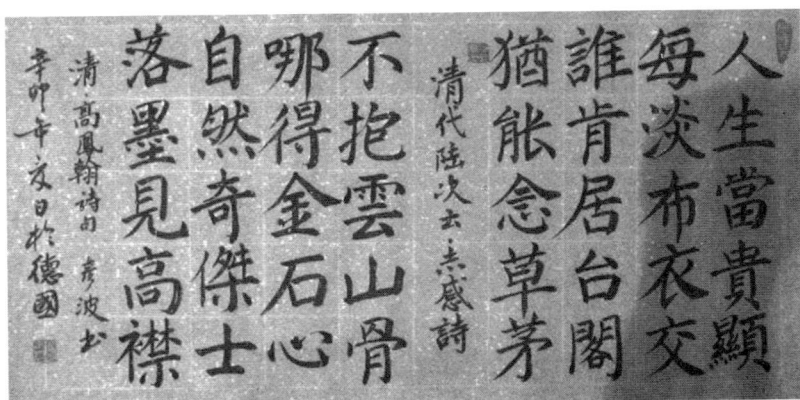

清风　退我无术有时老子清善偈
一榻清风
推半窗明月
邓石如句

人生当贵显
每淡布衣交
谁肯居台阁
犹能念草茅
清代陆次云·志感诗

不抱云山骨
哪得金石心
自然奇傑士
落墨见高襟
清·高凤翰诗句　彦波书

辛卯中夏日于德国

茅屋深湾里钓船　横竹门经营衣食　外犹浮弄儿孙

杜荀鹤诗

静思

疏影横斜水清浅　暗香浮动月黄昏

己亥年夏　彦波书

一杯清茶暖心

枯藤老树昏鸦　小桥流水人家　古道西风瘦马　夕阳西下　断肠人在天涯

大道非道　重法无法

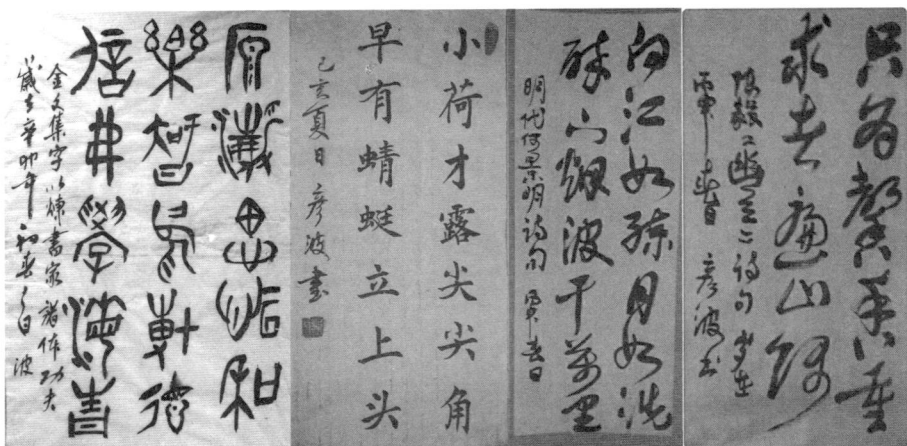

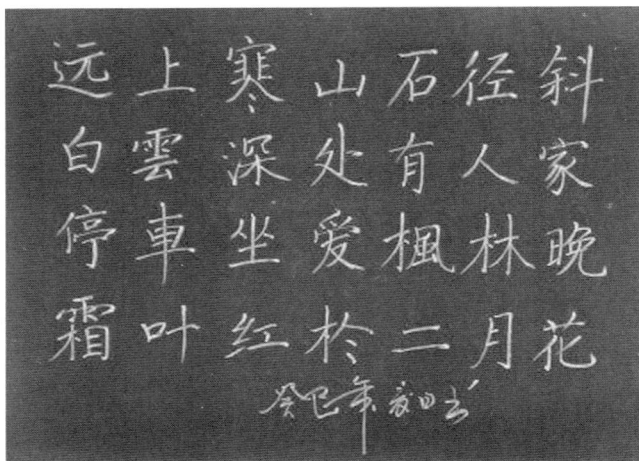

横式条幅（8幅）

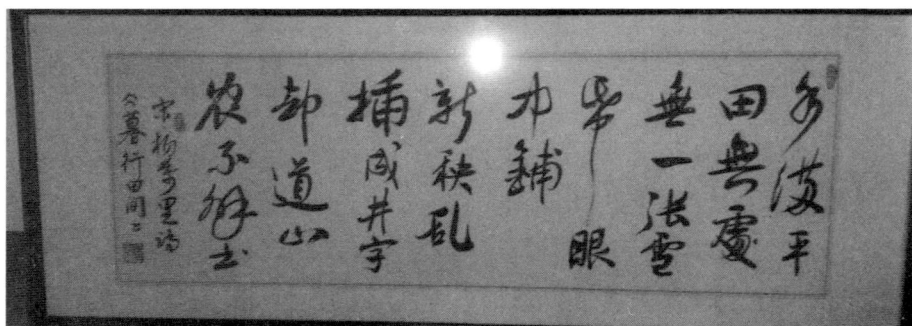

清風和暢

寬以待人

惜才修德

天若有情天亦老

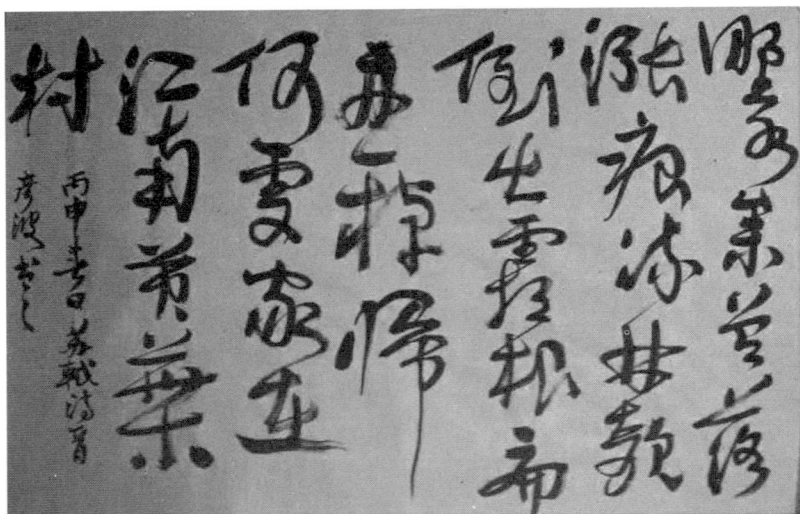

心灵导航

学习心得

管理好自己的人生，做时间的主人

——从赵启光教授的讲座得到的启示

2009 年 7 月 23 日

今天聆听一天的讲座，其中，赵启光教授的讲座让我的心灵有很大的冲击。听得很认真，记得很认真。时不时在教授的讲座内容（《老子的智慧》）旁边写上几行或几句心灵的感悟……有些看法和理解与教授不谋而合。

触动之一是《老子·第八章》所说关于水的七大特点的理解："居善地，心善渊，与善仁，言善信，政善治，事善能，动善时。"尤其是"动善时"：水如时间一样，一去而不回。子在川上曰："逝者如斯夫！"时间如何来管理？

我们一生的时间肯定会有一段处于懵懂期：是一个智商不高的阶段；肯定也会有相当一段是处于一个一般的思维阶段：做了一个普通人，自然就做了普通的事情。当然，我们还会有一段时间处于一个最佳时段，最好的时机。每个人能将这个时间段把握好，就会使你迈向成功的大门。

有许些人浪费了时间，一世无成，有许些人珍惜了时间，成就了一生，辉煌了一生，像居里夫人、爱因斯坦、法拉第、鲁迅、爱迪生、张恨水等。

那么，人这一辈子如何来管理好时间？在此，其实我虽然没有赵启光教授有成就，但我与教授的观点是一致的。那就是：一、人生到了不惑之年，肯定经历了许多，历练了许多，也成熟了许多；二、自己应该有这样的心态：读书、锻炼和追求美好的东西。我想我会努力去完成好这样的心态，做到不骄不躁，平和处理一些事情，俗话说"腹有诗书气自华！"做个让人尊敬的文化人，那么，我的人生之路一定会美丽而宽广。

感谢您，赵启光教授！

赵勇教授的演讲别开生面

2009年7月22日下午，我们集训营全体学员200余人在三区一楼阶梯教室听了一场别开生面的讲座——美国密歇根州孔子学院院长、美国伊利诺伊大学赵勇教授做的有关于"在全球化形势下的对外汉语人才培养策略问题"的讲座。我把赵教授的讲座称为具有散文式的讲演——形散神聚的好讲座。

赵教授的讲座是从四个方面来讲演的：（一）在海外，汉语教学的状况（具体说为什么汉语这么"热"，汉语热到底是怎么回事？为什么会热？这股热潮能够维持到什么时候？）；（二）国外各学院地方的汉语教学情况（如何看待中国前世推广汉语和中国文化）；（三）孔子学院情况介绍；（四）对外汉语教师的素质要求是什么，即相应的教师能力要求是什么，等等。

赵教授对第一个方面的演讲给我的感受主要是：去外国教授汉语，推广汉文化应该选择多讲授现代的东西来进行汉语教学活动；另外，赵教授对汉语这么"热"的本身能够坚持多久，深表忧虑。我想我们作为国家外派汉语教师更应该担负起自己为国争光的使命。第二、三方面我认为赵教授着重强调在教学方法上要创新、独到，应该冲破传统观念，文化传播比语言教学更重要……学会处理一种职业性的关系；不要参加到所谓的什么"教会"等组织机构中去。

赵教授对第四方面的教师"素质"要求很具体：①教师应具有足够的教材内容知识储备；②教学性的知识储备能力；③对自己工作好的情况是先把自己懂的东西转化为别人所需要的；④应该不断反思、总结经验教训，不要怕失败；⑤做一个充满阳光心态的志愿者，心平气和接受别人的意见，建立自信；⑥凡事别着急，特别情况，别人侮辱你或欺生或者冤枉你时，做个"没心没肺"的素质者更好些……

赵教授的讲演实在高明透彻，让我心境豁然开朗。

应该怎样开展对外汉语教学

——北京语言大学姜丽萍教授讲座心得体会

2009 年 7 月 20 日 8：30

当 8：30 刚过，阶梯教室走来一位体态稍胖，但很匀称，也很年轻的女教授——姜丽萍女士。当在现场聆听到姜教授的对外汉语教学、教材编写以及如何对非汉字文化圈学生进行汉文化推广的方法时，才感到自己专业的不足和光阴的虚度。

姜教授的话带有很强的课堂教学实用性，非常"吸睛"，我们都被深深地感染着。姜教授说，她将讲解课文重点的处理方式分四个环节：播放视频、训练课文、迁移、表演课文。借助视频让学生整体感知，借助图片和提示词来说课文，过渡到只凭借关键词复述课文，最后去掉关键词说课文，由浅入深，讲练以后，再播放视频，加深理解课文……对于迁移环节：在课文处理完之后，设计一个情境，看学生能不能说课文。最后让学生来表演课文。分组进行。

这是姜教授多年辛勤工作的经验总结。姜教授走出了一条对外汉语教学理论与实践的成功之路，让我由衷地钦佩！钦佩之余促使我要认真听课，课下发奋图强。

今天的讲座留给我许多有用的启示和一些方法的积累。例如，姜教授开门见山地提出"想一想，教给留学生哪些内容？""如何来教"？同时，姜教授的讲座给我触动最大的有以下几点：

1. 讲座形式与内容鲜明，直奔要解决的问题。

2. 将多种学科汇聚成为姜教授自己独特而有魅力的对外汉语课堂；操作性强，学生学习进步快，有成果而且显著。姜丽萍教授真不愧为对外汉语教学与科研的名家。

3. 姜教授的讲座善于运用图片和列表格的方法是我应该在出国前认真准备的；让学生喜欢和完善自己的教学方式这才是我最终的意愿。

4. 姜丽萍教授能利厈研究生的资源共同完成课题研究，这是我应该学习的又一方面。

另外，我对教授传授汉字的学习方式很赞同，不一定第一课就教授如何会写"难"字等等。

对外汉语教学方法和技能的饕餮大餐
——美国威斯康辛大学张洪明教授讲座有感
2009 年 7 月 28 日 15：52

今天上午的讲座，应该说又是一次饕餮大餐的冲击和享受。张洪明教授的"对外汉语教学原则、方法和技能"主题设计非常完美。我本人给他的评价是一个有效的对外汉语教学实践的升华。理论与实践的有机结合，自然带给我们诸多心灵深处的反思和启发。

张教授从九个方面渗透对外汉语教学的基本原则、方法和技能：一是对外汉语教学的基本观念的问题；二是教师自身的修养和纪律问题；三是课堂教学与训练的基本功；四是小班训练课与初、中级汉语训练基本方法；五是课堂训练中的清规戒律 46 条；六是个别谈话技巧；七是备课会的方法与要求；八是如何批改作业、作文和考卷；九是其他注意事项，如教学上教师与学生之关系、教师的穿着禁忌等。

讲座内容具体，特点突出。张教授爽朗的笑声给我们带来轻松、自然和愉悦空间，课堂自然就有了宽泛延展的空间。我想张教授真正的对外汉语课堂应该是和谐与成功相伴才得来今日的收获，才有我们今日上午余兴不减，下午的课继续行进……

讲座中还涉及欧美国家的对外汉语，深入浅出地剖析他们国家对外汉语教学课堂的特点以及亚洲国家学习汉语或者日语的竞争现象给我们即将走出国门，肩负使命的学员们一次充电的大好机遇：应该注意些什么，行之有效地应用于对外汉语教学之中去，缺一不可。

想一想自己近二十年的教育教学经历，虽然说对得起自己，也对得起学生（有五次省、市、局级政府奖励；十几年来，还年年被评为优秀班主任，以及优秀共产党员和优秀教师等称号），但对于张洪明教授对外汉语课堂应该注意的46条注意事项，可以回顾对照、反思。我认为还是有出入的，因为毕竟中国的学生和外国的学生有很大的差异。

对于下午的问题提问基本上解决了我的问题，但是，如何面对外国学汉语的学生提问还得慎重回答才是。感谢张教授的讲座，他提醒了我，使我在教育外国学生学习中国语言文化时少走了许多弯路……

听世界英语教师协会主席刘骏博士讲座心得

2009 年 8 月 03 日 15：13

7 月 29 日上午 8：30，世界英语教师协会主席，语言学专家美国亚利桑那大学英语系主任，终身教授刘骏博士应国家汉办之邀请，来到南开大学泰达学院给汉办第一期学员开了一次关于"第二语言理论教学与实践"的讲座。整个阶梯教室气氛热烈，因为我们又与一位世界级别、语言学领域的领军人物刘骏博士面对面地学习与交流，可谓其乐融融。

刘教授是江苏常熟市人，算是同省的老乡了（沾点家乡人的光），刘教授曾留学美国，现定居美国有二十多年了。刘骏博士被任命为 TESOL（Teachers of English to Speakers of Other Languages）组织驻中华人民共和国代表。他是迄今为止 TESOL 组织在中国的唯一代表。TESOL 是一个全球性的教育机构，由英语教师及研究人员组成，面向世界各地说其他语言的人进行英语语言教学，现已拥有来自 120 多个国家的 14000 多位成员，被联合国公共信息部定为非政府组织。TESOL 的宗旨是帮助讲其他语言的人掌握英语，保证优秀的语言教学。

今天，刘教授用一口流利的英语交流，时不时把祖国汉语结合来谈论有关于国际汉语教师标准、国际汉语能力标准和国际汉语教学通用课程大纲制定相关说明，与我们进行了互动。可以说，讲座让我们获益多多，真是受益匪浅。

刘骏教授讲到当前国际汉语教学面临的十大挑战：第一，国际汉语教学在大、中、小学阶段存在严重的脱节现象，呼唤标准的出台。第二，没有健全的理论框架来指导数据研究，尤其是深层次合作研究理论的指导。第三，缺乏足够的图书馆等在线网络资源对教师进行专业培训。第四，缺乏合格的汉语教师。第五，教学方式受到应试教育的误导。课堂以讲为主，缺乏互动，导致学生缺乏学习兴趣。第六，盲目相信进口教材和墨守教学法。没有变通。第七，学生在沟通中缺乏有效帮助，缺乏高水平的语言沟通能力。第八，缺乏训练学生的批判性思维。第九，外国学生缺乏使用汉语的机会（学生除了课堂以外，没有地方使用汉语）。第十，缺少专业培训机构对教师进行专业培训。

最后，刘教授与在场的学员们探讨了作为合格的国际汉语教师应该具备的知识、综合素质和能力，究竟应该体现在哪几方面。

对于我来说，每一次的聆听，都认真学、认真记和多思考，再加上问问心中的疑惑。我是一个受益者，真兴奋！

感谢国家汉办，感谢南开！感谢刘骏教授的讲座。

中美文化与和谐之观
——听驻美大使馆公使衔参赞、教育家钱一呈先生讲座所感
2009 年 8 月 05 日

从开班上课、听讲座以来，我于 8 月 5 日下午聆听资深外交家、驻美大使馆公使衔参赞、教育家钱一呈先生有关"美国文化之印象"的讲座。课上，我是跟着钱先生从美国的四大文化——立国文化（历史）、政治文化、社会文化和教育文化一路听下来的，真是受益良多。钱一呈参赞言辞逻辑严谨，脉络清晰，几乎无暇疵。真不愧为中外资深的外交家！

钱先生深知中美国家教育等方面的弊端，指出双方教育各有所长，各有所失，中国人在教育上要拼命地减负，而美国人要不断地加负，这都是陷入了不能自拔的怪圈，谁能早破题，谁就会占据教育的领先地位。他也曾满怀信心提出关于国内小学三年级学生教育改革的意见，但未果。

从钱一呈参赞的言谈举止中我理解中国崇尚"和谐"两字，这就是钱一呈先生身上的文化神韵。最后给我们的希冀之语令人深思：应充分尊重外国人，融入进你所去的国家之中，但应该把自己当成有责任的成员。时刻注意自己的形象。

我之所以没有问题要问钱一呈先生，是因为他的讲座给了我一个名字叫"和谐"。

这时我真的想到了孔子的《论语》中曾晳的话语："暮春者，春服既成，冠者五六人，童子六七人，浴乎沂，风乎舞雩，咏而归。"哎呀，这种自由、和谐不正体现了今天我们的社会主义和谐价值观的要求吗！

听美国研究汉语的专家谢博德讲座

2009 年 8 月 06 日 17：20

今天听谢博德教授的讲座让我感触颇深。感触之一就是要做一位德才兼备的对外汉语教师，他或她需要长期或者说应该从少年时期就开始培养和磨炼。谢博德教授本人是一位极具语言学习天赋的专家，是我学习的榜样，他是一位美国人，却能把中国文化和习俗掌握和使用得游刃有余，处理语言问题具有指导性和实用性，可谓学贯中西，了不起！

当然，这样的讲座，对我来说不是第一次，记得我听全国小学特级教师于国正和支玉衡老师的讲课时，也有同样的感受。

感触之二就是一个积极要求上进的人，应该在自己的人生轨迹上如何深深地划上一横，证明你是可以给历史所记住的，没有白来这一遭。我想这些对我来讲应该是很有意义的事情，正如谢博德教授、特级教师于国正和支玉衡先生那样成为一名多才多艺的师者。他们得到了学生的拥护和爱戴。诚然，我还喜欢东北的魏书生老师以及"南斯北霍"（斯霞和霍懋征）等。这些著名的教师界的优秀教师、前辈，给我留下了深刻的印象，他们的行动让我终生学习和追求不止。

感触之三就是国家汉办能将这样的中外使者和专家聚在汉语家园，让我兴奋，给我鼓舞和奋进的力量，真的很感激！华夏文化的传播和推广离不开这些默默耕耘者。

文本最后，我敢说，我来到南开大学汉语培训营封闭式的学习，从思想和人格塑造上真切地得到一次次的启迪、清理和充实。无怨无悔呀。

"神话和传说故事"的知、听觉冲击

——听常耀信教授讲座有感

2009 年 8 月 06 日 17：11

我所知道常耀信教授是博士生导师，任教于中国南开大学及美国关岛大学，研究方向为英美文学。著有《希腊罗马神话》、《漫话英美文学》、《美国文学简史》（英文版）、《美国文学史（上）》（中文版）、《英国文学简史》（英文版）、《精编美国文学教程》（中文版）；我们有幸聆听到他关于"神话和传说故事"的讲座。

应国家汉语国际推广领导小组办公室的邀请，南开大学博士生导师常耀信教授于 8 月 3 日上午在泰达学院三区一阶作了题为《神话与传说故事》的学术讲座。学院综合办、外事办、教务处的部分领导和汉办第一期"黄埔学员"集体参加了报告会。

常耀信教授主要讲四个方面内容：第一是介绍西方主要的神话与传说；第二是分析西方主要的历史人物、事件、杰出的哲学家和作家；第三是选讲部分现代哲学与文学理论；第四是综合外国人对中国人的看法，最后谈谈个人的社交体会。谈论外国的神话与传说故事，深入浅出、突出重点地阐释了一些具有代表性的神话与传说故事，例如由《圣经》想到《创世纪》的故事。创世纪的故事实际上是一个富有哲理的故事，它给我们三点启示。一是撒旦在天堂里的作用。撒旦是上帝创造的，上帝的计划都由他来破坏，上帝知道他在破坏，那为什么还要创造这个坏蛋呢？从哲学角度来看，撒旦是有作用的，起的是坏作用，但坏作用也是作用。19 世纪美国哲学家埃默森（Emerson）所说好的、善良的是医生，坏蛋、恶的是更好的医生，即恶与善永远并存，没有恶，生活就不会这么缤纷多彩，人们也就受不到应有的教育。第二点启示在于如何看待人和宇宙、人和世界的关系。宇宙调节和掌握人类的生活，人要按照一定规律去做，但人类永远不能认知上帝的全部意图。第三点启示在于看待子女的叛逆。叛逆是成长的标志。伊甸园中的亚当、夏娃不是夫妻，他们不知道自己的性别，直到吃了禁果之后才知道性别，说明之前他们是两个孩子。人不会永远是小孩子，认知到自己的独立性之后就会离开父母的羽翼，亚当和夏娃也是一样……

报告结束后，常耀信教授还热情地与我们交流，常教授的讲座不仅开拓了我们的视野，而且活跃了我们的思维，增强了"以微笑待人——笑对人生；不做讨厌的事情，不说讨厌的话，做个好人；学会宽容和谅解，要有一颗宽容和谅解的心灵，学会尊重自己和他人，用事实说话"的意识，常教授的讲座给我们即将和未将出国的学员们上了一堂追求幸福的人生课。

常耀信教授的讲座给我感觉：孕育哲理，时不时产生幽默和诙谐之言；最令我记忆深刻的话语是："律己持家"。我自认为这就是幸福。

不一样的感觉，王宏印教授我想对您说

2009 年 8 月 10 日 18：15

今天（第四周周四：8 月 6 日）上午一阶教室座无虚席，我们在这里聆听了一场由南开大学外国语学院教授、博士生导师王宏印开讲的关于"语言与非语言沟通"的讲座，深受启发和教育。王教授深入浅出地从五个方面谈交际学原理，又从四个方面列举体态语言的四要素，整个讲座内容极其丰富多彩：有体态语言与有声语言的对照关系，有时间和空间交际的注意事项，更有各国的文化差异问题等，可谓材料全面，具体详尽，让我们真正来体验了语言与非语言沟通的技巧和应该注意的方方面面。我们可能应该归结为一句话：凡是听不懂是因为"隔行如隔山"；凡是听得明白晓畅和灵活多变的，那是因为先生他"历练的积累和专业的对口，以及形象而具体的演示"所致吧。

王教授是诗人，自然对歌曲，尤其对各地的爱情、友谊之歌还焕发出

青春的光芒。其实，谁不喜欢优美的爱情之歌呢！这是一种心灵的撞击与喷发。

王教授是作家，自然对讲座的内容拿捏得恰到好处，使讲座详略布局得体，见解独到，简洁明晓。

王教授是理论家，自然将讲座的内容紧密与理论相结合，才有深度和广度。

王教授让我们真心喜爱交流或者说是非语言沟通了。

北京大学跨文化教授关世杰学术讲座有感

今天下午北京大学新闻与传播学院教授关世杰先生给我们国家汉办培训营的学员们作了一场题目为《中外文化差异及对交流和教学的影响》的讲座，开讲前让我们与他的调查报告进行了互动。

关先生曾提出的"文化自觉"意识，观点令人震撼。他说：一个民族不仅应该了解自身文化的特点、现状及发展状况，也必须认识当前世界文化的现状和发展趋势。我们应该主动地去把握民族文化及其走向，不要被文化拖着走。他还说过：奥运会是一个世界了解中国，中国走向世界的机会，这是一个良好的发展契机。现在实现了。

今天关先生从五个方面阐释跨文化问题：一、中外文化的主要差异；二、跨文化的交流；三、中美跨文化交流的个案分析；四、跨文化交流的技巧；五、关于"文化休克"现象。

培训会场，关世杰教授运用丰富翔实的研究资料，结合日常生活中生动的个案，就文化、中外文化的主要差异，以及跨文化交流及应当注意的问题进行了详细的讲解，使我们加深了对其他国家文化和国际相关文化政策的认识。

讲座结束后的互动环节，许多学员就国际文化是否会走向一元化、大众传媒在加强跨国交流中的作用等问题积极提问，与关教授沟通交流。关教授也都一一作答。最后他说提高跨文化交际能力要：（1）提高有其他人会有与你非常不同看法的意识；（2）改变以本民族文化为中心看问题的观念，树立文化相对主义的观念；（3）提高有效的跨文化能力；（4）获得与不同文化的人一起工作的技能；（5）理解"文化休克"。同时，注意以下交流技巧：（1）尊重对方；（2）增强修养；（3）轮换讲话；（4）听话听完；（5）心胸阔达；（6）了解彼此交流习惯的差异；（7）学会处理冲突。这样就能更好地、更快地适应异域文化，提高自己的跨文化交际、沟通能力。

今天的讲座使我增加了对各国文化的初步了解和认识，对于日常工作和生活有了较大的指导和帮助。为我走出国门，在国外异域进行汉语推广事业有很大的帮助。

零距离聆听金融学教授陈雨露讲座
——国际金融危机背景下的宏观经济形势与对策

也许是我对经济领域的研究几乎一片空白的历史原因，虽然大学和研究生学习阶段也曾接触和学习《西方经济学》等选修课程，但印象不深，对一个国家应该具有像"航空母舰"一般的金融学或国际金融学架构体系倒是我认为必须尽快普及和拓展的领域，因为它可以操纵整个经济、外贸等领域的脉搏。西方就是在银行、信贷以及经济、外贸界操纵着一切，这种游戏规则如要改变，要看一个国家的软实力和整个国家的经济储备、政治舆论导向、文化影响以及各项措施与服务行业等方面的协调运作。以上的理解和意识终于在8月14日下午得到回馈和接受这方面培训。

现任中国人民大学副校长，兼任中国金融学会副秘书长、常务理事，中国国际金融学会副会长，中共北京市第九届党代会代表，博士生导师陈雨露教授就"国际金融危机背景下的宏观经济形势与对策"的主题给我们作了一场面对面、零距离，生动又充满激情、全面具体又鞭辟入理的精彩讲座。陈教授声音富有穿透力，能一口气不停歇演讲一两个小时，而且音量总是不减，声如洪钟，底气十足。内容丰富多样，将平时我们认为难以听懂的宏观经济形势讲得头头是道、明明白白、清清楚楚，可谓语惊四座。学员们经久不息的掌声说明陈雨露教授的知识、能力水平之高，令人叹为观止。可以说这是我听讲座以来，学员们最长久的欢迎和鼓掌声。

　　陈教授说，今年（2009年）第一季度，中国的经济发展保持着6.1%的全球最高水平，第二季度更是上升到7.8%，上半年中国GDP的增长为7.1%，在世界范围内遥居第一位。如何看待在这次全球经济危机背景之下中国经济的运行状态，目前我们所面临的最大挑战是什么，最大的机遇是什么，是这个大题目下所要讲的主要内容。陈教授分别从如何实现金融危机的增长、应对经济结构的调整和发展方式转型以及货币崛起与文明兴衰交替三个方面深入浅出地为我们剖析当今世界的结构：是以美国为代表的、西方文明为中心的资本主义结构。他说美国之所以能够成为现代文明的代表，最重要的就是它的硬实力、新经济。新经济就是美国始终处在世界经济创新的前沿。而新经济最重要的两个车轮是现代科技和现代金融。刚刚过去的三十年，是我们改革开放和迅猛发展的三十年。在马克思主义的带领下，在中国共产党的领导下，中华民族已经实现了民族的独立并来到了民族复兴的门口，再用三十年，我们就将完成民族复兴的理想。这是一个历史的关节点，而此时，西方国家爆发危机。二十年前，苏联解体，社会主义发生危机。二十年后的今天，西方国家发生资本主义危机。所以在动荡之中发现，中国在过去三十年悄悄摸索出了中国发展模式。其核心成就有三点：一是成功引入了西方的市场经济秩序，社会主义也能搞活市场经济。二是发挥中国三大比较资源优势：劳动力资源、土地资源和巨大的市场资源。三是我们高举了渐进主义改革旗帜，没有用苏联、东欧的激进主义休克疗法。他讲我们要着眼于未来，一个国家或者民族能否成为先进文明的代表，主要看在和平建设时期是否具有文明的先进性。主要体现在：一是是否具有先进的人类缘，特别是人与自然的关系、人与人之间的关系和人与科技之间的关系等。文明的多样性是人类社会必然的战略取向，公平与正义是人类终极的价值观。中国几千年的历史让我们形成了大国的风范，具有铮铮的铁骨，又有雍容大度的气势。正所谓"云山苍苍，江水泱泱，大国之风，山高水长"，这是我们应该继承下来的财富。我们有自信将人类社会引领到正确的方向、和谐的方向，向前发展，因为我们都有这样的使命。当我们走向全球的时候，要把中国的历史、中国的文化传播到世界各地，因为我们肩负着光荣而神圣的使命。

陈雨露教授是河北人，从听讲座到现在，他是唯一的一位普通话水平在一级水平的教授，是我学习的榜样，我们更应该将自己努力打造成为一位饱学之士和技能专家。

过后，我上网查阅了陈雨露教授：2004年入选人事部"新世纪百千万人才工程"国家级人选，2001年起，享受国务院专家特殊津贴，1999年获首届教育部全国高校青年教师奖，1998年获霍英东教育基金优秀青年教师奖……从2005年5月至今，任中国人民大学副校长，金融理论、国际金融、公司金融和固定收益金融工具领域权威人物。他为我国目前的宏观经济形势如何在国际金融危机的背景下蓬勃发展规划了美好的前景和决定方案。

精神的大餐，文化的盛宴
——张国刚教授的"中国传统文化"观

如果说今天上午中国驻美国旧金山总领事馆教育参赞，现任教育部国际合作与交流司副会长沈阳先生的讲座给我们政策的导引和殷切的希望，那么下午清华大学历史系教授、博士生导师，中国唐史学会会长，中国中外关系学会副会长，历任南开大学历史系副教授、教授，历史系副主任、主任，教育部历史教学指导委员会委员等职的张国刚教授给我以文化的熏染和教导，他给我们讲座的题目是：宏观视野下的中西关系——文明的对话与历史的反思。可谓是"精神的大餐，文化的盛宴"，给我们如何继承和发扬中国传统文化指明了方向。

张国刚教授，1956年生，安徽安庆人。1988年毕业于南开大学历史系，获历史学博士学位。主要研究领域：隋唐史，中外交流史，中国政治制度史。著有《唐代藩镇研究》等，我读过他的简历和论文、专著等，我还统计过他有81篇论文，6部专著，8本主编和5本翻译的文集，真是我追求的目标和努力的坐标。

张教授说，什么是"西"？在中国人的观念世界中，"西"是个具有异国情调的概念，"西"不仅是一个方位名词，同时也是一种文化符号。周穆王西巡、唐僧西游、成吉思汗西征、郑和下西洋、蒋梦麟《西潮》、西学东渐的"西",都是非常广泛的地理文化概念。中国人对"西"的认识也是渐进式的。最早的西域只是指今日的帕米尔高原东西两侧的中亚地区,后来逐渐包括南亚次六陆、西亚的波斯、西南亚的阿拉伯以及东罗马帝国,郑和时期又包括非洲东海岸,明清时期接触到欧洲人,知其比历史上所接触之地更靠西,则"西"的概念又扩展为"欧西",并称为"泰西""远西",以示与早年"西"之区别,今天讨论的"西方",随着历史的演进,已由地理概念淡出,成为加重政治文化内涵的"欧美文化"。

中国人心目中的异域文化就是"西"。大航海之前,"西"是人类重要的文明区域,除了中国为中心的东西文化圈外,印度为中心的南亚文化圈、西亚北非文化圈和欧洲文化圈,都属于"西"的范围。中国人历来喜好与"西"争夺文明的发明权,甚至近代也要以体用关系来调解"中、西"的定位。如:西体中用、洋为中用等。中国古代有"东亚世界"和"西方世界"的概念,东亚世界是笼罩在中国文化圈内,是中国人"天下观"的主要内容,在东亚世界里,中国的国策以追求文化上的统治地位为满足,对于东亚世界的成员,只要接受中国文化,就可以纳入朝贡国地位。否则就兵戎相见。文化认同是古代中国的国家安全观。西方世界,中国自古就视其为非我族类的外来文化之地,从来就没有要求西方国家入贡的想法,倒是西方企图要以自己的方式挤入东亚世界,因此鸦片战争期间,以坚船利炮进入了中国……

张教授从古典时期15世纪前期开始讲解中西关系、中西文化到16、17、18世纪中西文化交流、碰撞(初识阶段、启蒙时代到神学启示的世界观),两者不同的社会发展趋势:一个传统中国面对一个张扬的欧洲,传统仍在王朝统治的夕阳余晖中鹅行鸭步,步履蹒跚;山雨欲来的欧洲却在大踏步地走出中世纪,一路血雨腥风,再到19、20世纪欧洲人认识中国的起点。欧洲人对自身特殊性的感受随着他们征服世界的旅程不断展开而日益强烈,将中国定位为欧洲的对立面也是欧洲人对自身特殊性体会的投影。

张教授从历史书籍、中国文化典籍以及易经研究达到的高度令我辈叹为观止。真是书读透了,典故、小插曲都成为他的精美的菜肴,令人流连忘返，不觉回味悠长。

南开大学薛进文书记的高等教育观

今天下午，在四区一阶教室我们聆听了现任南开大学党委书记（副部长级）薛进文教授的"关于中国高等教育改革发展若干问题的思考"讲座，讲座由南开大学副校长关乃佳教授主持，教室里座无虚席。

查询了解到：薛进文教授是山西省人，就任南开大学党委书记以来，积极践行既要保持高校教育的独立性、又要坚持高校教育为国家经济社会发展服务的原则，努力拓展和加深南开大学与国内及世界各国地方政府、社会团体及知名高校的合作，为南开大学的长远发展开辟了更加广阔的空间。

今天的讲座主要讲了三个方面：一是从精英教育走向大众化教育；二是从较为封闭的教育走向国际化教育；三是教育经费的投入大幅度增加。薛书记还谈到"211工程"和"985工程"的巨大作用。他说："一是大大缩小了中国重点大学同世界一流大学之间的差距；二是大大提升了重点大学内部人事管理和收入分配制度改革。"

薛书记高屋建瓴地剖析我国的高等教育改革与发展，用事实和数据，以及年代的比例等科学方法论证说明，让我茅塞顿开。从中学到了很多实用的方面和如何为国家出力，为祖国振兴而努力的经验启示。

最后的互动环节，让学员很感动：我们已经成为南开校史中的一员，随时来到南开，这里就是我们的学习之所，游览之地，欢迎加入到学校的学习工作之中，以及学校之间的友好往来。

中国传统文化的精深与"大智慧"
——从"雅""俗"角度聆听陈洪教授的精彩讲座

8月28日上午，南开大学泰达学院四区一阶讲堂座无虚席，由南开大学常务副校长、教育部全国高校中文学科教学指导委员会主任、博士生导师陈洪教授主讲"传统文化中的大智慧"。讲座由副校长关乃佳主持。

陈洪教授以缜密的逻辑、渊博的学识、幽默的语言，在轻松愉悦的氛围中带领听众经历了一场中国传统文化的智慧之旅。他从"雅"与"俗"两个角度，分别举出个案，进行细致阐释。

在"雅"方面，陈洪教授以《周易》为例。他认为，《周易》是"哲学之原点，巫术之残余"。他从《周易》在历史上的地位与影响、在现代社会的影响等方面对《周易》进行了介绍，并从四个方面提出了《周易》所蕴含的大智慧："阴阳"看世界；"健""顺"看人生；"有余"看事功；"和谐"看社会。在"俗"方面，陈洪教授则选择了《三国演义》。他创造性地认为《三国演义》是我国最早的博弈论教科书，"决策中的反推"是博弈论的基础，并举例"曹操抹书间韩遂"、"华容道"等进行分析。他还从曹操与袁绍、"帝王师"范本、何故"长使英雄泪满巾"等方面揭示了该著中所体现的"人和为本"的"大智慧"。最后，陈洪教授以"传统文化的两面观"，对讲座进行了总结。

讲座最后，陈洪教授与在座学员进行了积极的互动交流。通过思维的碰撞，对中国传统文化中的"大智慧"进行了更为充分的阐释。

感谢陈洪教授的精彩讲座。

谈些教学后的感想

记得上周星期三，从奥斯纳步吕克大学运动中心（每周二、三两天是对大学学生、老师免费开放的）游完回家（住在奥斯纳步吕克的新家），已经晚上 10 点。见天空依然白亮亮的，这白色还在布满云端、天际——天色到底还没有黑下来呢。

突然间，我不禁又想起我的教学情形来了……

教学，这件事情伴着我有二十年了。我已经有了二十年的国内教学经历。二十年前初为人师时，上课前是常常要去找参考书的。以便借助它们来翻阅、参考、备课、上课。有很多时间参考书里的道理秩序，我是不明白所以然的，只好自己把参考的意思、见解背在脑袋里，上讲台时，再囫囵吞枣、照葫芦画瓢般地对着学生开讲，讲完之后，自己也常常是糊里糊涂的，更不要说有什么发人深省的话语留存。只不过，从开始到如今，备课记录本子里记录得满满的，厚厚地摆在海州的老房子里，尘封着。似乎这样过去了十年。十年间，在教学上似乎也得了什么教学比赛奖项。

十年过去了，我依然要借助参考书来教学，只不过平时见的、读的书日渐丰富起来后，感觉有时也会有自己的思想，这种思想慢慢地、渐渐地侵袭我的大脑，使我对教学片段、对于教学掌故、对于教学录像、对于教学的情感等东西，开始如跟着读的书的积累日渐"船高起来"。我在课堂上的声音依然是清晰明亮的。我不知道这样讲课是否叫作有信心？有时是盛况空前得好！我在大厅里上课，是不需要话筒的。因为我知道如何发声。如何运用自己的嗓音和嗓音调节，连续讲半天光景也没有感觉的。应该说我是一位有足够精力的老师。要是下午讲课时，课堂上依然没有学生打瞌睡的现象，这是我也感纳闷的事情。

二十余年的教学光阴，随着读的书夜以继日地多起来，我也能开始平静地思考了，课堂上已经不是年轻时的"大声疾呼"了！在克制自己的"大声疾呼"了。在教学中，阐述道理也像蜻蜓点水般、像流水一样自然、清澈了。我也明白了许多教学前瞻的期待。我读鲁迅的文章，他让我感到深刻，深刻得使我读书的速度放慢了许多。其含义睿勇，广博，还有一些晦涩、难肯！但是它坚强、有韧劲，是真正的 Knochen（"骨头"的意思）！啃它是有味道的，因为它有骨髓。可是，只有这样的读许多关于他的书籍以后才能悟出其中一些道理来。

是否我的教学也能如他的文章一样耐嚼呢？

早年读黑格尔的哲学，读日本鲍母加藤的《美学》似懂非懂。不知道我的学生们，你们上我的课时，也像我早年读书这般光景吗？

噢！何时我的教学也像"南斯北霍——斯霞和霍懋征老师"般地循循善诱呀！何时我真的能平心静气如山石般静默、肃立而又不乏爱心呢？然而，情感这东西谁能体会得透彻呢！真是仁者见仁，智者见智的了。我也不知道我的教学真情是否真的打动过许多年轻人的心？试问可爱的我的学生们！你们是否从心中喜欢我的情动于斯文，喷发如朝日，泻下如夕阳，如彩虹般那样的课堂？是那样的"璀璨"的课堂吗（夸大其词了呵）？

2011 年 5 月 31 日星期二

教育感悟

"南开，我是爱你的！"
——我的南开情节回眸

尊敬的学校领导、老师们以及来自全国各地的同学们：你们好！

7月11日当接到国家汉办南开大学泰达学院有关"国家公派汉语教师培训（南开大学）报到通知"后，顿时，我的脑海里跳出来的是我通过了国家汉办的遴选考试，成为2009—2010年度国家公派汉语教师培训班第一期学员。南开大学，是周恩来总理和温家宝总理的母校。它是我心目中向往的地方。我的培训地在南开大学，我也将从南开培训营启程，带着祖国和老师们的嘱托，带着一段割舍不弃的南开情缘和关爱踏上异国他乡的土地，去完成党和国家交给我们"推广汉语与传播文化"光荣而又神圣的历史使命。此时，心情既激动、兴奋又倍感重任在肩，担心辜负了老师们的期望，担心这次培训的生活、学习和训练的感受反映不够全面。但我将会从以下几个方面来总结，尽力将近两个月我的学习、生活等方面的感受诉诸文字，呈现给各位。

（一）奏响军训与拓展训练的畅想曲

当我有幸来到了南开大学的国家公派教师集训营那一天，集训营里十个班级的畅想曲就此开始奏响——它也诠释着南开大学泰达学院集训营每一位培训营老师、教练为我们精心组织的军训和拓展训练活动。"新长征、新起点、新思维、新形象"成为"黄埔"一期学员响亮的又实在的奋发进取的口号。

回忆四天的军训，与教官们结下深厚的友谊。军事化的管理也让我们严明了纪律，多彩的培训内容让我们受益无穷，感慨四天仿佛过了几个月甚至几年。

在全程的拓展训练中，我们用"飞鸽传书"交流，先求准确，后追速度——又好又快。经验总结给我们胜利的喜悦。"公交车"让我们步调一致，协同作战，快乐地飞翔！"相互支撑"就是信任与扶持，默契与支撑，向你一路来，我们心怀感恩，这就是信任的力量源泉。"迷失丛林"：坚持己见，大刀轻便。如何说服大家，获得专家的认可，这是一个生存保障的抉择。"盲人造屋"：眼虽有疾，身是强健！哪管你正方、三角还是圆盘！

我们在"不倒丛林"里徜徉，在"七巧板"上看到团结的力量。我们在快乐中游戏，我们在游戏中成长。在每一项拓展活动结束后，教练都组织大家及时进行讨论，分析在完成任务过程中的得与失，总结成功的经验和失败的教训，并且要求我们每一个学员发表个人在完成拓展项目后的体会并诉诸文字。每一项拓展训练的活动给我的感悟都很多，但是重要的还是团队合作意识。首先，一个人的力量毕竟是有限的，只有大家齐心协力才能共渡难关；其次，任何一个团队都不能忽视领导的作用，大家都应该围绕一个核心，一起民主出谋划策解决问题；最后，团队中的成员应该相互交流，相互鼓励，相互信任，增强每个成员的集体荣誉感和奉献精神，从而更好地完成指定的任务。

这个环节我用一首诗让它更完美：

许多话，要用心来品味/有些人，要靠处来体会/诸多事，要依思来应对/

许多情，得拿水来回馈/我和你，hand in hand/我和你，心连着心——/

一回生，两回熟，双手架起言语虹/虽咫尺也无畏/

彩带中，We are going straight/一次生，两回熟，双手架起言语虹/虽咫尺也无畏/彩带中，We are going straight/

（这首小诗在国家公派汉语教师培训营网上"学员心声"发表）

还有另外几首，例如，《我就是七月》

七月，是我降临世间的第一声"汩汩"——/七月，是我流火的

蹉跎——/

　　七月，是巧云满天，星儿闪烁！/七月，是田间蟋蟀屈膝盘坐/七月，是华夏的七月——/

　　我就是七月/因为我们使命犹在，涉猎不止！/七月呵！七月/我就是您/不泯的寄托/

　　我就是七月/我心中的七月/

其中有一首长诗载在国家公派汉语教师培训营《培训周刊》上：

我们用赤诚的心——寄语培训营
（一）

　　还记得那个如火的七月吗？/你呀/背携行装从南国奔向渤海——/我呢/

　　背负行囊从北国向南开走来/我们哪/都是汉办推广汉语列车/一同装载

　　今日我们相聚南开，/啊！明日你我分赴世界——/

　　为推广汉语加油，为传播文化豪迈/我们的心永不分开！

（二）

　　时逢八月，瓜果飘香。/离别之际，表我衷肠，/渤海之滨，白河之津，/

　　南开泰达，二百余名；/"黄埔"一期，感念许琳，/主任宏旨，寄语情深——/

　　"三情三感"，倍感至真。/今日相会，应者咸集于泰达西城，/

　　欣逢南开——跨文化交流中心之支持，/又承蒙陈校长、关校长和各位老师之点津。/

　　有领导之呵护，有老师之陪同；/有友谊之同携，有心与心相碰！/

　　群贤毕至于此，/盛世方起欢歌剪舞，/太平才闻画轴墨香。/

　　唯汉办传播者有才人，/文人岂只描文章；于斯为盛，/骚客无不绘丹青。/

　　众学员拾柴，作品也分工，/曰书道，曰剪纸，曰画形。/

风流尽在学员手中。/佳作浩浩，渐入佳境。/

富刚健于婀娜，行道劲于婉媚；/翰墨飘香，赋灵动于古拙，剪魂魄于方寸。/

至简至真至素至纯，/得生活之美，亦容天地之襟。/

想我一期"黄埔"之会，/为人为事为艺，为我华夏——/

推广汉语、传播文化、不辱使命之精神相同。/

我们举手共嗟叹：壮哉！美矣！我"黄埔"一期同仁！/

笔墨成韵，耽于同乐；/因情而悦，壮我精神；/因艺而和，推我奋进！/

因事而发，歌诗赋心。/

南开——泰达，我们是爱你的！

（二）专家演讲是我们放飞理想的舞台

可以肯定，从第二至第六周的周一至周五时间主要就是学习、聆听培训讲座的时间。目的就是让我们储备各方面的对外教育教学的知识，具有各项对外汉语传播的技能和具备综合素质的能力，以备出国所需求。

在学员的作息时间上采取早6点晚10点密集型学习模式（我几乎每天都是早上5：50起，晚上1：00睡。因为我是培训营的营长，得喊操起床练太极拳）。培训项目丰富多彩，形式灵活多样。我们感谢国家汉语国际推广领导小组办公室和南开大学泰达学院为我们聘请来了几十位对外汉语学界的专家、跨文化交流的学者、教授和外交大使以及国内外学贯中西的名家、"大腕"，有刘全生教授、马箭飞教授、姜丽萍教授、赵勇教授、赵启光教授、王宏印教授、张洪明教授、叶小文研究员、刘骏教授、常耀信教授、钱一呈、于振起大使、赵启正教授、关世杰教授、李如茹教授、范曾教授、陈洪教授、陈雨露教授、Eric（谢博德）教授和其他专家等汇聚献艺传授。这些学贯中西的专家、学者的讲座使培训班的我们天天如享受"饕餮"盛宴一般。我们的学员也是谦虚好学，精神昂扬！在聆听中学经验，学知识，学特长，学做人，学交流与交往，学跨文化的注意事项……我们不迟到、不早退，有事请假，按时到岗；我们认真作笔记，认真撰写心得体会和活动反思的小文章，我们营造浓厚的校园学习氛围；我们要展示"黄埔"第一期国家汉办南开学员的昂扬精神和良好风尚。因为，这里就是我们的舞台——放飞理想的战场。周末呢，还得去图书馆查资料、写文章。

这个时期，我有八篇有关这样的文章发表在国家公派汉语教师培训营网上。这个网站永远为学员敞开，国家汉办每天关注学员学习和生活。这7篇文章是：

1.《为集训营歌唱》

2.《对外汉语教学方法和技能的饕餮大餐——美国威斯康辛大学张洪明教授讲座有感》（周二，2009年07月28日15：52）；

3.《世界英语教师协会主席刘骏博士讲座心得》（周一，2009年08月03日15：13）

4.《"神话和传说故事"的知、听觉冲击——听常耀信教授讲座有感》（周四，2009年08月06日17：11）

5.《不一样的感觉，王宏印教授我想对您说》（周一，2009年08月10日18：15）

6.《听谢博德讲座感触》（周四，2009年08月06日17：20）

7.《我们用赤诚的心——寄语培训营》

（三）校外郊游——放松心灵、丰富中国文化

1. 去"杨柳青"使我找到了我的业余生活爱好的释放：那就是我买到了练习书法的纸张、字帖以及墨汁等物品，因为我已经有两个月没有临帖了，手写字开始生疏了。有了它们让我高兴万端。（组织策划了一个国家公派汉语教师培训营学员书法、绘画和剪纸展，大获成功并印成小册，送交国家汉办和南开大学，我给书法社起了一个响亮的名字——"墨缘"书法社，得到范曾大师好评和指导）

2. 去北京德胜门国家汉办"孔子学院总部"游玩加参观，那里可是我们的联络站。

3. 了解天津，南开大学、泰达学院，去渤海湾、海河、外滩转转和到新洋货市场看看、听听天津的曲艺相声，这些我让它们全都实现。

（四）八月是收获的季节

在这里——泰达学院，我与老师、学员都收获了友谊，我学到了"意想不到"的知识，学会了大局意识，学会了克制自己。同时，团结向上是我与学员们共有的心理；我对泰达学院培训工作安排紧张有序，我个人认为是"认真筹划、精心打造定做""培训内容丰富多样而且密集"；在学院领导、老师的关怀下，学员们还自发举办了各种有意义的团体：有书法社、武术、诗词社以及小语种培训学习等组织（出了一本有意义的书画、剪纸集）；还有学院根据学员要求开展学员内部交流学习的展示平台：课堂教学或网络培训，真是考虑齐全、照顾全员（我本人讲汉语语音课，获得了教学贡献奖证书）。还有与范曾大师合影与签字的书、照片留存。

（五）感谢的话及所思所想

1. 感谢国家汉办为我们定位"国家汉办公派汉语教师'黄埔'第一期学员班"（国家汉办主任许琳主任）；感谢南开大学将我们纳入南开大学校史成为一名真正的南开学员。（南开大学党总书记薛进文（副部级））

2. 得感谢南开大学泰达学院的所有为我们服务的领导、师生员工，有了你们的坚强后盾与支撑，我们的生活、学习等一切正常运行；

3. 从进学院起，你们的通力合作，为我们开设了众多服务平台：网络服务、生活服务、房间卫生打扫、学习、读书阅览等等，使我们的学习、休息、生活得到保障，让我们感到舒心和温馨。

4. 还得感谢南开大学泰达学院的老师们，牺牲了许多休息时间，陪伴我们，一起搞活动，一起打友谊比赛，从你们身上学会了许多可贵的东西：那就是真诚、友好和充满着青春与阳光！

（六）不成熟的建议

1. 能在这次培训的基础上，打造出一所南开大学泰达学院"孔子学院公派汉语教师"的特色基地和品牌；

2. 要加大易于创新有实效的食堂服务意识，让学员真正"吃饱、吃好不想家！"

想说的话：南开，当与您说再见时，要回去了，可是从心里真的不想离开——南开，"我是爱你的！"这是伟人的情怀！根植于我们的脑海！说一声感谢南开，离开时，我们已经带走了一身的能耐。南开——我们的学堂。说过了，是您的一分子，你早就把我们装载。"我是爱你的，南开！"何时，何时，我们又可以重新再来？

最后，就让我唱着南开校歌离开：

渤海之滨，白河之津，巍巍我南开精神；汲汲骎骎，月异日新，发煌我前途无垠；

美哉！大仁，智勇真纯，以铸以陶，文质彬彬；渤海之滨，白河之津，巍巍我南开精神。……

附上照片

1. 书法创作作品

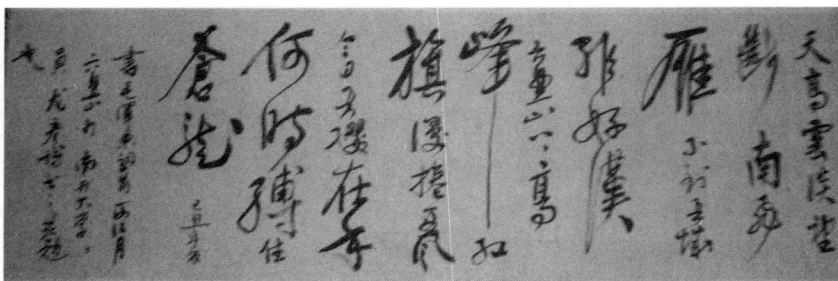

2. 墨缘书法社理事合影

3. 布置展览会场

4. 九班班旗、班歌（做九班班长）

5. 升旗指挥（做培训营营长）

6. 比赛智力书写第一名（全部正确）、练武术

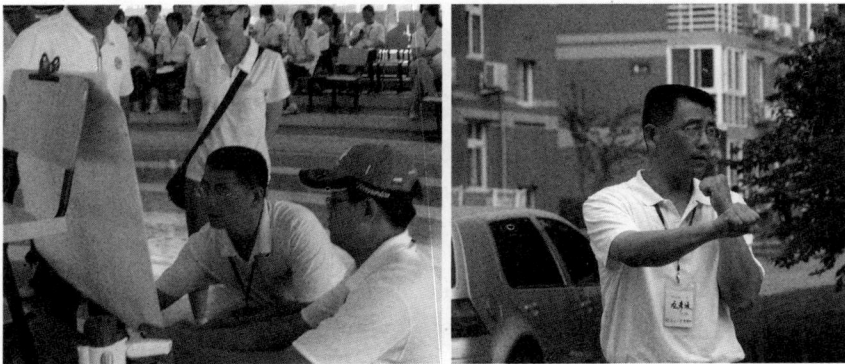

德语课课间的故事

今天上德语课去得迟了些，但是并没有迟到，原因是我每次都是提前30分钟左右到教室，今天一共到了7位同学，加上我。不知道是气温零下13℃的缘故，还是他们工作繁忙，反正不来了，已经有好些时日了。其中还有一位跟我关系要好，经常开我玩笑的男孩子，长得帅。经常带着波恩语调说"彦（三声）——波——"你怎么样？怎么样的。尤其在当天课程结束以后，我们就会一同坐7路U-bahn地铁回家。在车上，他就打手势，和用嘴巴一起表演。同时，那双大眼睛还会说话，嘴巴还笑眯眯的，可真逗人喜乐去了。我呢，尤其喜欢看大眼睛的人，不管是男孩儿还是女孩儿，老的少的。

出国以来，不管在车上，还是路上，真是看足了男女老少他们那些长着漂亮的大眼睛、双眼皮的外国人。哎，这是人种问题，没有办法的……

记得在上一周周五的下午去办理银行卡时，我又遇到一位女性，这位是接待我们的正宗的德国女娃，身材颀长，端庄美丽，尤其那一双大眼睛，双眼皮，简直把我给看傻了。不过，我是实话实说，交流时用英语夸她：到底是人长得好看，服务也周到等词语吧。我也听到她说我：You are redy boys——我们算真是对上了！彼此相互交谈了一会儿，不过呢，她很

快就帮我办好了银行卡什么的。等我签完字，临出门时，她主动伸出手来，同事李老师说：龙彦波，她让你来表现一下子呢。手都伸到我跟前来了。

不好意思，我握着她的手，看着银行门口，转回身说了两句英语，可把她给高兴得不得了。最后彼此友好地用德语说"再见！"我还是说：Auf Wiedersehen，她回说：Tschues（再见）！

今天也不例外，Frau Hernee 老师的课堂里经常将大家调动起来，来回地交换座位，让我同两位女娃：Frau Jesch Bäla、Frau Gula 坐在一起，还有我的同桌老太太（字母名字忘记了，大概叫 Frau YaGüla），老师让我们拼写出各种名词格（N./M./f.）。可受罪了，在我们跟前，都有一本德语大辞典，这是 Frau Hernee 老师带来给我们查找用的，关键是每查一个词语，都要用 das、der 或 die 来表示，这跟我天天坐车时的晕车感觉没有什么两样的……这样想着！噢，也对呀，为什么有些同学不来了，在每一次小测验时，不把你搞晕掉才怪呢。像我，真是苦不堪言，那同桌俄罗斯老太太，总是时不时的"咦……"嘴巴扁、撅着，头摇得跟拨浪鼓似的，有点儿像嘴巴咬煎饼那样的左转脸右转脸，脸上皱纹一下一下地皱斜着，我呢，发现后经常没事了看她，自己心里偷着乐！她当然也不知道我为什么乐的，她还时不时地表演着……我的心里甭提有多高兴。一想起来就一个人傻傻地笑着（当然必须对着她笑），有时还会出点声呢（很不好意思），有时候笑得我低头含胸的（是闷着不敢大声笑）。

突然，Frau Hernee 老师在黑板上写单词时，我邻座的 Frau Jesch Bäla 就拿了一张没有用的纸条，喊我"Yanbo（三声）——！" "China schreiben：Jesch Bäla！"我没有听清楚，就说"Wiederholen Sie bitte！"（请再说一遍），她连续小声地说了两遍。噢，我终于明白了她想让我给她用汉字写她的名字，我很快地就用钢笔写出两个中文的"JeschBäla——伊莎贝拉、伊沙蓓腊"名字，还缀上"彦波 Yanbo"。结果，汉字"伊莎贝拉"名字就悄悄地传开了，不得了，全班同学都说写得漂亮——"Du hast eine schöne Handschrift"。于是乎，连 Frau Hernee 老师也叫我给她、其他的同学写名字，真是好玩极了。这样，一会儿，我们也就下课了。

我给每一位同学和老师写一张都有两个同样的中国名字，他们拿到后，可高兴呢。给 Frau Hernee 老师写了名字是嵌在一首词里的，我给她做了解释。还画了两枚图章，算是今晚的留念。之后，我们再上课，Frau Hernee 老师从文件包里拿出很多饼干、Goldbaren Haribo（类似 QQ 糖），一人一袋，这节课正好是水果单词认识时间。

我们边吃 Goldbaren Haribo，边上课，不知不觉下课时间就到了……（见下图，我右边是 Frau Hernee 老师）

德国的假期

到今天我才知道德国日历上凡是有红色标记写明的日期，就是德国的假日。比如红日、降圣灵节等，就这圣灵节日，全德国都放假，可没有人告诉我。我问了丘玢姐以后，我才知道的。

哎！我来到德国就像是一个"小痴子"一般，得要慢慢地学习。

红日，顾名思义，就是全德国上下男女老少不劳动、不上课……多数是在 4 月至 5 月间，一般学校大学生放四天左右假期，5 月到时，各学校都放假，过节——五月节！

凡是在周一至周五这期间，街上没有多少行人的，商店也不见开门，多数就是放假。我是到了德国五个月以后才搞清楚。幸好，昨天，同事 Frau Toutfest 女士送给我一本挂历，我才看到红色的日期标记。

从 6 月看，2 日（周四）、13 日（周一）放假，23 日（周四，淡灰颜色标记）是学生放假日。其余是周日全布标记红色，是所有的商店放假；周六、周日学校照例放假。

7、9 月没有特殊标记，周六、周日两天是学生放假日。周日全标记红色，是所有商店放假。

8 月比 7、9 月多了一天假：15 日（周一，淡灰颜色标记）。

10 月 3 日（周一）红色的日期标记，全国放假（1-3 日），这个月还有 31 日这天放假（与 29、30 日两天连在一起淡灰颜色标记，30 日红标记）。当然，还除了周末两天（其中每一个周日标记红色）以外。

11 月淡灰颜色标记为 1 日（周二）、16 日（周三）学生假日，除了周末两天（其中每一个周日标记红色）以外。

12 月假期多，过圣诞节——

当然，还有一些节假日需要我慢慢地去了解。

彦波记 2011 年 6 月 13 日星期一

关于"1. 我没有去过悉尼。2. 我没有去悉尼。"两个句式的回答

关于同学在群里请教两个句式——"1. 我没有去过悉尼。2. 我没有去悉尼。"应当如何区别的问题，我个人认为应从以下几个方面讲解：

一、从句子结构上的主、谓、宾语成分的划分来区别两句式。

我没有去过悉尼。我没有去悉尼。（略）

二、从词义上理解：

去过：表示过去完成时态。没有去过：表示否定的过去完成时态。

去：表示从过去到现在的时态。没有去：是对从过去到现在的行为否定。

三、从时段上来解释：1. 我没有去过悉尼。2. 我没有去悉尼。

"过去——现在——将来——"：

1. 没有去过…未知数

2. … 没有去…

"没有去过"，有四种含义：

（1）一般过去时：没有去过。

（2）过去完成时：没有去过。

（3）过去进行时：没有去过。

（4）过去将来时：将要/想，但终没有去。

"没有去"，有三种解释：

2011/08/21-08:41

（1）一般过去时态：去过/也可能没有去过。

（2）现在时态：没有。

（3）现在进行时态：没有。

对于将来时：都是个未知概念，就是说，将来时：可能去/可能不去……

2011 年 10 月 14 日星期五下午

让学生知道：寻找真理是一个需要反复实践的过程
——谈对外汉语教学中的语法现象

教学理念：

课堂是一个蕴藏丰富知识、信念、看法和探讨的空间，师生回答有时犯错误也是为下一个环节做好铺垫，这就是教学相长的道理。

我在德国的经历之一，就是让我最感动的对德国学生的汉语教学记录，抑或是对汉语语法、词汇和语音的讲解和反思了。那就是我常常在课堂内外从学生那里得到的直接问题反馈。不管是他或者她向你问问题时的情形也好，还是我帮助解答也罢，有的时候真的是让我彻夜难眠……因为，他们真的在笔记上，一笔一笔地做记录呢，你见到了心里有何感想呢，反正，我是每一次课的课前做大量的准备工作，可是，学生问你的问题是随时随地的。这让我感动的同时，也觉得自己的汉语水平在慢慢地增长和积累。甘苦自知了。

这不，昨天晚上 6：08 上汉语课之前，约翰纳斯（1957 年出生）向我请教了三个问题，慢慢地回想起来还真不是简单的语法常识，也非一两句话就能搞定的语法内容。在课间，他请教我的三个问题是：1.“会”和“能”有什么异同？2.“或者”“还是”的关系怎样？3. 关于“位”这个量词的用法。第三个题目是在授课过程中提出来的。

之前在国内，我曾阅读过彭小川、李守纪和王红著的《对外汉语教学语法释疑 201 例》一书，但没有全部读完，也带着它到德国来继续读了，没想到现在却也派上了用场，很管用。书中在第 55—58 页“动词”一项，详细论述了有关于"会"和"能"这样的释疑、练习和例证。关于"或者""还是"的关系怎样的论述是在书中第 351—352 页。对于"位"这个量词的解释相较而言，比前面两个提问好回答得多。

我想，要有一次专门详细讲解探究的时间，应该多举例说明它们的区别才是。

通过这件事情，我明白一个道理：学习探讨问题的本身就是容许有错误的出现。可以退一步来说，容许学生犯错误的同时，老师也可以有犯错和故意犯错的时空间。让学生更能从错误中找出根源，探求本质的真伪来。只是我们的老师应该知道这样的设计"犯错"之后，应该怎么样将知识、实践贯穿于整个的教学活动中。发现和恰如其分地纠错时刻应该把握好。

您说呢？请教方家！

我使用的汉语教材

我在德国奥斯纳布吕克两所大学教学所使用的教材就是由刘珣教授主编，北京语言大学出版社出版的《新实用汉语课本》（德语版 1-6 册）（见下图），目前使用的是第一册和第二册。

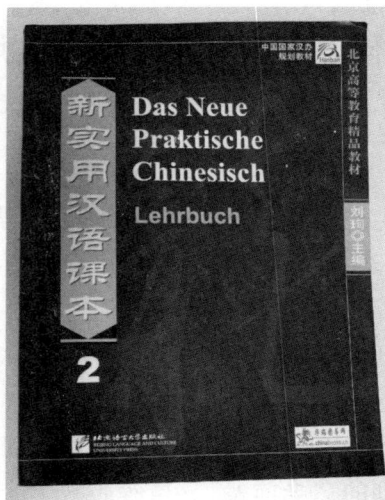

《新实用汉语课本》第二册

对这套《新实用汉语课本》教材，我的体会有三点：

1. 是国家汉办规划教材。第1—4册含课本、练习册和教师手册，第5册含课本和教师手册，第6册只含课本。课本配有课文朗读录音CD盘。在德国可以订购到德语版的《新实用汉语课本》教材；具有德国本土化特色，加强了亲切感和趣味性。

2. 教材从第二册起就采用了赵元任先生的"五度标调法"标注课文。即在课文的汉语句式上面只标出声调符号，如"－、／、∨、＼"等。不再用全拼音来标注每一篇、每一个句子。目的是锻炼学生在学习第一册的基础上具备自如的阅读能力。

3. 教材是综合课教材。像国内的大、中学英语课本。听说读写面面俱到，尤其写汉字，篇幅大。这是对此前教材不重视汉字的一个反正，是对于打算深入学习汉语的中文专业学生汉字认写能力的一种强化。例举汉字的解释，很抢眼，图文并茂。课后的练习和训练题型、体例大致等同（有情境课文、生词、注释、练习与运用和会话练习、阅读与复述、语音练习、语法、汉字、文化知识等九大项）；习题体现课文情境的内容恰到好处。编写目的是使师生尽快掌握所学的知识与信息，找到学习和训练规律；提高实用汉语交际的能力。信息容量大，是一套成系统的教材。

现代语法学大家：胡附文炼

——我听上海师大博士生导师齐护扬先生讲课

我在上海读研究生时，喜欢听上海师大博士生导师齐护扬院长的课。人们都喊他"老齐"。还有"老吴"就是博士生导师吴为善先生等。齐院长和吴先生的课我都听得、记得仔细认真。时至今日，我才想写点读研究生的生活乐趣。那我还是从齐院长讲现代语法学大家——"胡附文炼①"开始说起吧。

我个人认为，世上有学问的大家应该是有两类划分的。首先，他们都是学养高深，令人景仰的"老前辈"。当然，不管是生活还是学术。我说这第一类：才情为"热情澎湃，倾盆大雨式"；第二类是：冷静、缜密——"鸣人爆发式"。

"胡附文炼"就是胡裕树、张斌两位老先生。一个在上海复旦大学做博导（博士生导师），一个在上海师范大学做博士生导师。他们应该是我划分的两类不同的汉语语法大家。他们培养了很多现代汉语语法人才。两位老师在一起竟然合作达50年之久，实在是件了不起的盛事。两位老先生，一位属于"热情澎湃——想到了内容就写出来，比如文炼张斌先生，一位是"静思、缜密——鸣人爆发"式，先在大脑里构思娴熟了，之后，再下笔，语言凝练，比如胡附胡裕树先生。他们二老又都喜欢在小酒馆里边喝边聊，讨论语法问题……兴致所至，50年不变！

心里真想见识见识二老。能聆听一下二老的教育那是多么好哇。这可是一对活跃在《中国语文》、中国汉语、语法界的常青树！

当齐院长给我们讲得高兴时，我们都很感动。他接着跟我们讲：他的导师除了张斌先生、胡裕树先生之外，还有林祥湄先生。林祥湄先生比张斌先生、胡裕树先生都大许多岁……很可惜，现在只有张斌先生尚在人世，八十五岁高龄了，每天还是一如既往来到学校，给博士生们上课……学院考虑多次，要给予张老照顾，却没有成行！

齐院长说，等他退休了以后，一定写写语言学界教育名人的故事，我们也都很期待。

上海师范大学对外汉语学院留影

与张斌先生合影

注释：

①胡附文炼：胡附：胡裕树先生；文炼：张斌先生。这两位老先生语法教学、语法合作竟达 50 年之久。张斌先生今年有 90 岁高龄，自己要求还在上海师大给博士生上课，其精神为后人传颂。胡裕树先生已故。他们是我国首批由国务院批示招收汉语专业博士生的四位导师之中的两位，另外两位是吕淑相和朱德熙先生，两位先生已作古。张斌先生还活跃在汉语大家园里。应该说张斌先生是"国宝级人物"。

2011 年 6 月 8 日星期三

"闲看庭前花落，轻摇羽扇城头！"
——与你也聊聊有关淡定的话题

　　谈到淡定，在我的心里总觉得世人藏有诸多虚伪的成分在内（一家之言）。有且能称得上这种境界的人，真正拥有淡定的，试问世间有几人！像现在这个社会状况：人性浮动。天天为油盐酱醋奔走呼号。哪有哪里敢说这个词咋？我总认为还没有到这种程度。有这种心态的人是高人，我不是，最起码现在不是。我只讲我心里的真正定位、所思所想。在"百度百科"里，淡定是指有泰山崩于前而面不改色的镇定程度，遇事沉稳中又积极果断，老练里却又重视有佳，胜不骄，败不馁；淡定形容一种勇气。淡定，是一种思想境界，是一种心态，是生活的一种状态。我们每个人都需要这种心态，在生活中才会处之泰然，宠辱不惊，不会太过兴奋而忘乎所以，也不会太过悲伤而痛不欲生。试问：世间有几人能做到？只不过追求罢了，别说年轻人不能，就是上了年纪的有几人能真正称得上淡定？而关于淡定的生活运用：在当今语言使用方面最早应该出现在明晓溪等作家的文学作品中（古书我还没有去查，以后吧），"淡定"一词因为在《超级女声》的选秀活动里被评委提及而火爆一时。

　　淡定，是内在心态修炼到一定程度所呈现出来的那种从容、优雅的感觉。生活里讲淡定自若，是说一个人的遇事不慌忙，心境很开豁，举止悠游自若。举止悠游自若就是尽善尽美吧。生活里讲淡然若定。对什么事情很淡然很沉稳的样子。对待什么事情都如此淡然？沉稳？生活里还讲淡定弥坚：希望越渺茫，追求的信念越坚定。我们平时对《十全九美》的经典台词崇拜：淡定，淡定……那么，淡定与平庸的人有区别吗？回答：平庸的人没有太大的能力，只是很平凡地生活着，而淡定只能代表一种生活态度。淡定的人可能有能力去争取自己想要的一切，然而他却看淡这一切。也可能只固守着自己所谓的幸福，与世无争地生活着，追寻一种简单、快乐的东西。但还称不上淡定。关于淡定的态度，"百度百科"里说：

> 淡定形容一种态度。遇事沉稳中又积极果断，老练里却又重视有佳，胜不骄，败不馁。淡定形容一种勇气。行事放松自如，从容冷静，闲看庭前花落，轻摇羽扇城头。淡定形容一种原则。展示出对人对事不急不躁、不温不火，亲而有度、顺而有持。淡定形容一种风度。神鹰背上秋风过面、静若处子，名利场中灯红酒绿、过眼云烟。淡定形容一种修养。仁而无忧，仁而无惧，实事求是，心怀坦荡，兰心傲骨。淡定形容一种能力。深思熟虑能扬长避短，内省自知可有进有退，待该出手时再出手。淡定形容一种力量。气定神宁，如巨岩阻浪，坚持不懈，如水滴石穿。淡定形容一种效率。稳而避其乱，洞悉而练达，如庖丁演刀、如鲁班弄斧。淡定形容一种境界。兰秀深林，不以无人而不芳，君子立德，不为窘困而改节。淡定形容一种人生。人生如一副锐利的老花镜，难得糊涂，难得清醒。

说得真好！这就是文学的魅力。可是，我想试问世间人：人生几何？又有几人行啊？关于消极的淡定与积极的淡定，"百度百科"里还说：

> 当一个人经历的多了，他把什么都看淡了，自己感觉对什么都无所谓了，无所求时，那么当发生什么事都觉得这个事没有什么大不了的，只是人生中避不可少的事而已，那么他的心就自然是正常的心跳了，脑子也是清楚的，那么处理事也是处理得很好，其实这也是成熟的一种标志，也是一种被动消极的淡定。

而积极的淡定表现为，遇事不慌乱，总是从根本上去解决事情。这就需要清晰的头脑和淡定的心态，别把事情想得太复杂，没什么事情是严重得无可估计的。要知道，越是紧张，越办不好事，先想好这事是怎么发生的，如何解决，永远用积极的态度去淡定人生。

从上面这段话里我能接受的就是一种被动消极的淡定方式、遇事不慌乱、清晰的头脑；至于其他，可能修为还不够好，目前还不能完好处理，达不到的。我来到德国汉诺威这个城市不久，遇见一件怪事，一位南开大学培训的同学，由于长期在德任教，已经抹去了天真、开朗的性格，变得前后判若两人，交流很少，不太爱讲话，我很不理解。与其交谈，嘴边总是说"淡定，淡定……"真想象不出来，怎一个"淡定"了得？别折磨疯掉了才怪哦。

"淡定啊，淡定……"我认为用积极的态度去淡定人生这是理想中的渴望、期盼！台湾女歌手赵咏华《最浪漫的事》，喜欢听那里边的歌词："我能想到最浪漫的事，就是和你一起慢慢变老。收藏起点点滴滴的心事，留到以后和你慢慢聊……"我想可能这就是幸福，还不能认为是淡定。有人说淡定的生活，就是寂寞；是都市丛林里的人们想要逃避却又逃避不了的症结。工作之余，不喜欢逛街，更喜欢蜗居在自己的小小世界中看片子，这往往是"80后"的真情情怀（例如：《大河恋》《这个杀手不太冷》《肖申克的罪赎》《泰坦尼克号》《廊桥遗梦》《西雅图夜未眠》《重庆森林》），不过现在也有很多人跟进了。其实这些影片都在诉说着一种情状：要么是幸福的亲情，要么是美丽的风景，要么是人的本性，要么憧憬年少时的爱情、中年时的情感困惑，还有缘分、熟悉又陌生寂寞的心境。其实，这些就是我们的人生：人生仿佛演电影，不论观众多少，不论演技如何，我们都要好好地演下去。其实聊聊淡定的主题：不外乎说淡定是意味着你已经是一位冷静的现实主义者。对世界、社会和他人，不抱有过高的期望。我理解的淡定它确实是一种境界。佛语讲：君子事来而心始现，事去而心随空。佛家语有"相由心生，相随心灭"，当风来竹子就知风因缘遇合，风过去之后，缘尽又一切皆空。曾写过一幅书法联："风来疏竹，风过而竹不留声；雁渡寒潭，雁去而潭不留影。"很可惜，自我感觉不错，却没有保存下来，糊别人家墙壁去了……如何保住自己永不走失掉：抱有随遇而安的态度，事情来了就应该尽心去做，事情过去后，心应该立刻恢复到原来的虚空平静，才能保持自己的本然真性于不失。

《新实用汉语课本》（德语版）的教学实践

吕叔湘先生曾说过："一门课程教学的成功，在很大程度上决定于所用的教材。"他还说："评价一种教材的优劣，主要看它的时代性和针对性。"

先生所说的时代性指的就是教材要体现科学的新成果。新教材的不断出现，为从事对外汉语教学的教师们提供了诸多方便，使用起来更加得心应手。

在使用教材过程中，发现多数德国学生个性比较开放，喜欢多说多听，汉语的听说能力强于读写能力。但也慢慢地发现德国学生学习汉语时常出现诸多语音上的错读和语病现象。比如，学生经常会说的"我有×××（看书、学习、上课、吃、睡觉等）"的语言习惯等。

那么，我是如何具体使用这套教材的呢？

首先提前阅读、熟悉教材的编排内容。接着，阅读《世界汉语学会通讯》上面一些好的教学篇章；然后自己进行了相关参考书的使用比较。又精读了《汉语课堂教学技巧325例》（周键主编，商务印书馆2009年版）、《对外汉语听说教学十四讲》（杨惠元著，北京语言大学出版社2009年版）、《对外汉语教学语法释疑201例》（彭小川等著，商务印书馆2004年版）等很多著作，扩大了汉语课堂的视野。还上国家汉办网，搜索、观看一些与此相关的教学范例以及汉语桥比赛录像等，并做好笔记。

俗语说"他山之石，可以攻玉"。参考书让我受益良多，对于我的教学帮助巨大。再加上自己多年的汉语教学经验，为让自己的汉语课堂有着丰厚的拓展空间，精心编排课堂教学情境，做了一些实用的教具，课堂感觉得心应手。

具体使用《新实用汉语课本》教材，要从课前备课和课堂教学两方面来阐述。

（一）课前备课

1. 做到认真备好每一次课

先要透彻了解学生汉语学习的程度。所带学生汉语学习的现状是：学生不喜欢写课外作业，尤其不喜欢写汉字。个别同学因为怕写汉字，中途就不来学习汉语了。

面对如此境状，势必要求我调动一切可以利用的现有资源，在课堂上让他们了解中国的文化，喜欢上实用汉语课。同时，将课内外的汉语学习任务设计得不那么烦琐和紧张。

为了让学生学习汉语具有可操作性和快速进步的设想，在加强我自身德语语言学习的同时，提前进行备课。一般提前一周至两周备好课。再反复试讲。多花时间翻阅和摘抄一些实用汉语教学方法，做好标记，做到有备无患。

2. 使用教材教学时，要善于发现和找准学习汉语的"症结"

德国学生特别分不清读不准的声韵母。比如尖团音，"j、q、x 与 zh、ch、shi、ri"的区别问题、平翘舌问题、"三连音（我很好、真美好、展览馆）"等不知道如何正确朗读等。这些是欧洲学生学习汉语的最普遍的问题。凭借着近 20 年的汉语教学经验和参加国家、省和市级普通话培训、教学、考核的经验，在学生朗读过程中，自制学习调查表格（见图1、图2），让他们知道了自己汉语读说的实际情况，自觉地去配合老师进行语音校正。学生语音学习进步很快。

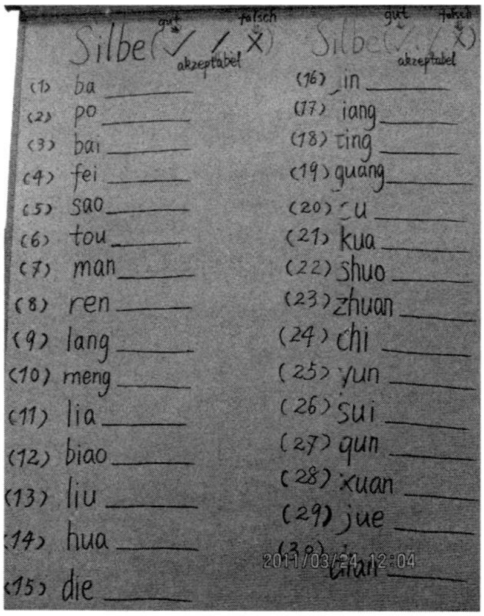

图1　读音节情况调查表

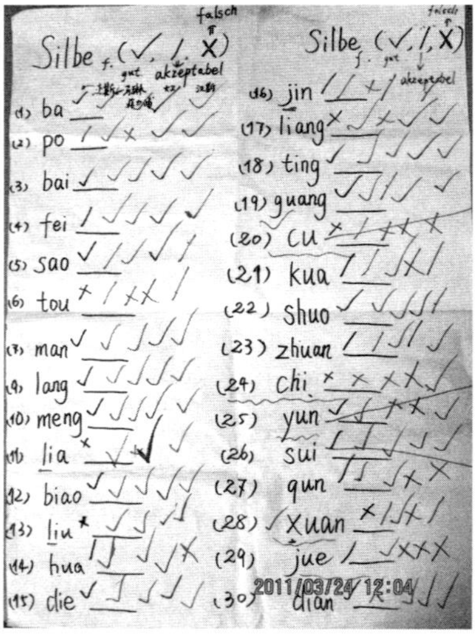

图2　学生杰斯、马林、大卫、汉斯、菲利普读30个音节

（二）课堂语音教学三步骤

荀子说过：所谓君子，善借于物也。

课堂上先讲什么，后讲什么，讲多少，如何讲，这些个行为思想是决定做好事情的前提条件。就《新实用汉语课本》第一册前六课的语音教学而言，课前多准备些教学方法和应用的材料总是好的。现仅以我的《新实用汉语课本》语音课堂为例，来阐述我的语音教学三步骤教学法。

1. 比较学习法引领语音课堂教学

记得当年季羡林先生在德国学习古印度梵文和欧罗巴语系古土火罗文时说过，西克教授和瓦尔德施米特教授采取的教法是：第一堂课教字母读音，用梵文语言读完课文之后，学生再用德语翻译出来，老师在旁帮助纠正。再之后就完完全全靠学生在下面准备、自学，做老师的主要是书本后的练习例句讲解了。

我在课堂上也借用这种方法。先参照相关书籍自制了一张汉德语音范例比较表（见图3）。

学生在朗读课文后，请学生用德语母语翻译课文里的句子。通过运用汉德语音范例比较表，学生比较学习，大大缩短了语音学习的进程，起到了事半功倍之效。

图3 制作课堂使用汉德语音字母词语对照表

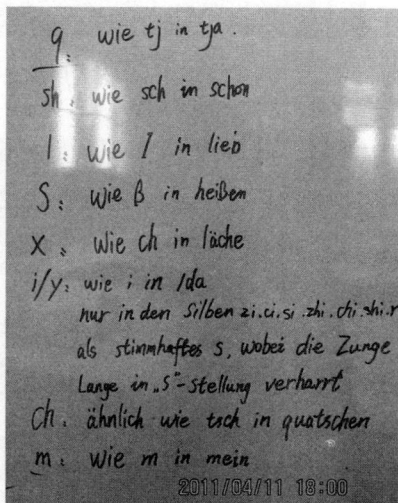

图4 课堂上学生分不清楚、读不准的声母对比

2. 课堂上解决疑难"杂症"

凡是课堂上学生读不准或不对的语音形式，运用黑板上板书或口语表达，即将正确读音的例子写出或说出来。这样，学生瞬间就会接受并改正（见图4）。再比如，接班时德国学生时常把汉语中的"汉"字与韩语中的"韩"字读音搞混淆。于是将德语词汇 Hannover（汉诺威、汉斯中"汉"是四声）读出来，学生很快地接受。告诉学生：为什么"两"口人不能说成"二"口人……学生边学习，老师边纠正。语音学习得到了良好的起步，我心里面充满着幸福和快乐！

图5　《新实用汉语课本》第十二课板书1

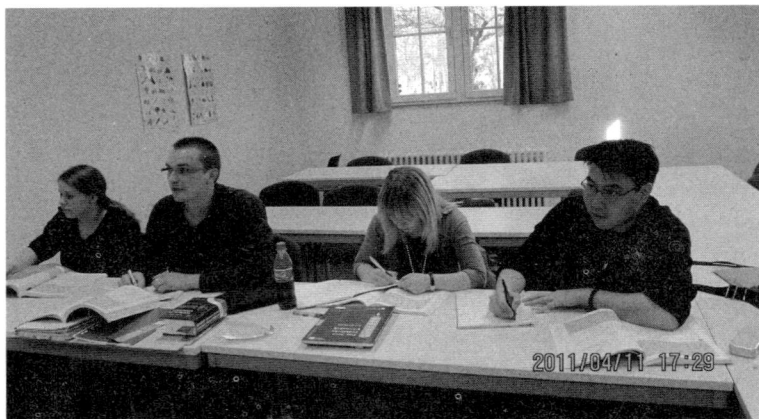

图6　使用教材上课与部分学生听课

3.《新实用汉语课本》的课堂，要让学生明白：学以致用

要让交际训练贯穿于教学进程的每一节课。这是我这学期每节课都要训练的内容项目。或在每一次课中途或在课程的后半段，根据课文情景或课后练习状况设计，每一次 3—5 分钟。涉猎论题广泛。如"自我介绍""习惯爱好""我的家庭""我所学的专业""对某现象的看法"，等等。目的是让学生多模仿、多说，培养汉语的语感等。在学期结束时进行口试考核，并记入学生考核总成绩（见图 8）。

图 7 《新实用汉语课本》口语考核

图 8 使用教材期末考试

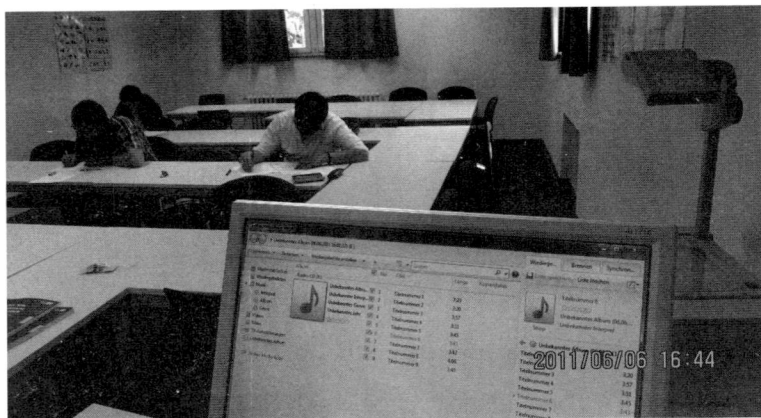

图 9　使用教材的听力考核

关于德国奥斯纳布吕克地区汉语教学的现状，准确地讲，这里汉语师资匮乏。我是从德国汉诺威中国中心派到奥斯纳布吕克市唯一的一位教授汉语的老师。奥斯纳布吕克这座城市，学习汉语的学生数相对来讲比较少。整个城市人口总数不过 16 万多人。不能跟国内班级授课相比，也不能与德国大城市孔院或孔子课堂相提并论。

这里的大学设置学生汉语学习没有学分。学习汉语是学生自愿。只不过，新学期开学不久，校方会给参加上个学期汉语学习和考核的每位学生发一张成绩证明（见图 10）。

图 10　与部分持汉语证书学生合影

图 11　与使用教材班级部分学生合影

　　目前，对我来讲，班级学生年龄大小不等（见图 11）；学生是随意愿来，也随愿意走的。而《新实用汉语课本》教材的使用就是要共建师生融洽的课堂！就是要在稳定现有生员的基础上，思考、摸索和开拓出一条新路来！这是一项光荣而艰巨的任务。

　　我义无返顾，我乐此不彼！

诗艺览胜——关于朗读作品中诗文的解读散札

　　人类的历史可以说是诗的历史。好诗，无论经过几百年甚至几千年也不会消失，仍然被新时代的人们所吟诵。普通话测试 50 篇朗读作品中引用了六处诗句，可以说其内容含蕴丰富、意境开阔。每每朗读这些诗句，常给人一种清朗、亲近之感，总浸润着人们的心田。

　　我对六处诗句作出诗意内容的鉴赏，使读者更好地理解作品，把握作品朗读时的情感基调、陶冶情操，以便更好地朗诵。

一、志存高远、天然真致

　　宋代翁森在《四时读书乐》中营造了一种令人向往的读书境界。他说："读书之乐乐如何，数点梅花天地间。"读书乐在哪里？乐在了我们尘心渐息，俗气潜消的书香境地。朗读作品 29 号引用的"落花水面皆文章，好鸟枝头亦朋友"就出自《四时读书乐·春》一诗中："山光照槛山绕廊/舞雩归咏春风香/好鸟枝头亦朋友/落花水面皆文章/蹉跎莫遣韶华老/人生惟有读书好/读书之乐乐如何/绿满窗前草不除"。《诗经》中写道："嘤其鸣矣，求其友声。"鸟儿呼叫，是在寻找友谊，更何况人呢？"落花水面皆文章"一句让我们联想到曹雪芹《红楼梦》第五回有这样的文本："世事洞明皆学问/人情练达即文章"。

29 号朗读作品《珍视自己的存在价值》一文引用诗句主要向人们阐述了人的存在价值，人们要在活的人生之波里畅游：在乎用健康的身体，自己的意志、道德及思考去生活。凡所有幸福、快乐的人都对于自己的生活标准、职业感到兴味，并且尽力快乐地干着。从而在这个世界上找到自己的一片绿洲，一片天空。

朗读时应读出"朱子"志存高远、天然真致的诗情韵味：

　　"落 花/水 面——/皆/文 章——，好 鸟/枝 头——/亦/朋——友——。"

诗句前后平仄相对，节拍、轻重、快慢基本一致。韵脚适当延长或重读，以显示诗歌和谐的音乐美。

二、高山昂止、大气磅礴

朗读作品《生命在于奉献》一文引用毛主席的诗句"金猴奋起千钧棒/玉宇澄清万里埃"。此诗文出自 1961 年 11 月 7 日毛主席所作的诗篇《七律——和郭沫若同志》。它最早发表于人民文学出版社 1963 年 12 月版《毛主席诗词》。诗文如下："一从大地起风雷/便有精生白骨堆/僧是愚氓犹可训/妖为鬼蜮必成灾/金猴奋起千钧棒/玉宇澄清万里埃/今日欢呼孙大圣/只缘妖雾又从来"。诗文中：

　　风雷：《易·说卦》云："动万物者，莫疾乎雷。挠万物者，莫疾乎风。"古人认为风雷是推动自然界万物生长的动力。清龚自珍诗言："九州生气恃风雷"。此处喻无产阶级革命运动。精：妖精。喻形形色色的机会主义和修正主义。僧：唐僧，《西游记》中的主要人物之一。

此借喻革命阵营中政治警惕性不高，嗅觉不灵，因而一时敌我不分的"中间派"。犹可训：仍然可以开导、教育。鬼蜮：在《诗·小雅·何人斯》："为鬼为蜮"。蜮，相传为栖息南方水中怪物，形如鳖，三足，惯于暗中含射人或人影，使人得病甚至死亡。澄清：使混浊变为清朗。《后汉书·党锢传》载范滂"慨然有澄清天下之志"。玉宇：天空。孙大圣：指孙悟空。曾自封"齐天大圣"。

尾联二句谓：如今我们赞美孙悟空的反抗精神，是因为国际共产主义运动中又有反动思潮出现。

诗文鼓舞着我们为祖国的振兴、民族的昌盛奋力拼搏、勇往向前。

朗读到这里时应读出那种大气磅礴、高山昂止的豪情壮志和爱国激情：

"金 猴/奋 起——/千 钧 棒——，玉 宇/澄 清/万——里——埃——"。

这是一首借物抒情诗。诗句中的"千钧棒"应当重读，而"万里埃"三字之间应拉长音节节拍，稍微作轻读处理即可。

三、亲密无间、真诚融洽

杜甫的七言律诗《客至》是一首洋溢着浓郁生活气息的诗歌："舍南舍北皆春水/但见群鸥日日来/花径不曾缘客扫/蓬门今始为君开/盘飧市远无兼味/樽酒家贫只旧醅/肯与临翁相对饮/隔篱呼取尽余杯"。

《唐七律隽》说："只家常话耳。不见深艰作意之语，而有天然真致。"诗文中：

舍：指杜甫当时定居成都所住的浣花草堂。春水：春天的溪水。但：只。花径：花间小径。盘飧：泛指菜肴。飧：熟食。市远：远离集市。醅：没过滤的米酒。肯：能否。

"花径不曾缘客扫，蓬门今始为君开。"前句中"缘"作"因为"讲。作品48号《十渡游趣》一文引用此联。诗意是说长满花草的庭院小道，不曾为迎接客人而打扫过，一向紧闭的家门，今天才第一次为你打开，短短两句不仅说明客不常来，同时说明主人不轻易接待，今日"君"来，蓬门洞开，显示宾主的深厚情谊。

朗读时应重读"缘""君"二字。这样朗读：

"花径/不曾/缘客/扫——，蓬门/今始/为——君——开——。"

朗读时还应当注意发挥想象的翅膀，深入体会这首诗歌所表达的意境，表现诗人真诚融洽、亲密无间的主题内涵。

四、博大胸襟、情景交融

宋代大诗人苏东坡被贬到惠州时，见到色香味鲜美的荔枝佳果，情愿长期做岭南人，每天吃进三百颗荔枝。有诗为证："罗浮山下四时春/卢橘杨梅次第新/日啖荔枝三百颗/不辞长作岭南人/"（《惠州一绝》）。

在朗读作品45号中杨朔引用苏东坡《惠州一绝》诗的后两句，赞美了荔枝，赞美了蜜蜂，更赞美了农民；作家杨朔把苏轼个人对人生的理解上升到对歌颂我国几亿农民的人生境界上来，唱出了社会主义的新篇章。

晚唐诗人杜牧也写过一首《过华清宫》诗："长安回望绣成堆/山顶千门次第开/一骑红尘妃子笑/无人知是荔枝来/"。这首诗讽刺了唐玄宗和杨贵妃在骊山骄奢糜费、荒淫误国的生活。前者的人生追求比起后者唐玄宗杨贵妃二人的享乐主义、损人利己的人生不知又要高出多少倍。

"日啖/荔枝/三百/颗——，不辞/长作/岭——南——人——。"

这样的朗读使情景交融，使读者身临其境，陶冶性灵。作品是借古诗来表达美好的感情、博大的胸襟；读出作者高尚而陶然的情怀来就可以了。

五、生动活脱、轻柔凉美

早春二月，轻柔凉美；江南水乡，生机万象。南宋时和尚志南，年老游兴不减，目送春鸟，感召人性、感受人生、感叹世事。信手写下了千古《绝句》："古木荫中系短蓬/杖藜扶我过桥东/沾衣欲湿杏花雨/吹面不寒杨柳风/"。诗句中：

古木：指年代久远的树。短蓬：装有蓬的小船。蓬，遮雨挡风的设备，用葭席或布制成，如船蓬、帐蓬。杖藜：藜茎所作的杖。藜，一年生的草本植物，夏季开花，花小成簇，其茎木质坚硬，可作手杖。"杏花雨""杨柳风"——这两句诗意：春日时晴时雨，杏花开时，细雨纷纷沾湿衣裳；杨柳清风拂面，柔和而不觉得寒冷。

古人写诗，很注意近铺远伏，明暗相映，不仅勾勒色彩鲜明的画面，同时前呼后应，渲染出自然隽永的诗意。这首诗前两句忽明忽暗，忽静忽动，一"系"字和一"扶"字，不仅写出驾舟出游、策杖过桥的赏春情景，勾勒出一幅生动而活脱的江南赏春图，而且衬托出诗人年老但又游兴不减的心情。"杏花雨"轻沾衣襟而倍感舒适，"杨柳风"拂面而不觉寒意。衬托诗人热爱生活、观赏春光的喜悦心情。正是笔到意到，境随心转，语言流畅而自然。

5号朗读作品《春》（作者朱自清）引用"吹面不寒杨柳风"一句，与作品《春》的主题一致，朗读时应联系诗、文读出轻重快慢、抑扬顿挫，营造诗、文自然隽永、轻柔凉美的喜悦意境：

"沾衣/欲湿/杏花/雨——，吹面/不寒/杨——柳——风——"。

六、节奏明快、壮丽奇险

48号朗读作品《十渡游趣》引用的"难于上青天"一句出自诗人李白写的诗《蜀道难》：

"噫吁嚱！危乎高哉！蜀道难，难于上青天。蚕丛及鱼凫，开国何茫然。尔来四万八千岁，不与秦塞通人烟。西当太白有鸟道，可以横绝峨眉巅。地崩山摧壮士死，然后天梯石栈相钩连。上有六龙回日之高标，下有冲波逆折之回川。黄鹤之飞尚不得，猿猱欲度愁攀援。青泥何盘盘，百步九折萦岩峦。扪参历井仰胁息，以手抚膺坐长叹。

问君西游何时还，畏途巉岩不可攀。但见悲鸟号古木，雄飞雌从绕林间。又闻子规啼，夜月愁空山。蜀道之难，难于上青天，使人听此凋朱颜。连峰去天不盈尺，枯松倒挂倚绝壁。飞湍瀑流争喧豗，冰崖转石万壑雷。其险也如此，嗟尔远道之人胡为乎来哉！

剑阁峥嵘而崔嵬，一夫当关，万夫莫开。所守或匪亲，化为狼与豺。朝避猛虎，夕避长蛇。磨牙吮血，杀人如麻。锦城虽云乐，不如早还家。蜀道之难，难于上青天，侧身西望长咨嗟！"

李白这首诗运用了神话和夸张的手法，描写自秦入蜀一路上壮丽奇险的山川。《增订唐诗摘抄》评此诗云："倏起倏落，忽虚忽实，真如烟水杳渺，绝世奇文也。"本篇作者刘延借引古诗类比，写十渡渡口拒马河两岸山崖上的狭窄险走，游趣无限。

朗读时先发挥想象，去体验诗中的节奏、韵律；体会诗中浓郁的情感；可以联系李白写的诗《蜀道难》较好理解诗句的内涵：节奏明快、壮丽奇险。

"……，难/于/上/青——/天——/……"。

总之，诗歌是我国宝贵文学遗产的重要组成部分。诗歌是最适合朗读和朗诵的一种文学样式，是一种运用高度凝练而形象的语言来反映社会生活、抒发情感的文学体裁。它的特点是：在内容上集中概括，具有丰富的想象和强烈的感情；在形式上语言精练而富于表现力，同时具有一定的节奏和韵律，富于音乐美。短短的诗行常常把自然风光、人生哲理、人文景观、历史风貌描绘得惟妙惟肖，淋漓尽致。古往今来，华夏子孙无不被它的丰富内容和神韵所熏陶、所浸润；多少伟人、作家无不从中汲取营养，为后人创造了无穷的财富而彪炳史册。就让我们在学习和朗读传世名篇名句时得到爱国主义教育和美育的感化吧。

中国传统音乐艺术精神与语言审美观

中国自古就有乐教传统。常以"礼、乐"并称。在甲骨文中多处出现"乐"字。《周礼》中记载许多有关古代音乐的形式，并讲述了古代教授国子的教育很注重"乐德""乐舞"等形式。我国古代把"乐"作为教育的中心，而音乐本身就有一种感人的力量。在古代典籍中，便流传着许多夸饰性的音乐效果，以及带有神话性音乐故事。礼与乐相比，礼的意义可以说是人类行为的艺术化、规范化的统一物，表现为敬畏与节制；而乐的规范性表现为陶溶、陶冶和净化作用。孔子提倡"寓教于乐"。他认为："志于道，兴于诗，立于言，行于礼，成于乐"。《尚书·虞书·舜典》也讲"诗言志，歌咏言"。因为"移风易俗，莫善于乐；安上治民，莫善于礼"。礼乐并重，并把乐安放在礼的上位，认定"乐"才是一个人人格最终完成的境界。实际上，到孔子的时代，国家和人们才有对于音乐的最高艺术价值的自觉，在最高艺术价值的自觉中，建立了"为人生而艺术"的典型。

一、善与美相统一

《论语·八佾》中讲："子谓韶，尽美矣，又尽善也。"美与善相统一是孔子自己对音乐的体验，是对音乐、对艺术的基本规定和要求。"美"属于艺术范畴，"善"属于道德范畴。乐之所以称其为乐，是因为人感知它的"美"，乐的美是通过音律及歌舞的形式而呈现。这种美，虽然还需要通过欣赏者在特种关系的发现中而生起，但其自身毕竟是由美的意识创造出一种美的形式，自有其存在的意味。郑卫之声，所以能风靡当时，一定是因为它含有"美"。孔子却说"郑声淫"。"淫"字，应该理解为顺着快乐的情绪，发展得太过分了，以至于流连忘返，便会鼓荡人走上淫乱之路的意思。这样一来，借用老子的话说，"天下皆知美之为美，斯恶矣"（《老子·二章》）是合乎孔子所要求的美的，是他所说"关雎乐而不淫，哀而不伤"（《论语·八佾》）。不淫不伤的乐，是合乎"中庸"的乐。荀子言"故书者，政事之纪也；诗者，中声之所止也；礼者，法之大分，类之纲纪也"，（《劝学篇》），又说"乐之中和也"（同上），"故乐者，中和之纪也"（《乐论》）。中与和是孔子对乐所要求的审美标准。在中与和的后面，便蕴含着善的意味，"足以感动人的善心"（《乐论》）。孔子批评"武，尽美矣，未尽善也"，将美与善分开，又加上一个"尽"字，把问题更推进了一层。实际上，真正的"乐"含有净化心灵、提升人格、导引向善的道德元素，有蕴天地之义气、人世之和谐的气象。朱熹《论语集注》也说"声容之胜"，便是孔子称之为"尽美"。而孔子所谓尽善，是指"仁"。因此，孔子所要求于乐的，就是美与善相统一。

二、仁与乐相统一

仁是道德，乐是艺术，孔子把艺术的尽美和道德的尽善（仁）融合在一起，其根据在于"乐"的正常本质与仁的本质有自然相通之处，用一个"和"字作概括。

《尚书·尧典》中讲"八音克谐，无相夺伦"，"和"是音乐成为艺术的基本条件。这一点在古人的著作中多有论述：

> "乐以道和。"（《庄子·天下》）
>
> "礼之敬文也，乐之中和也。"（《荀子·劝学》）
>
> "故乐者天下之大齐也，中和之纪也。"（《荀子·乐论》）
>
> "大乐与天地同和，大礼与天地同节……礼者，殊事合敬者也。乐者异文合爱者也。礼乐之情同，故明王以相沿也。"（《礼记·乐记》）
>
> "乐以发和。"（《史记·滑稽列传》）

就"和"所蕴含的意味以及其可能发生的影响而言，在消极方面，是各种互相对立性质的消融；在积极方面，是各种异质的谐和统一。仁者必和，和中有仁。《论语》云："樊迟问仁，子曰爱人。"（《颜渊》）孟子说"仁者爱人"；仁者的精神状态，是"天下归仁"，"浑然与物同体"。乐与仁统一，就是艺术与道德融合统一；而道德充实了艺术的内容，艺术助长、安定了道德的力量。

三、音乐促进人格完善

《论语》里面孔子对于音乐的重视，可以说远超出后世尊崇他的人们想象之上。一方面是来自他对古代乐教的传承，一方面是来自他对"乐"的完善人格修养、巩固政治教化等功用的重视。儒家关注音乐的一面，对个体修养而言，其功用很显明。

> "凡音者，生于人心者也，情动于中，故形于声，声成文，谓之音。乐者通伦理者也。"（《礼记·乐记》）
>
> "乐由中出，礼自外作。乐由中出故静，礼自外作故文。大乐必

易，必简。乐至则无怨，礼至则不争。揖让而治天下者礼乐是也。"（同上）

"君子曰，礼乐不可斯须去身。致乐以治心，则易直子谅之心，油然生矣。易直子谅之心生，则乐。乐则安，安则久，久则天，天则神。天则不言而信，神则不怒而威。致乐以治心者也。"（同上）

"乐由中出"即所谓"凡音者生于人心者也"，及"乐也者，动于内者也"。从构成音乐的三要素而言，诗、歌、舞是无假于自身以外的客观事物即可成立。所以《乐记》云"三者本于心"，就是说中国的古代音乐中，乐器对音乐的本质而言是第二位的，故"三者本于心，然后乐器从之"。因此，乐的基本要素，是直接从心发出来，而无须客观外物介入，就达到"情深而文明"。"情深"是指它乃直接从人的生命根源处流出。"文明"是指诗、歌、舞从极深的生命根源向生命逐渐与客观接触的层次流出时，皆各具有明显的节奏形式。乐器是配上人自身的明确的节奏形式而发生作用。经乐的发扬而使潜伏于生命深处的"情"得以发扬出来，生命便得到充实，正所谓的"气盛"。儒家认定良心更是藏在生命的深处，成为对生命更有决定性的根源。随情之向内沉潜，情与根源之处的良心，于不知不觉中，融合在一起。良心与"情"融合在一起，通过音乐的形式，随同由音乐而来的"气盛"。于是此时的人生，是由音乐而艺术化了，同时也由音乐而道德化了。这种道德化，直接由生命深处所透出的"艺术之情"，化得无形无迹，便可称之为"化神"。以此，道德艺术化，艺术道德化，艺术和道德合而为一，形成一位儒生的高尚人格。

四、音乐在政治教化上的意义

《论语·八佾》云："子曰：人而不仁，如礼何？人而不仁，如乐何？"这两句话，可以含有三种意味。第一，礼与乐与仁不相干，不以仁为内容的礼乐。第二，礼乐到了孔子，在其精神上得到了新的转换点，就是礼、乐与仁的结合。第三，礼乐的自身，可以作仁的精神的提升、转换，所以孔子才对一般言礼乐的人，提出此种要求。可以推想，孔子之所以重视乐，并非把乐与仁混同，是出于古代的传承，有助于政治上的教化。更进一步认为作为人格修养的提升，乃至也可以作为达到仁的人格完成。乐具体的教化教养作用，在孔子的后学中有较为详尽的陈述：

"夫乐者，乐也，人情之所必不免也。故人不能无乐，乐则必发于声音，形于动静。而人之道，声音动静，性术之变尽是矣。故人不能不乐，乐则不能无形，形而不为道，则不能无乱。先王恶其乱也，故制《雅》《颂》之声以道之，使其声足以乐而不流，使其曲直繁省，廉肉节奏，足以感动人之善心。"（《荀子·乐论》）

"夫声乐之入人也深，其化人也速，故先王谨为之文。"（同上）

"乐者，圣人之乐也，而可以善民心。其感人深，其移风易俗易。故先王导之以礼乐而民和睦。"（同上）

"故乐行而志清，礼修而行成。耳目聪明，血气和平。……故曰：乐者，乐也。君子乐得其道，小人乐得其欲。""且乐也者，和之不可变者也。礼也者，理之不可易者也。乐合同，礼别易。礼乐之统，管乎人心矣。穷本极变，乐之情也。著诚去伪，礼之经也。"（同上）

由此，荀子讲"乐者，乐也"，这种快乐的乐，不仅是一般给情绪以满足的快乐，而是能够洗荡心灵、平和血气的精神满足。"乐者"的"乐"，不是郑声或什么其他的俗音，而是指以"乐而不淫，哀而不伤"的"中和"之道为准绳的雅乐，是所谓"思无邪"之乐。以无邪的内容和中和的形式两者融合为一的乐顺应人民的情感，加以合理的鼓舞，在鼓舞中使其弃恶向善，这是没有形迹的积极的教化，所以荀子说："其感人深，其移风易俗易。"司马迁《史记·乐书》说先王音乐之功用是"万民咸荡涤邪秽，斟酌饱满，以饰厥性"。儒家的政治目的首重教化，礼乐正是教化的具体内容。由礼乐所发生的教化作用，是要人民以自己的力量完善人格，最终达到社会的和谐。

当然，中国传统音乐是中国艺术殿园中的一朵奇葩，源源不断的广大爱好者和追求者从古至今。近年来，随着中国的强大，物质生活水平提高的同时，人们更加关注精神生活，面对生活压力加大，人们自然把寻找缓解精神压力的方式和途径引到了对中国传统文化的关注和思考，去真切感受中国传统文化中有价值的东西，以此满足自己现实生活的需要。喜欢中国传统音乐的热潮就是现在一个显著的社会现象。因此，正如上面所提到的，艺术有其自身的发展规律和途径。我们坚信，中国传统音乐艺术精神也会因其独特的魅力继续传承和发展下去。

参考文献：

[1] 徐复观. 徐复观文集（第四卷）·中国艺术精神 [M]. 武汉：湖北人民出版社，2002.

[2] 孔子. 论语 [M]. 北京：中华书局，1980.

[3] 王先谦. 荀子集解 [M]. 北京：中华书局，1988.

[4] 李学勤. 十三经注疏·礼记正义 [M]. 北京：北京大学出版社，1999.

[5] 劳再鸣，江柏安. 音乐美赏析 [M]. 武汉：武汉大学出版社，1989.

圆的文化情感与色彩初探

人类从古至今都在传承、创造着圆的文化，圆文化几乎无所不在。它已经根深蒂固于人类的日常生活之中，也就自然地、时时刻刻地负载着人们对它的文化和情感。那么本文所论述的圆，这种文化艺术的载体，其形成于人类社会发展的进程之中，它所包含着的丰厚意蕴、人文情思和无穷文化趣味的内涵，就渗透在诗与教育、符号语言、书法形体、民俗建筑、气质色彩以及生活应用等六个方面。下面分别阐述。

一、诗与教育（**Poems and Education**）

（一）圆与诗

说起圆与诗歌的关系，还有一段鲜为人知的佳话[1]。宋代文学家苏轼和秦观是好朋友。一次，秦观外出游玩，很长时间没回来，苏轼很挂念他，于是就写信询问他在外边的情况。不久，秦观就回了一封奇怪的书信，只见信纸上写了十四个字，排成一个圆圈（图1）。

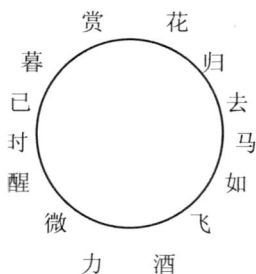

图1

我们知道古人写诗，很注意近铺远伏，明暗相映，不仅勾勒色彩鲜明的画面，同时前呼后应，渲染出自然隽永的诗意。苏轼诵读了几遍，连声拍案叫绝。其实这首诗是文学家秦观精心地将14个字变成28个字的圆形顶真式回环诗。诗句中秦观描述了自己在外的生活、心情和情趣。读后使人产生景更美、情更真之感，诗文的格调更加轻快、富有情趣。难怪苏轼连声叫绝了。

这种诗体形式叫回文诗。回文诗通常是按照一定的法则把字词排列成文，回环往复都能够诵读。现在可见到的最早的回文诗，就是苏伯玉妻的《盘中诗》。以苏伯玉妻《盘中诗》作为开端，到窦滔妻创作《璇玑图》而成熟。它在今天生活中不常见，今天已经演变成了一种民间学校孩童游戏的活动形式：丢手绢。

这种圆形回文诗陶冶了人们的身心，激发了人们的想象思维能力和创新潜力，也丰富了人们的日常生活；它既让我们去发现友谊弥足珍贵，要珍惜美好的生活；又让我们清楚地明白，我们中华民族优秀传统文化才是我们终生受用的财富。

（二）关于两个圆的故事

记得苏联教育家苏霍姆林斯基曾说过："在无数的生活道路中，找到一条最能鲜明发挥他个人创造性和个性才能的道路。最重要的是在每个孩子身上发现他的最强的一面，找出他作为人的发展的机灵点。"在于文光撰写的《教育艺术趣例》中记载着这样的故事：

一次古希腊哲学家芝诺的学生向芝诺提出这样的一个问题："老师，你掌握的知识数倍于我们，您的回答问题十分正确，可是，您为什么对自己的解答总是怀疑呢？"

芝诺用手杖在沙地上画了两个一大一小的圆圈，接着说道："大圆圈的面积是我的知识，小圆圈的面积是你们的知识。显然，我的知识比你们的要多。但是，这两个圆圈的外面，就是你们和我都不知道的部分。而且，大圆圈的周长比小圆圈长。因此，我的无知范围也比你们的大。这就是我为什么怀疑的原因。"

芝诺先生所画的两个圆就是他对学生的一种善良的教育期待。古代哲人亚里士多德说："只有在适当的时候，对适当的事物，对适当的人，在适当的时机下，以适当的方式发生的感情，才是适度的最好的感情。"芝诺的这个比喻证实了他永不满足的求知精神，是令人钦佩的，当然，他的有趣的教育方法又是令人拍掌称快的！

（三）圆（〇）与鸡蛋

2004 年 12 月 31 日，在《小学生数学报》上刊登了一篇题为《哥伦布竖鸡蛋》的文章：

〇是我们最为熟悉的数，它圆圆的样子很像鸡蛋。因为如此，许多数学史家把〇戏称为"哥伦布鸡蛋"。

哥伦布是一位伟大的航海家。1492 年，他带领着自己的船队从西班牙出发，历尽千辛万苦，终于发现了今天的美洲大陆，历史上把这一事件称作"哥伦布发现新大陆"。

哥伦布于 1493 年返回西班牙，受到当地群众的隆重欢迎和王室的特别优待。同时，他也招来了一些贵族、大臣的妒忌。

在一次欢迎宴会上，有人大声宣称："哥伦布到美洲那个地方去没有什么了不起，只要有船，谁都能去。"

哥伦布没有正面反驳这个人，而是拿出一个热鸡蛋，对大家说："谁能把这只鸡蛋用小的那头竖起来？"

许多人试了又试，都说不可能。

哥伦布把鸡蛋小的那头在桌上敲破了一点壳，轻而易举把鸡蛋竖起来了。

这时，又有人不服气了，说："这谁不会?"

哥伦布说："在别人没有做之前，谁都不知怎么做。一旦别人做了之后，都认为谁都可以这样做……"

这篇小文章抛给了我们一个问题：关于○的出现和"哥伦布竖鸡蛋"。这件事有着极为相似的地方，正像哥伦布发现了新大陆一般，历尽了艰辛。

在"○"未被发现之前，人们只知道自然数：1，2，3，4，…谁也想不到○的出现人们很快就能记数了。今天的人们谁也没有觉得发现"○"有多么困难。这篇文章揭示了我们人类应该学会谦逊，要相互学习、互相理解和相互尊敬。

二、圆的语言符号（Language Of Signs）

说到符号语言与圆的关系，应该是极其有趣的。从标点符号家谱中了解到我国先秦时期的文字并无标点符号，那时的信札、奏文、论著读之令人费解。直到汉代，为了避免歧义，才发明了"句读"。汉代出现了句号等最初的三种标点符号；句号用的符号是圆圈"O"。到了唐、宋时期出现了密圆圈"OOOOOO"、双圆圈"◎"、密圆点"●●●●●●"。现代考古发现，在这个时期（宋代）有一块刻有许多圆圈符号的无字碑文，一时间成了千古之谜。引起了专家学者的研究兴趣。碑文摘引如图2所示。

后经考证，这是一首自由诗，释文如下：

相思欲寄无从寄，画个圈儿替。/话在圈儿外，心在圈儿里，/

单圈儿的是我，双圈儿的是你；/你心中有我，我心中有你。/

月缺了会圆，月圆了会缺。/我密密地加圈儿，/

你须密密地知我意；/还有那说不尽的相思情，/一路圈儿圈到底……

这块石碑上的所有圆形符号组合是我国宋代的一位女词人临终前写给丈夫的一封无字、用符号代替的情书：以此来表达她对爱情、婚姻的忠贞执着和对丈夫的思恋之情；此碑表达了女词人的用情良苦，用符号表达缠绵悱恻、遐思万千。读之后令人刻骨铭心。像这块碑文注释也是回肠荡气，可谓意境旷远。它让我们深切领悟到墓碑上的一组组圆圈所潜藏的真情！

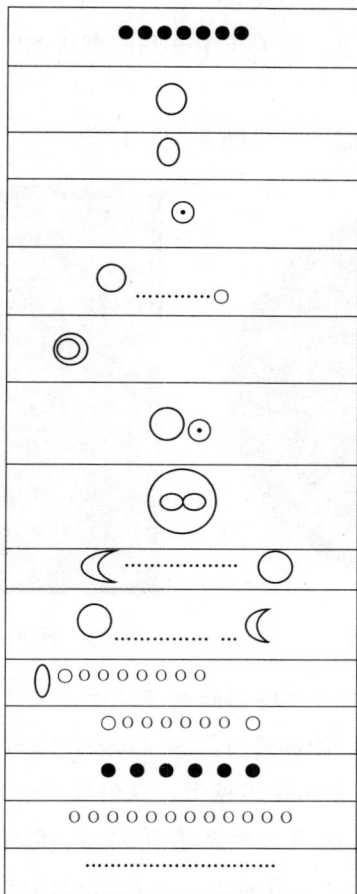

图 2

　　其实，在我国云南纳西文中的"九"字，通常写作 ⁝⁝⁝，而在丽江纳西族的经典《古事记》里，当说到"九对蛋"的时候，就把小点改成小圆圈儿，写成 ⁝⁝⁝，既表示"九"的意思，又表示"蛋"的意思。这种处于原始状态的文字还带着脱胎而来的记事图画的母斑，没有和词语完全挂钩[2]。由此可见圆不仅是一种文化、代表着一种符号语言，并且还蕴藏着无穷的意趣、情致：它生动活脱、天然烂漫……

三、圆体书法 （The Form Of Handwriting）

既然是圆与符号有着密切关系。作为一名书法教育工作者，中外民族的圆体书法同样别具特色。有关于中外圆体书法大体上有两种形式。

（一）圆形式

圆形式简称圆光镜面[3]（见图3、图4）。

图3　圆体书法

图4　宋·赵佶 书法

　　汉代有《怨歌行》曰："新制齐纨素，皎洁如霜雪。裁为合欢扇，团圆如明月。""团圆如明月"是指扇子的形式，故而称之为"团扇"。（此在东汉崖墓画像石棺上，我们可以看到五个仕女中就有四人持团扇的图案，这说明汉代就有团扇。）团扇也叫圆轻。唐代黄滔《去扇》诗："以知秦女升仙态，休把圆轻隔牡丹。"唐代王建也曾填过《调笑令》调："团扇，团扇，美人并来遮面。"这种形式用于艺术门类，最晚宋代以前就有，其实唐宋时期已经风行在扇面上题词，因为宋徽宗赵佶有一幅湛称圆扇之代表的珍贵作品。此作就是用圆形这种形式创作的，作者用楷书入，并在中心留出"龙"字。

　　以上圆形格给了我们人类探索艺术的无限情趣，它体现了一种圆相；还记得清代士兵穿的号衣制服，前后都镶缀着一块圆形的白布，上面有个"兵"字或"勇"字；而在我国古代南阳忠国师作圆相就有九十七种之多，如兵如勇，以示道妙[4]。

（二）外文圆形书体

采取用圆体书写短文形式，要求整体布局合理，左边取齐，四周有余地，字母大小、词距要均匀、适当[5]。（图6）

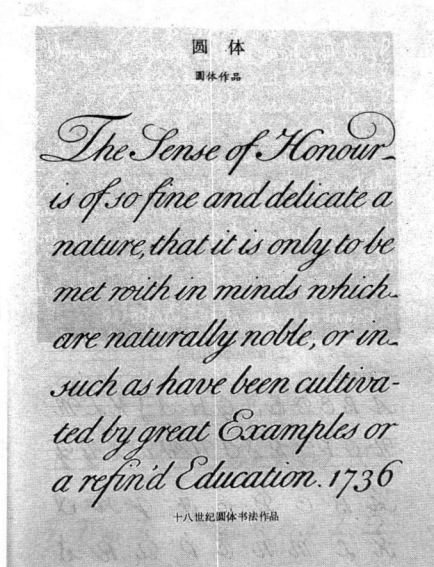

图6

四、民俗建筑（Folkways Buildings）

提起圆与民俗建筑的密切关联和情趣，我们不得不提及民间文化。蒲团，是中国的建筑中特色物件之一（圆形建筑）。

（一）"蒲团"（用菖蒲编织而成，纯属天然植物手工制品）

它有两种（见图7）。

（1）圆型。带些扁性的，直径约一公尺，大多是很早的时候家乡练气功的人盘腿坐在它上面练功接地气或者是晚辈向长辈行大礼（磕头）时跪的垫子。

（2）花鼓型。有人把它当作坐凳使用，或者放在神台前，双膝跪在上面诵经用，很柔和的，有长跪不累的功效，在庙堂里使用最多，在连云港海州许多寺庙里能见到它。

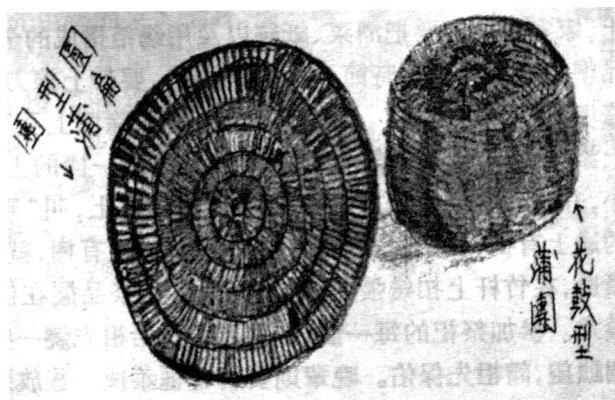

图7

其实，这种民俗文化形体与当时的现实生活情趣有着紧密的联系，而如今的社会现实生活中，这种古朴的东西已经离我们的生活轨道越来越远。这种文化的沉积在今天将是一种什么结局：是继承、发扬还是送进博物馆呢？或者干脆把它扔掉。总之，民间文化的传承和发扬将是我们整个世界人类必须达成共识的一件大事。

（二）圆形建筑

（1）在1994年4月9日《中华周末报》上选登了张宇生《世界民居奇葩》一文，介绍了圆形房屋建筑，独具特色：

> 在闽西南苍苍茫茫的崇山峻岭之中，点缀着数以千计的圆形土楼，充满神奇的山寨气息。这就是被誉为"世界民居奇葩"、世上独一无二的神话般的山区建筑模式的客家人民居。
>
> 客家先民们崇尚圆形，把圆形当天体之神来崇拜。主人认为圆是吉祥、幸福和安宁的象征，这些都体现了土楼人家的民俗文化。圆墙的房屋均按八卦形布局排列，卦与卦之间设有防火墙，整齐划一，充分显示它突出的内向性、强烈的向心力、惊人的统一性。
>
> 土楼内所存在的儒家文化遗风，让人感到中华民族传统文化的蒂固根深。

（2）作为游牧民族传统生活住宅的蒙古包，就地而建的圆形建筑群同样显示了我国北方少数游牧民族所具有的建筑特色。它们像一个个圆形堡垒立在那里，或紧紧挨着，或间隔相望。一旦圆形与建筑相关联、相融合，又有谁敢说它不是一种奇迹、一种创新？（当然，圆形建筑出现在其他少数民族的情景也是举不胜举的。）

五、圆的色彩

钱钟书先生《谈艺录》中《说圆》一文阐明说："窃尝谓形之浑简完备者无过于圆。"关于圆的色彩是多变的，而气质是永恒唯一的。

现代著名诗人闻一多有一首《色彩》诗说得好：

> 生命是张没价值的白纸。／自从绿给了我发展，／红给了我情热，／黄教我以忠义，／蓝教我以高洁，／粉红赐我以希望，／灰白赠我以悲哀；／在完成这幅彩图，／黑还要加我以死。／从此以后，／我便溺爱我的生命，／因为我爱他的色彩。

这首诗告诉我们：大自然同样赋予圆形以各种各样有趣的色彩特征和深刻内涵。

（一）金色的圆（俗称金黄色）

记得《西游记》中也有这样的文本：孙悟空去化斋之前，先用金箍棒在地上画上一个大圆圈，让师父与八戒、沙僧在圆内等他化斋归来。有趣的是这个大圆圈金光闪闪，一下就变成了师徒们安全的守护伞，一切妖魔鬼怪都无法靠近和进入。这个圆形线圈成了一种正义、一种辟邪的化身。

（二）银色的圆（又称为白色）

苏东坡有一首七绝《中秋月》是这样描述的：

> 暮云收尽溢清寒，银汉无声转玉盘。此生此夜不长好，明月明年何处看。

它是《阳关词》三首之一。在宋熙宁十年（1077年）的时候，苏轼在徐州知州任上的第一个中秋之夜，与弟弟苏辙（字子由）共赏明月，当时苏东坡与弟弟子由在徐州一起过中秋，月色之美，使苏轼不由得想到明年的中秋，二人是否还能在一起度过。叹息着与弟弟子由共赏如此美好的月夜，一生能有几回？此情景难逢，别易聚难。诗文里的一声叹息包含了多少手足情啊！

这里的清寒是指月亮，玉盘被喻为白色的圆月。它出自李白《古朗月行》诗："小时不识月，呼作白玉盘。"[7]

（三）黄、绿、白三色圆

文学大师鲁迅先生在小说《故乡》中描写一位小英雄闰土（作者少年时的好伙伴）的形象时，在文章中对于圆的色彩描写更加丰富和美好，它是一种衬托。

> 深蓝的天空中挂着一轮金黄的圆月，下面是海边的沙地，都种着一望无际的碧绿的西瓜，其间有一个十一二岁的少年，项带银圈，手摇一柄钢叉，向一匹猹尽力地刺去，那猹却将身一扭，反从他的胯下逃走了。

再如，李天方《种一片太阳花》一文直接述说作者对圆形花的美好期待，表达了人们对它的喜爱之情：

> 当案头的文稿看得双目昏花时，走到院子里来看一片太阳花，对于困倦的眼睛，是极好的休息。一天清晨，太阳花开了。在一层滚圆的绿叶上边，闪出三朵小花。一朵红，一朵黄，一朵淡紫色。乍开的花儿，像彩霞那么艳丽，像宝石那么夺目。……作为单朵太阳花，朝开夕谢只有一日。……日出前，它包裹得严严紧紧，看不出一点要开的意思，可是一见阳光，就立即开放。花瓣苏醒似的，徐徐地向外伸张，开大了，开圆了……待到夕阳沉落时，花瓣重新收缩起来，这朵花便不再开放。开完的太阳花并不消沉，并不意懒。在完全开完之后，它们把承受阳光的最佳方位，让给新的花蕾，自己闪在一旁，聚集精华，孕育后代（它们已经把银粒一般的种子，悄悄地撒进泥土），把生命延续给未来。第二天，迎接朝阳的将完全是另一批新的，成熟的花蕾。

圆形太阳花给了我们人类一个相对科学、合理和公平的世界，启迪我们人类应向太阳花学习，学习太阳花如何对待生命的新陈交替和无私奉献的精神。只有这样，我们人类和我们所从事的事业才能兴旺发达，繁荣昌盛。

（四）红色的圆

小学课文《海上日出》一课描写一种圆的伟大奇观：

果然，过了一会儿，那里出现了太阳的小半边脸，红是红得很，却没有亮光。太阳像负着什么重担似的，慢慢儿，一纵一纵地，使劲儿向上升。到了最后，它终于冲破了云霞，完全跳出了海面，颜色真红得可爱。一刹那间，这深红的圆东西发出夺目的亮光，射得人眼睛发痛。

（五）黑色的圆

以前，黑色的圆形色彩在人们视野中就是神秘不安、压抑倒霉和惊慌失措的象征。有例为证：

> 在南朝宋孝武帝时（公元456年或公元457年）的一个正月十五晚上，一轮银盘似的月亮，高高地挂在天空，天上一丝云彩都没有，月亮显得特别明亮，还仿佛透着一丝寒气。在"华林学省"就读的书生们，三个一群，五个一伙，有的放鞭炮，有的猜灯谜，有的饮酒作诗，有的弹琴歌唱，大家在高高兴兴地欢度元宵佳节。忽然，不知道是谁喊了一声"月食"。书生们抬头一看，月亮的边缘果然出现了一条细细的黑线，接着，满街响起了铜锣声……许多人边跑边吆喝着："天狗开始吃月亮了，赶快救月亮呀！""华林学省"里也骚动起来，有的敲起了铜盆，有的敲起了铜壶，还一面敲打，一面吵嚷："快赶月亮啊，快救月亮！"人们东奔西跑，一片慌乱。大约过了一个时辰，月亮又重新放出了光亮。"华林学省"就读的书生们，已无心再过什么元宵节了，一个个垂头丧气，愁眉苦脸。他们认为这是上天降下了灾难。

现在人们已对"月食"和"日食"的现象有了认识：它只是一种自然景象罢了。《海上日出》描写的"日食"现象就是典型一例：

> 有时候天边有黑云，而且很厚，太阳升起来，人就不能够看见，然而太阳在黑云背后放射它的光芒，给黑云镶了一道光亮的金边。

六、圆的应用（The Living Application）

（一）圆的解释与用法

许慎在《说文解字》中说："圆"，从囗（wéi），员声。本义圆形。佛家语，圆：无偏缺。《论语》名曰："伦者，轮也。"

在《古汉语常用字字典》中关于"圆"（yuán）的词条（义项）有四种：

（1）圆形。见《荀子·赋篇》："圆者中规。"（中：符合；规：画图的工具。）

（2）完备、周全。刘勰《文心雕龙·熔裁》："故能首尾圆合。"

（3）婉转。白居易《题周家歌者》诗曰："深圆似转簧。"

（4）天的代称。古时人认为天是圆形的。《淮南子·本经训》："戴圆履（lǚ）方。"（履：踩、踏。）

补充：

（5）通"员"。《后汉书·赵岐传》："可立一圆石于吾墓前。"

而《辞海》一书中共收入"圆"词条有十个义项：

（1）在平面上，和定点有定距离的动点的轨迹。也称轨迹所围的部分为圆，而称轨迹为圆周。

（2）像球的形状。如：滚圆；汤圆；滴流圆。

（3）古人以为天圆地方，故以为天的代称。《淮南子·本经训》："戴圆履方。"

（4）丰满，饱满。《吕氏春秋·审时》："其粟圆而薄糠。"高诱注："圆，丰满也。"

（5）（使）圆满；完整。如：自圆其说；破镜重圆。

（6）宛转；滑利。如：字正腔圆。汤显祖《牡丹亭·惊梦》："呖呖莺歌溜的圆。"

（7）通"原"。推详。如：圆梦。

（8）圆形的金属货币。如：银圆；铜圆。

（9）运转无穷。《易经·系辞上》："蓍之德，圆而神。"

（10）简写作"元"。中国货币单位。人民币1圆等于10角或100分。

其中①、②、③、④义项与《古汉语常用字字典》中"圆"词条（义项）四种相同；⑥、⑦、⑧、⑨是中、朝鲜（南北）、日本四国圆形货币的使用单位；⑤圆满；完整。如《易经 系辞上》："蓍之德，圆而神"。

又查《实用六体书字典》工具书中，"圆"字造字本义是鼎口流畅的弧圈。释"圆"字有六种书体，如下：

甲骨文：表示俯视鼎口，是圆形的。

金文：《孟子·离娄上》："不以规矩，不成方员。"而员与圆通假，员是会意字。

小篆：

隶书：

行草书：

正书：圆

工具书《现代汉语词典》中关于圆的生活词汇有许多条目，如圆笼、圆台、圆灯、圆桌面、圆号、圆环、圆白菜、圆子、圆梦、圆鼓鼓、圆滚滚、圆满、圆润、圆场、圆周、圆实、圆通、圆融等。

所有词条中前半部分应为实用生活之"圆"，后半部分自然就是渗透情感之"圆"了。总之，从中华民族的历史发展到今天，"圆"这种汉字符号语言和形体显示的色彩赋予了一种有着极其丰富的美学色彩。如果将它辅助于现实生活的创新实体而蔓延开去势必造福后代和人民群众的经济建设。当初原始先民们发现了天空中有圆形的星体（或太阳或月亮或其他圆形星体）时，圆的视像就开始在先民们的头脑中萌芽了。由此可推知，有的原始先民部落是把圆当作图腾物或神来膜拜（如客家的先民有关于民俗建筑）的，一直延续到今天（自然界中也记载了部分内容）。应该说圆这种的形体视像已在地球丰富、存在了几十亿年或者更早。

（二）圆的生活应用

在《语言学交际会话艺术》中，谈到"人体语言破译"的口型圆展时，描述说：朝上吐圆烟圈儿，是自信、骄傲、有主见、地位优越；朝下吐圆烟圈儿，是沮丧、犹豫、心情不佳、信心不足或企图掩饰某件事情。

何子贞《东洲草堂文钞》卷五《与汪菊士论诗》云："落笔要面面圆，字字圆。所谓圆者，非专讲格调也。一在理，一在气，理何以圆：文以载道，或微礙理，便于理不圆。气何以圆：直起直落也，旁起旁落可也，千回万折可也，一戛即止，亦可也，气贯其中则圆。"[4]

宋代大诗人苏东坡被贬到惠州时，见到色香味鲜美的荔枝圆果，情愿长期做岭南人。有诗《惠州一绝》为证：

罗浮山下四时春，卢橘杨梅次第新。日啖荔枝三百颗，不辞长作岭南人。[7]

荔枝佳果是圆形的，白居易说："一日而色变，二日而香变，三日而味变，四五日外，色香味尽去矣。"其实，日常生活中的水果是圆形的又何止荔枝一种？樱桃、石榴、山楂、葡萄、杏子、梅子、龙眼等，这些都是大自然恩赐给予人类的美果山珍，当我们感恩的时候，应该想到要努力去爱护、建设我们的家园，去保护与人类共存的大自然。

说起古人作文章、写诗，是很讲究"首尾圆合"的。白居易《新乐府序》："首句标其目，卒章显其志。"这"标其目"就是揭示文章的题旨。而"卒章"就是文章结尾。"志"就是主旨。我们今天写文章也要注意用"回顾之笔，兜裹全篇"，首尾一体，做到圆合。中国文化就是一个圆，并且这个圆也有一个圆心，这个圆心就是儒道思想。千百年来，中国人的一言一行，无时无刻不包含着儒道思想的内容，特别是其中的天人观、中庸之道和自强不息的精神表现得尤为明显，可以说这三者构成了儒道圆心的主要组成部分。中国人讲究圆融，结局完美大团圆就是这个道理。

今天，圆形给我们的生活、娱乐、文化和使用等方面带来无限的潜力和发展的空间。有时我们把圆比喻成人："他是我心中太阳，她是我心中的月亮"。在这里，太阳代表有阳刚之气的男性，象征着伟岸、正直和洒脱；而月亮就是阴柔之女子代表了，她温柔、善良和美丽。再如，O血型的人常常被称作万能输血者；世界上也还有许多国家的国旗是圆形的，色彩绚丽，独树一帜。我们人类时时刻刻都离不开圆，也在时时刻刻创造着圆。圆形文化给人类带来了福音，与人类共存。

参考文献：

[1] 岳冬梅. 语法修辞的趣味故事 [M]. 北京：蓝天出版社，1995.

　　［2］叶蜚声，徐通锵. 语言学纲要［M］. 北京：北京大学出版社，1981.

　　［3］周宗毅. 青少年硬笔书法考级考段创作图解［M］. 宁波：宁波出版社，2004.

　　［4］钱钟书. 谈艺录［M］. 北京：中华书局，1984.

　　［5］朱淑贤，闵志平. 英文字帖［M］. 北京：北京工业大学出版社.

　　［6］张大友. 修辞趣话［M］. 北京：旅游教育出版社，1993.

　　［7］宋诗鉴赏词典［M］. 上海：上海辞书出版社，1999.

新著《汉语实用六体书研究—— 我与古人对床夜语》前言

（一）

　　台湾作家董桥先生曾经说过："不会怀旧的社会注定沉闷、堕落。没有文化乡愁的心井注定是一口枯井。"

　　台湾作家、诗人余光中先生说过："文白佳偶，不是文白冤家。"

　　彦波对曰："古今绝配，非为古今水火也。"

（二）

　　仅在此，我应该对我的《汉语实用六体书研究》一事情来作一番解释或者注释吧。

　　我的实用古今六体书法：甲骨文、金文、小篆、隶书、草书、楷书的做法的出台，完完全全是我作为一个异乡客的心理素求。我该如何将自己的行为和学习、工作巧妙地连接好，我到底应该向什么样的方向发展等系列问题一直在我的脑海里盘桓着。

　　我写过的文章《幸福·爱家》一文中有这样一段感怀：想想以往的留学和异地讲学的赵元任、鲁迅、季羡林、林语堂等人，他们有十年或几十年在做自己钟爱的事情吗？他们不都是身处异地，又何谈故乡的呢？但他们找准了自己的方向——要么抄古碑，要么独自钻研古印度梵文、古吐火罗文；要么就翻译瑞士语言学家高明汉的《中国古代音韵学研究》，或者英语教学，天天还能将心情放于音乐里，真是景仰。

噢！我虽没有他们的伟大高明，但我出国后，也算是找准了自己研究的定位了。自然有大欢喜。

今天撰写它们就从一言开始选例、查找、标注页码、撰写临摹、再查找编写释文为落款打好底稿等。就这样研究下去，自然就成为我日常生活一部分，尤其是夜深里的一件高兴的事情，我乐此不彼，不管了许许多多。

于是，我白天和睡觉前接触的是大家们的名篇专著（我写过一篇读书账目要略，请见《我来德国看完的文学著作》一文），夜晚呢，我就开始我的《汉语实用六体书研究》工作。到今天我已经做了近四个月抄写查找、标注页码、创作临摹、再查找编写释文了。经常停下来看那纸页一天天地厚起来。把它放在我的手心上：变得沉沉的、厚厚的。我欢喜的心灵也就跟着摇荡！

于是，我就将余光中先生的诗行与我的对子变成了一副楹联："文白佳偶，不是文白冤家。/古今绝配，非为古今水火。"

是为序。

2011 年 7 月 22 日星期五

在德国所读的书

每次读完一本书后，就会再用心情翻翻、写写或者做点摘抄什么的，然后将书捧在手里，掂掂分量，心里感到很享乐、很富足，还会在书的扉页或底页处瞧瞧有多少文字，这样心理就又会有大满足。

是的，我时常就是这样的徜徉书海。

徜徉书海，感觉完美！使我的心灵又一次得到解放和把时日顺延开去了……这就是我在德国的孤独时间里打发无聊的一种最好的自我调节和心灵的慰藉了！

我，依然将继续读书、写作、运动、学习、工作。我，无忧无束！自己制订了一份长期的学习读书和作文的计划，将书中的知识等融进腹囊，与友人交而有主意和话题，岂不乐哉！

想一想，我飞到德国已经有很多的书籍被我啃完了。这不，我将它们都统计出来了。我将要告诉你我已经读完了哪样一些作品呢？请看下文收录。

（一）在2011年1月底到8月以前读了17本著作：

1. 谢冕等编：《十月典藏·紫卷》，北京：十月文艺出版社，2004.（43万字）

2. 黄永玉：《比我老的老头》，北京：作家出版社，2003.（15万字）

3. 张光林：《季美林先生》，北京：作家出版社，2003.（36万字）

4. 汪曾祺：《汪曾祺散文》，北京：人民文学出版社，2005.（20万字）

5. 郭小橹：《我心中的石头镇》，上海：文艺出版社，2003.（15.7万字）

6. 余熙、程平：《约会巴黎》，北京：新世界出版社，2003.（26万字）

7. 栾梅健：《徐志摩传》，北京：团结出版社，1999.（23万字）

8. 陈漱渝、刘天华：《鲁迅散文选集》，北京：民主与建设出版社，1996.（19.5万字）

9. 陈漱渝、刘天华：《鲁迅书信选集》，北京：民主与建设出版社，1996.（17.1万字）

10. 李燕珍：《胡适自叙》，北京：团结出版社，1996.（16.6万字）

11. 乐齐、郁华：《冰心自叙》，北京：团结出版社，1996.（35万字）

12. 刘炜：《徐志摩自叙》，北京：团结出版社，1996.（28万字）

13. 赵李红：《郁达夫自叙》，北京：团结出版社，1996.（33.2万字）

14. 赵新那、黄培云：《赵元任年谱》，北京：商务印书馆，1998.（44.3万字）

15. 尉天骄：《台港文学名家名作鉴赏》，北京：北京大学出版社，2003.（31.2万字）

16. 秦轲、郑明：《神秘源：影响人类文明的十大考古发现》，北京：北京文物出版社，2003.（31万字）

17. 国务院华侨办：《中国文化常识》，北京：高等教育出版社，2007.（42万字）

（二）2011年9月开始，又读完了以下十几本书：

1. 贾平凹：《贾平凹——中国当代作家选集丛书》，北京：人民文学出版社，1998.（36.2万字）

2. 许总：《元稹与崔莺莺（文人情侣丛书）》，北京：中华书局，2004.（12.8万字）

3. 焦垣生，张蓉主编：《中国古典小说鉴赏》，北京：北京大学出版社，2004.（28万字））

4. 曹文轩：《20世纪末中国文学现象研究》，北京：北京大学出版社，2002.（32万字）

5. 鲁书潮、王丽萍：《岁月如歌》，北京：人民文学出版社，1998.（31.6万字）

6. 罗珠：《大水》，北京：人民文学出版社，1998.（44.9万字）

7. 刘玉民：《骚动之秋》，北京：人民文学出版社，1990.（27.3万字）

8. 李海珉：《水乡足迹—缆船石》，北京：文物出版社，2004.（20万字）

9. 诸葛忆兵主编：《冒辟疆与董小宛（文人情侣丛书）》，北京：中华书局，2004.（18.2万字）

10. 刘心武：《栖凤楼》，北京：人民文学出版社，1996.（31.1万字）

11. 中国文学出版社主编：《古代小说卷》，北京：外语教学与研究出版社，1998.（21万字）

12. 中国文学出版社主编：《中国文学—古代散文卷》，北京：外语教学与研究出版社，1998.（20万字）

13. 董秉琮：《书法与绘画——中国艺术的最高形式》，北京：汉语大词典出版社，1999.（16.6万字）

这样看来，加起来有800多万字了。实际上，我在德国一年多以来读的书应该超过1000万字的，还有一些书没有及时记录。关于我的写作情况：在汉诺威写的散文有21篇，诗歌12首；在奥斯纳布吕克写的散文有53篇，诗歌34首。这样，一共写了74篇散文，46首诗歌。另外，我还创作了一本 43 万字的著作：《汉语实用六体书研究——我与古人对床夜语》（已经出版发行这是后话）。

2012 年 4 月初

回眸·凝视
——改革开放 40 年，我与教育

岁月悠悠，河水荡荡。

回眸，是一种姿态，是一种风景，是直接的参与，虽时间流逝，记忆重拾，回想曾经的变迁；凝视，是一种姿态，非弃绝于世，亦非直接参与。更多的是站在远处的关注和审视。它显示了我们对历史和未来的态度。

我们的国家实行改革开放 40 年，我也经历小学、中学、师范、大学、研究生学习和如今工作的 40 年角色的转变，都将成为我丰富美好的人生阅历。

我时常为自己的身临其境，直接或间接的接受、培养、教书育人而自豪，常为自己 40 多年人生中的教育经历而惊叹：无论从小学到读师范、接受大学教育到为人师表，去教育后生；还是从乡村到城市去接受基础教育，还是自己研究生毕业以后，从国内到国外交流访学，都是自己去观览不一样的风景人生阅历。

改革开放 40 年，我们的国家也是从加强中小学基础教育到九年义务教育、从着力加强中等（师范等）职业教育到高等教育的迅猛发展，再到今天的大众普及教育。这些正是我国教育从百废待兴到产生巨变的 40 年发展历程，由破旧废墟茅草房教室到今天的灯明窗亮的楼房教室等现代化多媒体教室、微格教室等，这些现实都是莘莘学子永远的"精神家园"的一部分。

第一次加入少先队

1978 年，党的十一届三中全会犹如一阵春风吹遍祖国神州大地。那一年我 10 岁。

10 岁前接受的教育，是在外婆家读的城南小学。印象最深的是一名叫许日珍的女老师，她是我们班主任。瘦瘦高高，体察细微，性格温婉。她关爱着我们班级每一位学生，她对我们学生采取的方式是鼓励和督促，至今记忆犹新。

40 年前的今天，我刚好 10 岁。我从外婆家乡下城南小学二年级毕业转到青口镇中心小学读三年级，在我记忆的脑海里，留下深刻的印象是我第一次加入少先队。那时，9 月刚开学不久，全体师生都围坐在操场边上。那天上午 10 点，天空中升起的阳光照耀着我们台上即将入队的学生们，那是我以一种庄严肃穆、热情高涨的情感，接受着佩戴红领巾的光芒。台下的掌声已经注入心间，它让我第一次激动。

第一次加入团组织

记忆的大门敞开了，真感谢命运的安排，我遇见了这样一位好老师，我的初中班主任——王世合，他是无锡人。他为人宽厚、祥和一如他的身板，伟岸健壮；宽宽的脸，大眼睛，慈祥的目光，他教我们数学。那时，我考上了全县最好的赣榆县中学。

王老师带我们一直到毕业。在初中毕业前夕，通过了毕业前的学校选拔考试，我们班级 58 位学生就仅剩下 28 位学生参加中考，那时的学习分外紧张忙碌。王老师依然在 7 月 1 日，党的生日这一天，为我们班级 7 位入团的同学举行了入团仪式，其中一位就是我。记得黑板正中间有一面团旗，我们面向团旗跟着三老师一一宣誓，报自己的名字。然后，王老师对大家谆谆教导，那一种儒雅风度和步履稳健、仪态祥和从容、微笑的神情，在我心中激起了无比的温暖和莫名的激动。

第一次加入党组织

记忆中在海州师范就读时，我刚满 16 周岁。在学校里的读书时光可以用自己作的一首诗为证：

踏上一片阳光

记忆里/六弦琴弹奏着/熟悉的日子/那个古老的城区——海师校园/我们曾在那里求知/

岁月磨不去的/家境清寒/日子/于是，象牙塔里你追我赶不肯离去/

一楼的教室/那幢新楼落成的西侧/曾记得某日/我们晨读/冰冷的冬晨/偌大的教室/

不经意间，走下座椅/抬头迈步，回眸迎曦/噢，有一片光亮从脚下传递/

阳光从门缝外直奔教室/就这样，不经意/踏上去/在这个阳光初放的冬季/一种温馨 一种快意/

融注了我们身躯——/

三年后/带着阳光的笑意/去圆四年金黄色的梦

1985 年 12 月

当我从师范院校毕业回到母校江苏省海州师范任教之前，经历了三次大型的毕业见实习和中师毕业前的两次见实习。记得优秀班主任张廷亮博士带我们到他的家乡猴嘴实习，以及我们中师毕业前我带队回县城家乡实习。在我大学毕业前，学校安排我们到徐州师范学校实习半学期。

大学毕业了，我要为人师表。记得自己上的第一堂课，是提前一周将自己的教案备好，反复向指导老师请教，总希望来个闪亮、来个出彩。自己的教案改了 7 遍，重新抄写了 10 遍。

2003 年 6 月 16 日，我的努力，和带着 16 年的执着信仰，在这一天，我光荣地加入中国共产党。

当我送走了一届届的毕业生，他们让我深深地知道，要学会尊重学生、了解学生、理解学生，这也应该是我们每一位教师终生研究的课题，是我们作为教师的神圣职责所在。我们有什么资格、有什么能力来担负起这一神圣使命？学会与学生和谐相处，我们又何尝不是一个被教育者、受育者，正所谓教学相长。我曾为毕业的学生写过一首长诗作为 21 世纪初的一种美好与遐想。

诗的交响——献给毕业生

（一）

同学们——/还记得那个浓得化不开的九月吗/秋雨斜织着熟悉的长路/我们曾经的誓言多像两只蝴蝶/

翅膀温柔/托起一个古老而生动的季节

（二）

阳光打在身上/正当我们最好年龄的时候/你说/"青春的花儿，可以绽放很久……"/

梦做了多年/醒来之时/已是夏日，桃李飘香/噢，春天，过去就过去吧/

当我们从泥土的怀抱里直起腰来/发现时代的号角已经吹响/我们，就要远航——

（三）

其实，写给家乡的早晨/同九月时亲切的校园一样/校园的女生宿舍/就相当于古代小姐的闺房/

如果念的是中文专业/那算是潇湘馆和蘅芜苑了/窗外晾晒的衣裙正值青春妙龄/被阳光哄骗又滋养

楼下窗棂前，总有男生伫立/失魂落魄，个个像贾宝玉或张君瑞/在这里，每个人都把自己当成/

生活片中的女主角/并把某个男生的殷勤/看成上帝发给自己的奥斯卡奖

（四）

是谁的名字如黄铜般嘹亮/那是从东方日出的大海到夕阳西下的山峦/那是运动场上黑发男儿/

用坚实的臂膀抒写对青春的向往/当满怀信心的理念止步于未来的路上/洁白的纸片上留下岁月/

也留下了年幼的无知与迷茫……

（五）

熟悉的日子远去了／欢笑成为记忆／有多少心灵的悸动／那楼间夜夜灯火辉煌的屋子里／

我们曾经一路花雨／如果友情很淡泊／如果淡泊很温馨／如果温馨很长久／如果长久像不绝的泉水／

如果泉水临空而设／那就让时光跟口香糖一般耐嚼，不见消耗／就让青春无悔，生命如歌吧／

再一次走进那个难忘的九月／将相聚的日子／拉近——

2005 年 6 月 24 日

（学生毕业前夕发表在校刊《连云港师专学报》，此诗在毕业师生文艺晚会上老师们集体朗诵）

第一次出国访学交流

为推动汉语加快走向世界，提升中国语言文化影响力，从 2004 年开始，我们国家在借鉴英、法、德、西等国推广本民族语言经验的基础上，探索在海外设立以教授汉语和传播中国文化为宗旨的非营利性教育机构——孔子学院。2018 年孔子学院开办 14 年来取得蓬勃发展，全球 149 个国家和地区已设立 500 余所孔子学院和上千个中小学孔子课堂，累计培养各类学员 900 多万人。孔子学院以教授汉语和传播中国文化为宗旨，以文化的姿态向世界发出强有力的中国声音，显现正面的中国形象。文化的交流、观念的碰撞、思想的升华，孔子学院并非简单地教授与传播，它的一些活动对当地的文化产生了重要影响。

2009 年夏天，我参加完国家汉办·南开大学密集型封闭式培训 2 个月以后，不久，就被派往欧洲孔子学院去做民间传播汉语言文化使者的工作。第一次，我从连云港出远门，跨度几万里。第一次乘坐汉莎航空飞机出国门，前往德国，进行为期两年的交流访学活动。

图1 在德国奥斯纳布吕克的办公室工作一角

记得德国诗人、大文豪亨利希·海涅有一部名著《德国，一个冬天的童话》，我就来到了德意志联邦，正好是腊月，国内正是新年将近。德国的冬季，雪花漫天——我到了，接受了汉诺威（Hannover）、奥斯纳布吕克（Osnabrück）当地电视台的采访和友好交流，记得自己有一篇发言稿（德语版加中文翻译）是这样写的：

Mein Name ist Long Yanbo，（Ich fühle mich geehrt.）

Sie können mich "Yanbo" nennen. Ich spreche wenig Deutsch, Ich bin Chinese und komme aus der Stadt Lianyungang, der chinesischen Provinz Jiangsu und freue mich nun in Osnabrück zu sein. Das deutsche Volk ist anerkannter Maßen höflich, die Menschen sind bei guter Gesundheit und stets hilfsbereit. Deutschland ist ein freundliches und selbst-bewusstes Land.

Ich bin Professor der chinesischen Sprache und ich bin hierher gekommen, um Chinesisch zu unterrichten und um die chinesische Kultur weiter zu Verbreiten.

Ich liebe Literatur, wie Goethe, Beethoven, Hegel, Marx und so weiter.

Heute ist Mittwoch, der dritte Tag der Woche（sieben Tage）. "3" und "7" sind Glückszahlen. An so einem Glückstag treffen wir uns heute, was mich sehr freut und es ist mir eine große Ehre Sie kennen zu lernen. so in diesem feierlichen Tag treffen wir hier große Freude und Ehre, Sie kennenzulernen. Möge unsere Freundschaft für immer halten!

我叫龙彦波，我很荣幸。以后各位叫我"彦波"好了。我的德语只会一点点，我是中国人！从中国的江苏省连云港市来到奥斯纳布吕克市，来到了世界人民公认的文明、健康、规范以及热情、友好和自信的国度——德国！

我是一名汉语教师，是以教授身份来到这里进行汉语教学和汉文化传播……我喜爱文学，喜欢歌德，喜欢贝多芬，还有黑格尔、马克思，等等。今天是星期三，"三""七"是吉利的数字，所以在这个吉祥的日子，我们相聚在这里，很高兴，也很荣幸认识各位。愿我们的友谊长存！

2012年6月，我胜利完成了国外学生学习汉语（书法）的教育教学和访学任务，顺利回国。回到了原单位连云港师范高等专科学校，继续从事着我的教育事业和对文学梦想的追求。业余时间也曾作了两首短诗，算是国外的一个总结，一段片刻的回忆。

生活断章——十二字绝句
看花落日没人影漫生自惶溟，／赏月照窗明心声冷长藏衣襟。／
钻古读经伴烟茗夜深昍日更，／埋书临帖满天星心宽乐前行。

思乡——在德国奥斯纳布吕克
谁敢作西北异乡开荒闯荡／他应带上亲密的爱人／抑或甜蜜的恋人，／众生在欢畅，陌生人／
只落得个片片寂寥孤单。／
拔高的钻天杨，青青的草场，还有淡白的花香。／你们可知否，这美丽的德意志联邦？／
啊，山峦背后，云海苍茫——／我的家乡，万里遥迢！／
静静地观望星海，低眉思想，／四围灯光闪烁，星星眨眼儿，／恰似步步逼近，又逃离；／

我爱听这静静地树叶摇摆，山林沙沙作响。/我的爱人哪，你门前可听到我婉转畅往/怅惘。/

深夜里，悄无人声的寂静，/我自有我欢乐的时光——/清晨里，掬一捧茶水浇润眼眉，/

远方教堂的钟声，声声入耳，/清朗朗。悠悠天空，我又四方徜徉，/五彩缤纷的异乡花木，/

夏季里，晃育着浓翠清凉。/

灵感惊悸、跳跃地扇动巨大的心房，/我的卧室里，一个人仰躺向东方。/

我的国！我的娘！我的故乡……/千里翘首，万里观望，/你守在我心里！我衷心地向你致意！/

分分秒秒呈祥——

2011 年 5 月 30 日凌晨 2：00

有人说，独学而无友，则孤陋而寡闻。读书、教学和交友同样重要。记得《朱子读书乐四景·春》诗句：

山光照槛山绕廊，/舞雩归咏春风香。/好鸟枝头亦朋友，/落花水面皆文章。

蹉跎莫遣韶华老，/人生惟有读书好。/读书之乐乐如何，/绿满窗前草不除。

宋代大理学家朱熹在《四时读书乐》中给我们营造了一种令人向往的读书境界。他说："读书之乐乐如何，数点梅花天地间。"读书乐在哪里？乐在了我们尘心渐息，俗气潜消的书香境地。"《诗经》中写道："嘤其鸣矣，求其友声。"鸟儿呼叫，是在寻找友谊，更何况人呢？"落花水面皆文章"一句让我们联想到曹雪芹《红楼梦》第五回有这样的文本："世事洞明皆学问，人情练达即文章。""读书之乐乐何如，绿满窗前草不锄。"很久不读书了，空间里同样是要懒到长草地步了。就做一粒有信仰的尘埃抑或小草吧！就从此刻开始，相信幸福，相信未来，记录幸福！记住友谊长青！

杜甫的七言律诗《客至》，不也是一首洋溢着浓郁生活气息的诗歌吗？

"舍南舍北皆春水/但见群鸥日日来/花径不曾缘客扫/蓬门今始为

君开/

　　盘飧市远无兼味/樽酒家贫只旧醅/肯与临翁相对饮/隔篱呼取尽
馀杯"

　　"花径不曾缘客扫，蓬门今始为君开。"诗意是说长满花草的庭院小
道，不曾为迎接客人而打扫过，一向紧闭的家门，今天才第一次为你打
开，短短两句不仅说明客不常来，同时说明主人不轻易接待，今日"君"
来，蓬门洞开，显示宾主的深厚情谊。

　　我们的教育就应该是一种诗意的生活写照。

凝视的眼睛

　　改革开放40年，教育势必跟国家社会中的地位所决定的。40年改革
开放，我们的教育应该怎样继承传统，发扬光大。我曾这样发问：何为教
育？古往先贤论述颇多。已往我们在书上、报上读到的，大多也能略知一
二，教育当以最客观、最公正的意识思维教化于人，如此，人的思维才不
至于过于偏差，并因思维的丰富而逐渐成熟、理性，并由此，走向最理性
的自我和拥有最正确的思维认知，这就是教育的根本所在。教育也是一种
教书育人的过程，可将一种最客观的理解教育他人，而后在自己的生活经
验中得以自己所认为的价值观。教育，是一种提高人的综合素质的实践活
动。《荀子·王制》云："公平者，听者之衡池，中和者，听之绳也。"公
平公正是好与坏的衡量标准，中和之美是中华文明的精髓。今天，我们培
养的是社会主义新时代的接班人。古文《论语·雍也》中说："所谓君子，
就是一种和谐，就是要文质彬彬，不粗野，不浮华。"这是古人为我们制
定的为人标准。今天，我们如何能将"诗教育人、书道育人和礼教育人"
三者融合打通，让学生在毕业时，都有理想有朝气有追求、健康而快乐，
又有多技之长。这算是一个亟待谋划的课题。《道德经》中讲："轻诺必寡
信，多易必多难。"好事大事，要想做成是有很大困难的，要有做长时间
的奋斗准备和打算；我们要有克服困难的勇气，有足够的耐心，坚定的意
志，充满自信。有位哲学家说过，有的时候，时髦的缺憾与过时的优点，
会具有同样的魅力。我想，最终会实现我们教育的梦想，完美人生。

青春之歌

记忆风铃

青春寄语
——江苏省海州师范八八届同学十年聚首辞

同年、同月、同日，我们走进同一所校园，同一个班级，四十双青春的手，共同奏响了生命中最华彩的一章，难以忘怀的，是在心灵的净土上，曾播种过相同的梦，云淡风轻处，留下我们极美的回忆。

学生时代，豪气满怀，不知不觉，我们已从幻想的蓝天走向黄土的现实，夸夸其谈，想入非非——早已不属于我们的年龄，实实在在、平凡无奇，才是我们脚下的真实。

时光如梭，岁月流转，昔日同学相会，今朝就是朋友。"有朋自远方来，不亦乐乎？"这朋友就是在场的各位同学、同志。阔别重逢的泪珠，那是流出的欢喜，双手紧紧地握，那是多年的思念……

手携手，朝前走，不需要宣言，也不需要呐喊，所要的就是踏踏实实地做，认认真真地活，平平凡凡地过，俗话说："桃李不言，下自成蹊。"

　　"年年岁岁花相似，岁岁年年人不同。"亲爱的老同学，让我们共祝：明天会更好。二十年时再相会。

　　　　　　　（1995 年 12 月 10 日在连云港市教育局苍梧宾馆主持发言词）

追忆美好时光

今夜里，无月的夜空
星星是黑色的点缀
有一种寂寥与凄楚融入我心
于是，只好怀想美好的童年

那时的年月要用
星星和月色计算
要用笑语串联
幻想是它的主线
天真如珍珠般璀璨

那时我是个着迷的孩子
童话、传奇，民间故事，还有神话文艺
是我最大的渴求
不知道为什么只想仔细地看

　　　　　　　　　　　　　　　　　　1989 年 1 月

辉煌的瞬间

从浴室走出
我
拂一下湿温的头发
抬眼打量这个城市
——这个喧嚣的世界
啊！
昏迷的夕阳映射
这辉煌的一瞬间
永远地留在我心底了
这夕阳好特殊
完全是一副喝醉的面孔
有些昏黄，有些醉意
三月的风飘起骑车女孩的风衣
车铃声争吵着飞快逝去
我挺胸走下去
沿着阳光下微醉的公路

1991 年 3 月 29 日

矛 盾

（一）

一个人要追求阳光
却总是徘徊在月下

（二）

气球五彩斑斓
它却飘在空中
抑或在别人手里拽着

（三）

非常渴望某些东西
仿佛山谷渴望水流
那山尖
然而总是不化的冰雪

（四）

幼苗多么可爱
那时的枝叶茎
团结成一颗颗纯洁的嫩绿

春风化雨

幼苗长成参天大树

可悲的是

枝叶分离又叶叶分离

终究出现了一幅幅单调的枯木

1991 年冬日

宁静的心

经不住白天的那种声音

深深渴望

拥有一处适宜自己的时间环境

别无去处

于是只有

在夜晚静静寂寂地享受

心灵的那一片宁静

奥地利夜景

远方的梦景

走过闹市
走过乡村
走入无人的旷野
去沐浴黄昏血红的夕照

走过情感
走过岁月
走入未来的梦境
去体验一种深切的激动

走过沙滩
走过浪迹涉入和风中的绿岛
一切树木都演奏着少年的心声

走过夜晚

走过黎明

飘成天边的一朵红云

作一条丝带连接着太阳的脚步

走过秋季

走过冬雪

置身四月多情的晚风

情人的白裙飘荡如烟的颤动

1998 年（2000 年发表，获得"中华诗神"称号）

转瞬间

上眼皮是正月

下眼皮是腊月

转瞬间

一合眼

一年就过去了

转瞬间

孩子成熟

长成壮年

我们也走向夕阳满天

不知道

转瞬间

下一次中靶

不管几环

只要

磨砺心中的那把箭

圆

母亲手中的线
达·芬奇笔下的蛋
掉进巢窟里的卵
总在儿时轨迹上转圈

地球在流浪
五彩珠在水中游弋
女词人墓碑上的圆符呢
抑或老舍笔下的月牙参半

你
从何处来
又归何处去
重新涅槃

等待思变

回归 回归——

从终点到起点

2007 年 1 月

残冬

想来的早已启程

要走的如风随行

你蜂拥而至

挥洒阴晴

任苍穹狂舞

任雪花飘零

一声声颤栗

不分西东

瑟缩的门铃 拉响了

阴霾

走近 静默
封闭 包裹皲裂的岁月
关闭所有的飞灵躁动

2007 年 1 月

师专①印象

苍梧翠山放眼量，
一片生机无篱墙。
新愿升本几代人，
振兴港城师八荒。

注释：

①师专：即连云港师范高等专科学校新校区（江苏师范大学连云港校区）。坐落在连云港花果山脚下，大圣湖西侧。

候机室①素描

置身于高高钢网状屋脊下
成为一个行路人
来也匆匆 去也匆匆

候机室里
慵懒地
静坐 等待
默听上空传来的响音
此起彼伏

各式各样

钢化玻璃窗外的空地
阳光下肃立
三两架飞机
颜色一律银灰亮白
远远看去
白花花耀眼

"江南丝竹调"响起来了
身心开始松软舒坦
跳动的心
又一次期盼
起飞的时间

注释：

①2012年3月30日上午10：10，途经法兰克福转机到北京首都机场所作。

我为集训营歌唱

（一）"四要"歌
许多话，要用心来品味
有些人，要靠处来体会
诸多事，要依思来应对
许多情，得拿水来回馈

（二）We are going straight
我和你，hand in hand
我和你，心连着心——
一次生，两回熟，双手架起言语虹
虽咫尺也无谓
彩带中，We are going straight
一次生，两回熟，双手架起言语虹
虽咫尺也无谓
彩带中，We are going straight

2009 年 07 月 15 日 17：43

秋日骑车有感

眼前青山套绿装，
古城向晚映斜阳。
车声不改行人步，
一阵清凉褶衣裳。

作于 2012 年 8 月 7 日星期二 立秋午后

石棚山①漫步所感

漫步田园美如幻，
藤丹层染绘青峦。
白雾袅飞升嶂瀚，
近赏心醉情更宽。

2019 年 12 月 29 日

注释：

①石棚山：是坐落在连云港海州区朐阳门东南的一处名胜。也是宋代大诗人石曼卿饮酒宴乐和大文豪苏东坡登山赋诗的地方。某周六下了一天的小雨，到第二天下午 4—5 点钟时，雨停了，海州的街市冷冷清清。漫步走向郊外的石棚山，沿途的路人不多，偶有一家四口出门，也在山边的小路漫步，山边水库有很多树木的倒影，忽闪忽闪的，里静悄悄地，远方的山峦湿湿露露、清清凉凉，雾气慢悠悠地被风吹散。眼前的景色让人心情无限美好！

海师^①情（外一首）

百年韶华竞风采，岁月峥嵘抒豪迈。
晨钟暮号播声远，晴耕雨读永传载。
三字一话^②练冬暑，书声琴韵育良材。
敬业乐群传佳话，师表八荒创未来。

2018 年 5 月 29 日 12：28

注释：

①海师：作者在 1985 年就读江苏省海州师范学校（1914 年 7 月成立），现合并为江苏省连云港师范高等专科学校。

②三字一话：是合格师范生必备的基本功。即粉笔、钢笔和毛笔字，以及普通话。后加入"一画：简笔画"。

春日抒怀有感

枝头绿柳树莹莹，春分雨儿凉清清；
伴你一同春风寒，昼夜均尔寒暑平。

三春至，校园步行一首

水波随迎淑节至，满眼绿色映窗影。
书家无意落笔墨，出门信步赏芳春。

2018 年春日

七月游云水湾湿地^①

满池扇叶遮径幽，小亭八面吹绿风。
远处妻友传欢笑，玉莲^②婷婷拜新朋。

注释：

①云水湾湿地公园：云水湾景区位于江苏省连云港市区南郊云台农场
境内，毗邻渔湾、孔雀沟等景点，是省级科普教育基地。园区内含万亩荷
花、精品睡莲、水生蔬菜、休闲垂钓、水上乐园、农家乐、千亩采摘果
园、油菜花田、十里桃花堤、科普馆、苗圃基地。节假日，喜闻云水湾莲
花盛开，约上友人，一同赏荷花。

②玉莲：满池的莲花竞相开放，莲蓬婷婷玉立，在风的作用下频频向
游人点头，好像是见到了老朋友。

无题

岛上渔舟水中立，海上楼阁天上来。
门前忽见一花开，顿觉春光入满怀。

饮茗情思

（一）

福建龙袍铁观音，
云南普洱香争春。
夏喝龙井秋滇红，

一年四季伴绿茗。
毛尖毛峰出安徽，
谷雨前后春芽兴。
（二）
家乡云雾春芽好，
不论男女和老少。
老家名茶夹谷茗，
赛过江南碧螺春。
（三）
花果山上有棵茶，
春季到来香宝刹。
曾为香客访茶去，
喜遇大师唤昌林。
一杯新茗七回水，
只见青绿不褪清。
（四）
天下茶名千万种。
品出茗细见真功。
茶韵茶香喻人生，
水道茶道君子情。
（五）
淡茶一杯清气生，
浓茶半下豪情动。
回添方罢待茶半，
说尽天下奇事闻。
半夜三更勿须归！
只因遇见块垒客。
（六）
天下名泉曰虎跑，
水满不流见水高。

茉莉香茗天下传，
千古茶道中华兴。
友人喝过一杯茗，
茶气缭绕成人形。
忽而化龙飘散去，
留作香雾伴后生。

歌曲《相聚杏坛——南开》

歌曲
1=G
稍慢 抒情地

龙彦波 词
龙彦波 曲

朗诵（开场）：

胸怀祖国，放眼世界，传播汉语，我们来了！（紧接着音乐弹奏开始）

66 65 4 41 | 55 54 3 2. | 55 55 6 5 4 | 3 2 1 -) | 51 32 3 - |
　　　　　　　　　　　　　　　　　　　　　　　　　　你从北方来，

21 21 5 — | 55 55 6 55 43 | 33 2 - - | 6.5 42 6.5 | 4.5 43 2 - |
我从南方来， 汉语推广列车 将我们装载。 南开的缘， 海河的水，

55 55 6 65 | 3.2 3- | 6.5 42 6.5 | 4.5 | 43 2 2.- | 55 6 55 6 5 4 |
激励我们阔步向 前迈。 同学的 情谊，老师 的关爱， 把它珍藏在年轻的

3.2 1.1 ||: 6.5 6 5 44 1 | 5.5 54 3 2. | 01 6.5 4 | 1 4 5 6 |
胸怀。 啊！ 今日相聚南开，啊！明日分赴世界， 为推广汉语加 油，

2 22 6 - 5 | 54 32 1 01 || :02 22 7 - | 7.6 5 2 (高音2) | i - - - |
我们的心 永 不分开 啊我们的心永不分 开。

闲话友情

友情

（一）

　　曾记得读大学的"老乡会"。就在我大学毕业前一年，跟一位姓王的男老乡认识、相交往。同门情谊深厚，他是圆圆脸，说话微笑着，富有涵养。他是中文系 87 级的，比我高一年级。后来，他就留在徐州市第十二中学，当时，我还没有毕业。

　　在他毕业前夕，他想让我送一幅画给他，其他的老乡都有我画的虾趣："急流勇进"图、菊花螃蟹图、金鱼戏荷等等，唯一没有给他字或画，我自己也觉得有点对不住——还有，我觉得字或画送给他，时间有点早。

　　后来，我回到伯父家里，请孝思伯父帮助我画幅"竹子"送给他的。但是，伯父当时作完画后，问我："彦波（博的读音）！你看，画是完成了，干脆咱爷俩来个合作，落款呢，由你现场赋一首题画诗吧，这样多好！"

　　我也认为很好。于是，当场思考了分把钟，就顺口说了两句："四年书海今昔别，淡淡之交君子情！"下面没有了！想不起来了——"词穷"！哈哈哈！当时，伯父也没有法子。就这样，我将这幅没有写完的"竹子"，在他毕业的时候送给了他。他见到是很高兴的。而我却感觉有点遗憾！

　　不想，过了若干年后，来到德国，生活的日子已经过去好久了，临了，又要与朋友惜别，于是，突然之间想起我曾作过这首没有下面两句的诗来了，我也很快就将它补了起来了。续写的两句是："心中藏有万端事，待到分别一语无！"

于是，这样一首诗才算完整结束。我给它起了个名字叫《赋竹兴怀——赠王君大学毕业留念》："四年书海今昔别，淡淡之交君子情！心中藏有万端事，待到分别一语无！"

（二）

古往今来，人与人之间的交往，总像是《三国演义》开始所说的一样：天下合久必分，分久必合。就这样的周而复始，即使心中有千千结，始终让人挥之不掉，化不开去。天下没有不散的筵席。可是，深埋的友情亘古长青！这就是我对友情的阐释和珍爱。我不知道还会有多少朋友从我的身边匆匆而过，但是真情流露在我的心中，我的脑海里填满得很丰厚、很丰厚。我珍惜每一份友谊，一如珍爱着自己的生命一样……

愿友谊之树长青、长驻心间！噢！友谊——万岁！

2011 年 5 月 28 日星期六

诉说一段别离的情愫

同学朋友又要远行，离别之际，写段文字聊以自慰或祝福前行、回国的友人。

——题记

朋友，云门禅师说过"日日是好日"！其实这种境界并非常人所向！

谁说：草木无情人有情——它们都是真的？

友人说：多情自古伤别离。说书人说：眉毛浓的人重情分。可我不知道李白、王昌龄、岑参，还有苏轼、柳永、秦少游……是不是眉毛浓粗的人，但至少我知道他们重情分是不假的。读那李白的《赠汪伦》《别董大》，苏轼的《中秋月》，还有岑参的《白雪歌送武判官归京》……其实，我应当就是其中眉毛粗重，重情感的一位。从小到大每次上舞台演出前化妆，为我化妆的女孩儿或阿姨、同事都说我眉毛粗、厚重，不用点眉了！化妆省去。呵！

每当与好朋友分别（不管是在读研时，大学时、南开培训营，还是师范同学：我的室友们、同行和一些知己朋友），一旦要分别离开我时，心里总有一种言不名状的伤感和忧伤。而且这种忧伤一直要延续很长很长一段时间，有时心里口里都感到窒息。就必须走出去，去到天地间做深呼吸。但那种离别之情怀是一阵阵地袭来，让你无法逃脱！又无法逃避。这一段段经历是从 5 岁左右，被送到外祖母家上学时开始的，而且一直还在延续。

曾记得我经历过 1987 年的海州师范 87 级学生毕业（三年制），高年级的学兄学姐们在毕业回家时，个个哭成了泪人儿。他们相互哭着、喊着彼此姓名，他们走着哭着，哭着走着——有的扒着车子，有的在车里，车子慢慢地走，他们就跟着车子一边走一边哭，这就是离校送行送别的情形——在哭别！有的班级师生一起失声痛哭流涕，难以表诉。那时我读师范一年级，考完期末试也要回家，就顺路搭坐在这样的车子上回家去。车上，在我的四周围，有学兄、学姐一直在哭泣！路很长很长，车上有的渐渐低泣、有的还在呜咽。等到我下车了，他们的哭声，一同车子远远地开走了，哭声也渐渐离我远了，但又仿佛在我眼跟前一般。

走在回家的路上，虽然我听不到他们的忧伤了。可是那低落的心绪总还被这种别离所牵伴着、缠绕着，沉重、彷徨而又无奈。

等到我毕业的时候，我的心里同那时的他们一样，难以排遣，又难以名状！泪总在心里眼里打晃，口发不出声，伤怀别情挥之不去。除非有朋友在我的身旁！这种独自难耐的心境是一直地在我跟前，我的脑袋里昏昏然、左右晃悠、懵懵懂懂……

做了三年师范的班干部（兼双职）。那时，我要等把手里的同学粮、钱发完才能离开（生活委员），等到最后一个人的费用发完了。然后再一个人泪眼朦胧，一个人背着行李，与母校、战友、师长洒别！最后一个离开母校——离开海州师范校园。那段时间，我的心也不知道碎了多少回！额头眼眶上又不知道挂着多少伤别离的痕印……

其实，别离是什么？她就是我们心中的结，时常纠缠着你我。也就是那条痕伤深深地印刻在额头眉梢。

　　朋友，我就是位俗人，但却是一个重情重义的人。今天，也会将别离的心境诉说给你听！希望你们都有好的归程，都有新的生活！回忆时，还能想起有一位这样的同学、师长、同事和朋友、亲人！在遥远的心灵之所、异国他乡，还有一块这样纯美的蓝色天宇。这里就是我与你、你们的友情、亲情驿站！

　　前行的路上，有空时给我个信息，有假日能来看看我也好呢。那我就心静了、淡定了。也许就少了些许忧伤。远方的我为你——你们祝福！"我寄友情与明月，伴君前程似云鹏！"

　　对了，因为我们都要生活，都要前行，都需要结识新的朋友，但是就是不能忘记老朋友，对吧！

仅有一次的情绪

　　临去德国赴任执教之际，赋诗一首赠送给我工作战斗的地方——连云港师范高等专科学校的同事们。

熟悉的日子远去了
欢笑成为记忆
有多少心灵的悸动
那间夜夜灯火辉煌的办公室
我们曾经一路花雨
如果友情很淡泊
如果淡泊很温馨
如果温馨很长久
如果长久像不绝的泉水
那我就生生世世

做临水而居的王子

每日凭借水面的流水

融注新鲜的血液

梦做了很久

主题只有一个

关于美的纪念（不是笙箫）

灼痛我的灵魂

一颗心形的七叶草

飞腾于流云的翅翼

而后飘落在一块

温湿的初园里

静静的洁梦之后

长成辉煌的红罂粟

招展着笑意

像海上的嫩阳摆了摆手

千万只啁啾而鸣的神鸟

便衔来传说中的神衣

我奇幻的梦啊

会再一次深入一种秘密

且让我带着如火的夏日

和夏日中的你

去探求纯如的黄金的

黄——金——色

送师专08届报关专业毕业生

远在德国奥斯纳布吕克市执教，无法与所带过的同学相聚，为学生毕业班送行而作。

——题记

遥迢的德意志联邦
一位师友
为国为家为事业
将新装订成画册
体验别样的生活

心海里
岁月挂满离别的帆

记忆
那一所校园
师专 曾一起蹉跎 呼喊

有你的青春只有你的青春
有你的勇敢只有你的勇敢
有你的欢乐只有你的欢乐
在即将离开的时刻
送你一支歌
青春的歌 美丽的歌 潇洒的歌
迎上那灿烂的朝阳
怀揣梦想
远航扬帆——

不负韶华一路欢歌
走吧 不必忧伤
一同相约
10 年 20 年
……
再相会

送孩子们毕业

我看着的报关班的学生毕业了，在网上——在QQ空间里。

一边读着班长（张瑜）发来的信息："……老师，你虽然在德国，但我们心里还在想你……请你在2011年6月11日星期六下午5：30准时在'川三峡'相聚……现在，就少你一个……希望你在下午准时赶到……你要想着我们哪……"

啊！我的第一届外语报关班的学生，孩子们！今天，你们毕业了——祝贺你们！

这一次的相聚，不就是一种深情的提前离别宣言么？可是，我不在你们身边——我不在你们的身边哪！

谢谢你们的邀请，在这离家几万里之遥的德国……我亲爱的学生们！孩子们，你们就这样要走了吗？

好！又一届学生毕业。就在这异国他乡，我为你们送行——虽然我不在你们的身旁。为你们送去我的深深祝福！

我看着你们聚会的照片，令人留恋！三年的大学时光就这样悄悄地溜走了。对于我，对于你们——你们可是我所带的第一届外语报关专业的大学生呢。

噢！今天，我不在你们身旁！孩子们，你们——真的都要走了吗？

哎！你们——又一届即将撒向祖国四方的"兵"！

各位老师：就请你们替我好好得跟孩子们干杯！干杯干杯！！

人虽在异国，我要跟你们说：孩子们！我永远爱你们！爱你们的。——我现在在奥斯纳布吕克市工作，我会用万里目光相送，目光里充满真诚，满满地祝福……同样在这里，也充满了离别情怀！虽然你们看不到我。可是，我还要真切地跟你们说：孩子们，不管在哪里，请你们把在校读书生活的点点滴滴都珍藏起来吧！那是你们的青春岁月，那是你们放飞梦想的岁月。而这些又都是你们的人生旅途中一段段最美好的回忆呢。而对于我，目前，在德国——但是，我的心，是在你们身边的……

"春在天涯"！祝你们前程似锦，"友谊万岁！"祝你们一路平安！常联络。勿忘我！

2011 年 6 月 12 日星期日

德国奥斯纳布吕克

给我德国的学生

灵光呈现 使命担当

当我从两万里外的东方

飞向你 德意志联邦

我就称唤你是"北大荒"

德意志联邦 明亮的蓝天白杨

奥斯纳布吕克 运动中心体育场

学生加朋友

还有一个东方文明的游子

在一起相识

是这样 就这样

Uni und Fah

你们记录 我来宣讲

两所大学的课堂

接受汉语 认识中国

当你们亲切问候我的时候

给你们起个名字 汉语的

唤你——乐庚、鸥雅

唤你——约翰纳斯、范开斯

还有——黄万、菲力浦

鲍丽娜、王伟其、沃里克和汉斯
我们了解 我们熟知……

噢！在汉诺威①
我知道
达维和弗莱克
你们都好吗

异国他乡
期待 下次演讲

注释：
① 汉诺威：德国西北部城市。

老孙，你个"活宝"

汉诺威中国中心老孙是个"活宝"，是一个大大的"活宝"。

我和老孙之间是朋友关系，是好朋友吧，会开口头玩笑的那种。

没事的时候，老孙就会到各个办公室去溜达，就会随口拿别人"开心取乐"。他还时不时伴随着一些习惯性动作，比如摸摸自己的还算比较大的肚皮囊，头歪着看着你或者看他自己的一个人。开玩笑时，他是绝对不笑的，等你捧腹之后，可能再随着脸上泛出笑意，眯眯眼似的。还有，他开完玩笑以后，就轻轻地走到你身边，用右手轻轻扶一下或轻拍一下你的后背。然后，接着再开玩笑，直到你笑得前仰后合了，他也就不说了，才算告一段落。

老孙是除老板以外，其他人都是被他开玩笑的对象。他呢，是不论大小，当然还是老板（六十左右，比他大）除外。老孙他个头不高，四十六七岁，操着一口未脱尽的南京口音，见到我时，最先，传送他的是笑眯眯的眼神，这时我知道，我不管在做何事情都要停下来，即使我在练字途中。他就又来开玩笑了——玩笑开得随时随地。俏皮话是一串一串的。

老孙经常到我这里来，有王原老师、严明霞老师、李戎老师、王蔚老师，还有沙彤老师作证！老孙一见到我就开玩笑，一是认为我人随和；或者认为我是刚到汉诺威中心来，又是一个老乡。我呢，他肯定还认为这里人同我没有常交流的对象。于是，他就找到了另一个发泄口：跟我开不大不小的玩笑，因为听王原老师亲口说，在我没有到中心来之前，他是老孙的直接受害者。显然平时王原老师就是老孙的发泄场。这下等我来了，开玩笑的对象就转换了。

记得他第一次跟我开玩笑是在我第一个月到汉诺威中心时，这个玩笑就是我写的"Stäntor"一文（省略，不再赘述）。

第二次紧接着而来，就是我去奥地利-维也纳回来后，发现他一到我办公室就换了口风，嘴巴里老是泛出"代办"一词，他自己起的名号："代办"顾名思义，就是说是老板（董事长）海茵茨-狄特·格德克博士（Dr. Heinz-Dieter Goedeke）不在办公室临时代替办理事务的意思，他就跟我和王原老师说，老板不在，王原你就是"代办"，龙老师，你得跟"代办"请假啊，没事就要学习王原老师穿个笔挺的，戴好领带呀，你看人家王原，你看见没有。我笑：这个老孙的口气就是老板哪！……我接茬儿说：那是，应当！我应该要向各位老师学习呢。转眼间，他又改口说："代办"不是你——王原啊，应该是 Julia Toma，我接着随口说"为什么呢？"他说，你没在家，天天早上，Julia Toma 就到办公室门口伸个小头（观察仔细呢），是要看你来没有来，检查工作的。我说：我已经跟她说过"请假"了。怎么又会这样。他就说，你看，你没有向"代办"请示吧，要多去啊？——你，啊！——

第三次开玩笑，是我的头顶少了一撮头发，他是见到了，反应是在一瞬间，太快了，我发现他是天生的具有幽默细胞的。他说，龙老师，头发能随便理嘛，你要注意了？

"我听着呢"！

最近一次是在孔子学院院长办公室开院长的玩笑。他是谁都能开涮两句的，这个俺早就领教了。

今天又翻出新花样来了。上午 10：50 左右，我从办公室出来，走到打印机处去取打印的材料，正好碰到了从茅厕出来的老孙，他看到我后，就跟我聊了起来。说话内容大致还是有关"代办"的，他是没有正经的时候。今天我可算是西服、领带、白衬衣统一整齐着装不是……看你还怎么说？他呢，不着急似的，随口就说："龙老师，你看你呀，啊，多好，老板一定高兴！'代办'也高兴。"

我想这是应该的，上班吗，就得正规些。我也就随声附和：孙老师，你不也是吗？西装笔挺，啊！还黄领带呢。说着说着，他就又发现不对了，因为他侧面对着我，把我从上到下是先看完跟我说话的，这时，他开始了：龙老师，啊，你这回做得好，但是你看你下面的大前门开了（拉锁未拉严实），我的手马上将拉锁拉好。说声"谢谢"！他是边笑着，边说："龙老师，啊！你要注意了，不能只讲大环境，大环境重要啊！但小环境也一样重要，噢——嗯——龙老师：是不是？"

"哈哈哈，老孙——你这个家伙！你这个"活宝——！"

怎么这又跟环境联系上了，我笑得无语。在他走开时，我就对他说：孙老师，你真是个经验之人。"哈哈哈，老孙——你这个家伙"……

回到办公室，我跟王原老师探讨老孙，王原老师笑，声音也高。接着王原老师说：你还没有来的时候，我们中心里，他就经常拿我开涮……

看来，王原老师还是他经常开玩笑的对象啊！

"哈哈哈，好你个老孙——你这个家伙！""你这个活宝——"

3 月记

但令一顾重，不吝百身轻
——说点感念的话

卢照邻在《刘生》一诗中有"但令一顾重，不吝百身轻"两句诗。记得我来德国有四个多月了，其间在汉诺威中国中心有两个来月的工作时间，结识了十几位同事，其中 9 位中国的，加上我自己，5 位德国的同事，还有一位在奥斯纳布吕克市的同事 Frau Tautfest 女士，是他们的友好、和谐关系令我至今日才想起来写写他们，主要是写对于我这方面的友谊、友好和帮助，一起走过的这个短短的几个月时间。

首先要说的是在 Hannover 中国中心／孔子学院工作的 Frau Julia Tama 女士。就在我还在国内时，Julia Tama 女士就与我进行 E-mail 联系：通过了她，我到德国后，才能很快地安静、舒适地住下来，她帮助我联系德语补习班上课，用自己的车子帮助我连续两次托运行李，真是忙上忙下。虽然，我现在到了奥斯纳布吕克来，但她还会时不时地联系我，"问我过得怎么样？""还好吗？""喜欢奥斯纳布吕克吗？"……啊！这就是德国女同事的善良的内心，她很热心、热情！……当然，虽然她还很年轻！做事情还有些不够老练！但这已经足以让我感动！Frau Julia Tama 同事：你应该是我的真正的异国朋友！

汉诺威孔院胡春春院长。第一天与胡院长见面时，就跟我说："龙老师，你刚到，今天中午我请你。""啊！今天第一天，院长他请客——"吃过午饭之后，他带我去中国中心最近的最便宜的超市买些日常必需品，帮助我这个出来乍到，对环境不熟悉的新入职老师。也许是工作学习等方面的关系，与胡院长接触应该是比较多的，多是我向他请教学习、教学的事情以及相关的事宜。现在想，能与他相识，也是一种缘分！又听说他与顾士渊教授即将离开德国回中国去，我再一次为二位老师写诗以作留念！（见我的《话别诗十四行——仅此一题送胡院长胡春春博士、顾教授士渊先生》）

王原老师。我第一眼看见王原老师时，觉得好面熟哇！噢！他人长得就跟我读师范时的张老师一样的。我可真想跟你说呢，到底后来我还是跟他讲出来了。这是因为，在我的求学的日月里，有几位给我印象深刻而且很棒的老师，其中之一就是我读师范时的班主任张老师……见到王原老师，又听说他是山东人，离我老家很近。可算是一位老乡呢。虽然，现在我是连云港赣榆人。在平时，办公室里，我经常向他请教问题！

记得刚到中国中心时，还是王原老师帮助我买电话卡，调节电脑上网等等事情，每一次你都是脸上微微笑意地回答、帮助！你是一位心存质朴、厚重和厚道的山东汉子！不过，王原老师一口流利的德语以及对于国内教育和德国的现状分析，那可是鞭辟入里！句句让我对于教育教学进行深入的思考和对于学习德语的加强和理解。王原老师的帮助，对于我，那是可以说是无私的。让我从心里觉得能交上你这样的朋友应该是我一生福分和骄傲呢！就连现在我家里的行李托运小车，我还没有还给他！得真心诚意地说一声：谢谢你了！王原！友谊常青！

李戎老师。在汉诺威中国中心，我是时常跟着李老师上课！听她的课！现在得说说李老师，听李老师的课最多，课堂学习的东西也最多，李老师的长相像我老家的大妹形象。第一天，我见到她，我没有很冒昧地说出我的看法，后来，彼此都熟悉了，交流多起来了，我才将我的想法说给她听，她也很乐意。还问我：你把大妹照片拿来看看呀！我真得将大妹照片拿来给她看！"不假，真像！"李老师帮助我是从两件事情开始的，第一件是帮助我去外事办签证！颇费了许多周折！当然，都是因为我的业务档案在 Osnabrueck，中途转交很麻烦！连续去了好几次！还有，帮助我到银行开个户！这也是很伤人心的事情，一次到德意志银行去，结果因为我不能用德语跟他们正常交流，虽然，说会用英语交流，但因为对方不会英语，所以德意志银行开户告吹……平时，我与李老师之间也会有对课堂教学等方面的探讨和学习！甚至，在我刚来时，她还将家里多备用的拖鞋带了一双给我！我是很感激的！因为，毕竟在来德国汉诺威中国中心后，真正与中国的女老师的交往、交流应该是从李老师开始的。好长时间没有联系李老师了，我就祝她快乐！教学有成！天天开心！

孙建安老师。孙建安老师是我的好朋友，算是一位生活中的智慧者，生活多阅历，而且他富有幽默情趣！当然，也经常拿我"开心"。我写过他的一篇文章。感激的言语自然是他的侠骨豪情、热心、幽默的性格！与他交往，是生活中的又一福分！真想多听听他的幽默的话语让人开心！也从中学到了许多人生的哲理！

当然还有卡罗琳秘书，顾士渊教授，小闫——闫明霞老师、王蔚老师，以及白婷娜老师，老板德特克博士，他们对我初来乍到，都给予了很多的关怀和友情。

早着呢，我得练字去了。再续！

2011 年 5 月 26 日下午于办公室

记丘姐一家

记得来奥斯纳布吕克市，认识的第一个比我大的女性是丘玢：是她让我喊米勒太太的一位异性朋友吧。米勒太太——我总喊她丘姐，是福建厦门人，她，是我见过的福建人中最善良、最帮助人的一个好人，一位充满热情的女性。哎！身在异国他乡，能在奥斯纳布吕克市生活、工作和学习，我算是一个很受到别人关心、照顾的人：德语不精通，主要是不能自如交流。很多时候，我就请米勒太太——我总喊丘姐来帮忙的！

我记得认识丘姐是我刚认识一位名叫杨宣（男性）的数学博士之后，那时我跟杨博士去他的大学研究所——就是他的工作地点。一路上，经过我的家，还有经过我家北面坡上的一个植物园，很大的，有各种花草树木。

在回来的路上，遇见了后来她让我叫她米勒太太的丘玢姐。之后我们就熟悉了，到我搬家时，她帮助我搬了两次家，都是用她的汽车拉着我行李搬到新家。当然，还有之前，我的同事 Frau Tautfest 女士帮助我找房子，带我去看房子。Frau Tautfest 女士，是我的同事，也是一位热情善良助人的本地人，小我一旬。可以说，我来到奥斯纳布吕克城市，她是对我帮助最大的女性之一。这是我到奥斯纳布吕克市帮助我最大的两位女性。

今天，我接到邀请，就来谈谈丘姐一家——

记得丘姐跟我说过，她在国内曾是福建省的游泳队员，省队的射击队员，她出生在三代高职家庭。父母亲都是大学教师、教授。自己的哥哥嫂嫂、自己等人都是大学毕业，哥哥目前在法兰克福医科大学做医生。

她自己在国内有一段不平常的婚姻失败经历，应该也是一位身受伤害的女性，至今没有孩子。在国内时，是一位数学老师，有 20 多年的教学经历。她说过，来德国整整有 5 年了，记得自己刚来到德国时，已经 42 岁，真是不容易。她自己出生在英语之家——母亲是大学英语老师，凭借自己的一种不怕吃苦的精神，42 岁才开始学习德语，可是九个月后，就考过德国的德语统考。之后，曾一人周游欧洲列国；做过德国大公司的总经理助理，市场部营运设计、大学教授翻译，教过德国人汉语，等等。

我去过她家两三次了，她跟现在的丈夫米勒先生在家，我们应该彼此都熟悉了，我呢，觉得在这样的环境里交流很友好，还请他们帮我打书架，因为，米勒是一位木匠，还会室内设计、装修等，他打的家具，全不用铁钉子，就能使家具齐整、光滑、好看，可以说是一个"家庭全才"式德国好男人。很善良、很友好！虽然，按照丘玢女士的看法米勒属于德国人中的一般普通大众一员，但确也实在。这个，我来德国半年多去过他们家好几次，也确实感觉得到。

看来，认识丘姐——米勒太太是很有缘分的，主要由于都喜欢运动，又能谈得来。都属于性格外向型，没有坏心眼儿。我带过她，一起去过Uni-Osnabrueck 的大学生运动中心，游过泳。之后，我就经常周三下午去游泳，她家离运动中心近，一般周二、周三两天去。我是周四、周五下午还要去那里打篮球，球场上，我也认识了好多外国人，有男有女。在平时，时间长了，走在路上，见了面，相互之间也会打招呼。

记得当我要离开德国，回国前，丘姐请我给国内的六位教授写了一些贺卡，丘姐德国老板很高兴，丘姐一家人请我到她家做客，参加晚宴。之后，用车将我的行李托运到车站，我送给她几幅装裱好的书法扇面，她很高兴地接受了。

现在我们之间的友谊一直在延续……

2011 年 6 月 3 日

倚暖了办公室背后的软椅，软椅却冷透了我的心绪
——也谈谈我的朋友观

这几天心绪不定。我突然想起来两句诗句，于是就写下来了：倚暖了办公室背后的软椅，软椅却凉透了我的心绪。

"人生为何处处是离别？"哎！一言难尽。这几天都要与很多朋友分开、离别。感觉自己几乎要崩溃了。文章也不想写了。今天，又有认识的朋友、博士要回国，约我，我就去送她们。她们也不再来德国了。为什么

要这样的离开呢，我就是成为一个"送"字的人了——脑袋空空，语不成句，最后还是得说句祝福的离别话语：祝你们一路平安！回国后再相聚……

"好困！好累！德语还没有看一点儿……"

是啊！送朋友回国去！我也接到了许多"施舍"（他们带不走，挺累人的）这些东西就像我大学毕业时，将那些锅碗瓢盆、被褥等东西都送给了小师弟、小师妹们。看着他们背上个背包，踏上火车而去——

看着地上的电饭煲，吃的、用的装进大袋子里，足足一大堆，一路拎得我的胳膊都有些酸。但是，这份友谊是多么的重要，并且是我和异性的交往呢（到如今第一次国外的相遇），这也是真正锻炼我与异性和平交流、共处的时光岁月。以前是害羞，也没有意愿，不敢、不知道怎么去交流。还好，这样我就有了经验，慢慢地就会有更多的异性朋友。

我的朋友观哪，你们可能还不明白。我就在此谈谈它吧。

首先我得与这样的朋友交往。孔子曰：友直，友谅，友多闻！

我想还要加上冰心先生说的、做到的理论阐述：交友有三类，第一类是有趣的，这类朋友很渊博，很隽永，纵谈起来乐而忘倦。月夕花晨，山巅水畔，他们常常是最赏心的伴侣；第二类是有才的，这类朋友，多半才气纵横，或有奇癖，或不修边幅，尽管有许多地方，你的意见不能和他一致，而对于他精警的见解，迅疾的才具，常常要不能自已的心折；第三类是有情的，这类朋友，多半是静默冲和，温柔敦厚，在一起的时候，使人温暖，不见的时候，使人想念，尤其在疾病困苦的时光，你会渴望着他的"同在"……

一个朋友，在一个人的心田中，就如同星座在青空中一样的。他们时常会在你的天空里闪烁、眨眼睛，不管是调皮的，还是机警的，抑或是远远、暗暗的，等等。他们在你的四围里日日陪伴着，虽然有时很远很远的，一如离你远着、如这暗暗的一颗星，但只要是朋友，你就会时常的惦念，惦念曾经的美好时光了……

"夫人之相知，贵识其天性，因而济之。"

"朋友"二字，是一个最普通不过的字眼，但它闪烁着神圣和温馨的光芒。我们人类除了空气、水、阳光和其他维持生命的必备之物以外，恐怕就是人与人的交往最为至关重要了。朋友则是这种交往的神圣的升华。在我国灿烂的历史长河之中，有无数脍炙人口的关于朋友和友谊的故事，有的醇如美酒，有的淡如清茶，这是我中华文明史中的精彩之笔。我们不必奢求舍生忘死，也大可不必精心呵护，为了一种岌岌可危的交情而背负有名无实的"朋友"负担也不值得，平淡而实在，彼此相知，至死不渝，又何尝不是一种高境界的交往呢？可怕的是，我们在自觉不自觉之间，将"朋友"二字异化为一种功利性的东西了，这两个字不再是神圣的了，它随时被人们搬弄来搬弄去，有的人把"朋友"之间的交往变成交易，甚至在这两个美丽的字眼上泼着污水，使之成为我们人类的精神垃圾，这就是我们人类文明的倒退和悲哀了。

在此，我还想起了历史上有这样几个关于朋友之间的友好交往的事例来了——像俞伯牙和钟子期："高山流水"的故事；管仲和鲍叔牙：天下不多管仲之贤，而多鲍叔能知人也；羊角和左伯桃：在生死关头，两人都想到把生的希望留给对方；苏秦和张仪：友谊是闪光的激励；嵇康与山涛之间是一对很特殊的朋友，他们竟是以"绝交"向人们展示他们的友谊的；李白和杜甫之间的友谊是在他们短暂交往的日子里，镂骨铭心，彼此思念，千古永志！

现代作家鲁迅和瞿秋白的友谊。他们在上海相识，结为契友。鲁迅曾送瞿秋白对联云："人生得一知己足矣，斯世当以同怀视之。"可见两人相交之至深。

朋友们，你们也希望有这样的朋友吧。不过，我们生活在这样的时代、这样的世界里，自然，朋友的概念阐释也将会有更加开阔的境地和更深厚的友情！

您说对吗？

2011 年 6 月 20 日星期一晚上 9：10

记在奥斯纳布吕克一次宴会

9 月 4 日周四晚上 6：00，Doc. Sievert 教授请我到一个用小篆文体写的

"莲园"两个字的酒家赴宴。规格够档次，却也很豪华。我们吃酒交流，在座有十人，与我同时到的还有陈新毅老师——56 岁，上海人。还有教授的助手，博士生、研究生。一个很愉快的晚宴，我吃了一个很大的对虾……酒店是马来西亚人开的，大宴会厅里我竟然看见了南方的"铁树"，正开花，吐着满厅的淡香，我们心情都很愉悦！

这棵"铁树"开花：长得跟原学校我的办公室里的那两盆南方植物是一样的，但高大到宴厅房顶。那天，我看见"铁树"开花，嗅到花香，心里由衷地感叹！噢！这是怎样的一种礼遇呀！花开在高处，满厅里飘香，招来了许多蜂蝇。我坐在靠窗户的宴桌中间，侧身就会看见窗户外的奥斯纳市中心的 Dom（教堂）和来往驻足的游人，真是一个惬意的傍晚。美不胜收！

在宴会的现场和宴会之后，Sievert 教授两次说："他将在 9 月 12 日去中国安徽、南京、武汉和上海等大学作讲学活动。"

Sievert 教授，这位奥斯纳布吕克市两所大学的经济学"博导"，是国内外很多著名大学的客座教授，什么德国哥廷根大学特聘的经济学教授、汉堡大学教授，上海外国语大学、北京外国语大学客座教授……在 9 月的月底他将从中国讲学返回到奥斯纳布吕克，答应给我带"一得阁"墨汁。

当然，我们还有其他的约定！其实，到晚上八九点钟，这里的天空还是亮亮的一片。我们吃完了，就下楼去，一同在大 Dom 教堂前留影纪念！

2011 年 9 月 5 日周五晚 10∶00

我所知道的奚伟德教授

一、奚伟德教授

奚伟德教授（是德国奥斯纳布吕克两所大学的经济学博士生导师），奥斯纳布吕克市人。现年 70 岁，他热爱中国文化有二十多年，现在依然在每周的周末，都要请他的中国老朋友陈新毅老师到他家去教他学习两个多小时汉语。平时，他常常自己在家看中国的电视节目。他说中国的片子真好看！很有意思！

"他可真是一个中国通！"这句话一点也不过分！

这是他在奥斯纳布吕克市政厅旁边的餐厅里请我共进早餐（在5月24日）时，我又一次亲身经历和感受到的。

我，也会好好地学学他，写写他的文章！我认为他首先是一位很风趣的长者，但又不像很老的人！其次还是一位很有作为的Sievert（奚伟德）公司老总。他的Quike Mix产业遍布全德国，世界上许多欧洲和美洲国家都有他的分公司，比如俄罗斯、荷兰、奥地利、法国、丹麦、哥斯达黎加等，还有亚洲多国。他是奥斯纳布吕克市名副其实的明星企业经理，Seivit公司企业理事会主席。另外，他还是我们中国"北京外国语大学"的客座教授，上海外经贸大学、安徽"安师大"等大学的客座教授。

在中国安徽，有他的驻中国安徽合肥市分公司和办事处。我见到这样的老总，真想他也能在我们连云港市投资、发展多好哇！那也得看以后情形了。

我跟他可算是一见如故！

他曾说过：教授工作是一种副业——不过，近年来已经从"副业"转入到教育教学之中去了。

关于说他真是一个中国通，这话确实一点儿都不假。

二、吃饱了不想家

5月的第二周某一天晚上，我接受了在奥斯纳布吕克市政厅参加接待活动的邀请，我在那里第一次与奚伟德教授认识，他是主动跟我交谈，我看不出他的年龄，确实与我了解的相去甚远。就是他在市政厅里很友好、很关怀我和关注我！我心里有大欢喜：他是这样令人高兴和快乐的，而且平易近人。他跟我用汉语说："你想家吗?"我看着他。心里说："在这里——心里想！"他表示理解嘴上说："噢！想的——""我们吃吧，龙老师，你吃菜，吃饱了不想家！"还是用标准的汉语跟我讲的。

我们就这样交流着，认识了一些政府要员，后来到了汉诺威中国中心/孔子学院顾士渊教授夫妇桌前，又开始了边吃边喝边聊。奚伟德教授总是和我说汉语："我敬你——""我一直诧异他的普通话这样流利，没有一点儿外国人说汉语，比如这德语的口音呢……"过了一会儿，突然间，他的口里很自然地说出来一句话："感情浅，一点点，感情深，一口闷……"他又一次让我无语、诧异和惊奇！紧接着又说："酒逢知己千杯少！来，龙老师，我敬你！呵呵呵！"我看见他举着酒杯，伸到我跟前来了，我真是佩服这样一位精通中国酒文化的外国人。

这个奚伟德教授——这个值得我尊敬的大老头！

他了解中国文化很深奥！这些很地道的汉语、词汇、句子，从他的嘴里娓娓道来，很娴熟——

他的酒杯里的酒，总是与我对半饮用的，这样来说吧，每一次还是他先我而敬我的——这样的一位又风趣又幽默的外国人，我的脑袋里充满着欢快和喜悦！

三、中国"吃饱"与德国"砍头"

这是当天晚上的又一个关于他的跨国语言交际应用篇话题。

宴会中途时间，还穿插着我与市政厅的要员、奚伟德教授，还有顾士渊教授夫妇他们分别照相留念的小插曲。

宴会就这样进行着。突然，奚伟德教授，这个老头又开始用汉语普通话问我了："你吃饱了吗？"我先是看着他，然后，低眉看着自己的肚皮，用手摸摸它说："吃好了！"他却很风趣的用自己的手横着放在自己的脖子边，作"砍头"状！也就是家乡人都会做的动作 ——"抹脖子"状。他还用汉语说这"抹脖子"状是德国人吃饱了的表示。他说就是中国人讲的"砍头"的意思……哈哈！哈哈哈——我们又很快乐地大笑起来。

噢！奚伟德——你这位很有意思的老头儿。虽然是看上去不像，满头银发，身材高大，1.86米。还是一位博士、教授，也是一位博士生导师呢。可我总觉得他在我身边就是一位太有意思的老头儿，是一位"中国通"啊！

他告诉我说，他很喜欢中国的菜。还知道鲁菜、淮扬菜、安徽的菜很好吃。后来，他去过我的办公地点，于是经常在我耳边说："龙老师，你的书法很棒！这，我得看看——"他说："这个，我喜欢！"

记得奚伟德教授，在我在奥斯纳期间，几乎每个月都要宴请我一两次，我们进行文化交流，枏处很愉快！

他还请我观看过奥斯纳的犹太人大型晚会演出和奥斯纳布吕克市举办的德国的马术大型比赛，我们共观看了三天。

还作为奚伟德的嘉宾与他一同前往汉诺威观看市政厅举办"英国女王6.15生日"纪念活动。

我在奥斯纳布吕克期间，对奚伟德教授的印象最深，我知道他就是德国奥斯纳布吕克驻中国的文化大使，是一位深深地热爱着我们华夏文化的国际友人。

文章暂作结尾时，向奚伟德教授本人说：愿你的汉文化情结源远流长。愿我们的中德友谊更长久！祝你身心健康！

友情阐发断章
——赠刘君

台湾作家三毛说过："真正的爱情绝对是天使的化身。一段孽缘，不过是魔鬼的玩笑。"

我记得与你初次相识在天津的海河之畔。哪曾想命运的安排又在德国重逢、再次相见——

你已经改变了模样。人呢，精瘦！精瘦得很是难堪。试想问，你是否确实经历了诸多的磨难（指个人的方面），才这般失去了润色的身段和美丽的脸蛋？

突然间，想起了你，又想起卢照邻的那首诗篇《刘生》。诗篇里的两句诗你应该深刻明白的："但令一顾重，不吝百身轻。"可是，你的娇小的性格也很是刚硬的呀！

读汪曾祺先生的文章，记得有这样一段话："田彼南山，芜秽不治，种一顷豆，落而为萁，人生行乐耳，须富贵何时。"还看到他书写的书法作品，写得很美好："万古虚空一朝风月"。但是，它是繁体字。其实，我想跟你说，想我这个年龄段，不想还有什么真正的爱情（"哦，我……早过了荒唐的岁月！"——《巴黎圣母院》台词），也不想成了一段孽缘！就让它成为我的人生阅历吧！试着慢慢地度过这一段难以泯灭的日子，虽然时常天空下着雨……虽然风儿也不停地转——没有悲情！也不必喊遗憾！

新加坡电视连续剧《七巧（色）板》有歌词唱得好："城市生活中你曾失去什么，留下些什么？茫茫碌碌中你我不曾迷惑，追求心中美丽的梦！——心中的抉择，好好儿自己把握！晴空云掠过，一样的万里辽阔……"

噢！确实的，我们要好好儿地把握，要好好儿地生活（真正是你要好好儿地去把握未来）！

还有呢，朋友送我四句人生基本原则也送给你吧：懂得选择，学会放弃，耐住寂寞，经得起诱惑！

岁月能证明：每个人心里藏着爱恋！那就让我们各自好好儿地完成工作，相信彩虹依然会落满天穹！

我也就会将众多的爱捆扎成垛！珍藏在脑海、心间……

"友谊万岁！"

2011 年 5 月 28 日星期六

话别诗十四行

——仅此一题送胡院长胡春春博士、顾教授士渊先生

题序

我并不是一个善于口头表达心思的人，真有些现场的"木讷、呆气！"其实心里往往如"五味瓶"般不是滋味，就像这离别的情绪。

记得离别就在眼前，强打精神与友人、亲人、同学、老师和战友说：再见！再见！这一声声"再见"里包含着多少感怀与留恋……

记得有一首歌中一句话：其实不想走，其实我想留，留下来陪你春夏秋冬……

离别——有人（抑或友人）心是脆弱的，当时就会嚎啕，而对于我来说，却不是这样一种表现性格。我是"内心丰富，跳跃性大，表面坚强、无所谓……""不流泪"！其实，心里早就在流淌、倾泻！（只是希望有个人在我没事的时候知道我不是真的没事，只是希望有个人，在我强颜欢笑的时候，知道我不是真的开心。）

听说他们也快走了（顾教授士渊先生、胡院长春春博士）。但他们这一离开德国返回中国去，不知道何时我们能再见面。

人哪！有时在匆匆间你会真的觉得自己踏上了不同的河流。但是，你却阻止不住它们匆匆地流过，就像这短暂的友情一样，也如流水般清澈如润，汩汩向前——

是有那么一点淡然、冷意在心尖！好想跟他们大醉一场。这时，我又能写些什么，又能说些什么呢？能像这夏日的艳阳吗？使我心中明亮，它是那样红扑扑的呢！

友情、同事情愫，难道是这般不可追吗？

哎！就把这明月如镜的情怀装在心里吧！也祝你们有好的归宿！好的收获！真有那么一天，我们又能再相见！

胡院长与顾教授要回国，不再来德国。想春春院长在德十年，与当年季羡林先生留德相似，曾与胡院长、顾教授第一次来奥斯纳布吕克的ICE（德国一种比较快的火车）火车上，他谈起自己刚来德国读书时的经历：他的父亲就在他乘飞机飞到德国求学时去世了。那时，真是有家不能回呀。这是难以明状的痛！

而顾教授在德国的时间已经有二十几年了，这一次回国，士渊先生是恋故土，心愿应该已了（退休）；胡博士胡院长，那是自在情理之中。而我的心里却有丝丝离别的伤感！

我来德几个月了，感受到他们对于我的帮助和友谊，心存感激之情，自不必说。那么，我就再次祝他们顺利！一切皆好吧！以诗留念！

附诗作一首。

话别十四行
——仅此一题送胡春春院长（博士）、顾士渊教授

忆昔古诗别邦衡①，

如今彦波送胡君。

同事同门同抒怀！

不曾汝返留我人。

明年摘得月中桂，

告知我辈沪中行。

馨香重者山隅求，

但令一顾百身轻②。

夕阳芳草皆有意，

月明江流自有声。

飞花点翠月皎枝③，

冰心片片玉壶浓。

桑榆非晚东风起，

风鹏飞举云天啸！

注释：

①邦衡：胡邦衡，名铨，是南宋朝廷中坚决的主战派。张元干《贺新郎·送胡邦衡待制赴新州》。

②但令一顾百身轻：出自卢照邻的《刘生》中的诗句"但令一顾重，不吝百身轻"。

③飞花点翠月皎枝：飞花点翠，月光皎洁，静静地洒落在疏林之中，一片和谐、快乐图景。

于 2011 年 5 月 27 日星期四深夜 3 时许

我要的，三首诗的情怀

一、早春三月童心在

清代高鼎的《村居》诗：

"草长莺飞二月天，拂堤杨柳醉春烟。儿童散学归来早，忙趁东风放纸鸢。"

又快到了"草长莺飞""东风放纸鸢"的时日了。自己好想在天地之间唱那首"三月三"的歌谣。啊！"又是一年三月三/风筝飞满天……"

二、朱子诗行书香来

宋翁森《四时读书乐·春》诗句：

"山光照槛山绕廊/舞雩归咏春风香/好鸟枝头亦朋友/落花水面皆文章/

蹉跎莫遣韶光老/人生惟有读书好/读书之乐乐如何/绿满窗前草不除"

这是宋代翁森在《四时读书乐》中给我们营造了一种令人向往的读书境界。他说："读书之乐乐如何，数点梅花天地间。"读书乐在哪里？乐在了我们尘心渐息，俗气潜消的书香境地。"好鸟枝头亦朋友，落花水面皆文章"一句，《诗经》中说："嘤其鸣矣，求其友声。"鸟儿呼叫，是在寻找友谊，更何况人呢？"落花水面皆文章"让我们联想到曹雪芹《红楼梦》第五回有这样的文本："世事洞明皆学问，人情练达即文章。""读书之乐乐何如，绿满窗前草不除。"很久不读书了，空间里同样是要懒到长草地步了。就做一粒有信仰的尘埃抑或一棵小草吧！

三、杜甫情怀友谊开

杜甫的七言律诗《客至》不也是一首洋溢着浓郁生活气息的诗歌吗？

"舍南舍北皆春水/但见群鸥日日来/花径不曾缘客扫/蓬门今始为君开/

盘飧市远无兼味/樽酒家贫只旧醅/肯与临翁相对饮/隔篱呼取尽余杯"

"花径不曾缘客扫，蓬门今始为君开"，意思是说长满花草的庭院小道，不曾为迎接客人而打扫过，一向紧闭的家门，今天才第一次为你打开。短短两句不仅说明客不常来，同时说明主人不轻易接待，今日"君"来，蓬门洞开，显示宾主的深厚情谊呀。

读书，作文，记录新的诗行，带着希冀继续旅行。就让这来临的三月，在我的心里长满绿草，也让周围的天空再熟悉一个陌生的名字。就从此刻开始，相信幸福，相信未来，记录幸福！记住友谊长青！

乡音乡情

乡愁

乡　思

是萦绕在故乡柳树梢头的袅袅的烟雾
是家里壁橱上蒙尘的黄泥玩具
是母亲刻在眼角的鱼尾纹
是乡下小伙伴们踏着儿歌行板
走不完的弯弯小路

扯了又扯，总拉不直
打上千千结的粗糙的思绪
盼白了
归乡的日子
但不知道在哪个处所居住
我古老的梦里
那架陈旧的相机
总调不好它的焦距

1989 年 3 月

在汉诺威续写乡思

2011年3月7日，第三次在汉诺威搬家到了市中心附近，居住在一个二楼有一大阳台的房子里。搬家后思念家人的心情与日俱增。

——题记

窗外参辰现月空
思乡不问计归程
东西待交融
月光悄移浸窗棂

旧时孩伴自西东
依稀梦里各远行
读书送黎明
新茗相偎暖心胸

我是你的种子——我的国

我是你的种子 我的国
如今我落在这西方的土地上，生根了，发芽了
我还不知道将来会结出什么样的果
不管他酸、甜，青、紫……
这是用青春的力量来开荒的事业
是用生命开荒的事业呀
它是我的生命里的因子
我会一头永牵着你 我的国
一头扑进你怀里 吮吸你的奶浆
滋润我干涸的岁月

梦境思乡曲

妻儿在电话里说
我仿佛就在跟前
我在电话里讲
家很遥远——

昨天母亲在电话里说
要吃好 别亏了
好吗？
我给她回话
我好 您好吗？

街灯是昏黄的
月儿她不讲话
故乡比这月儿
更远哪 何止十倍

三月顿思
——寻路人

日子
冰凉无味
无心的春风
吹动万千妖娆的异域联邦
三月的小草青青 吐绿了
挂满枝头的杏花 大放白蕊
又一度春光外泄

诗人的心已经老了钝了
每天办公室和家平淡地穿梭
像每天的白开水

想念家乡
那甘洌的上好的酒香
不管鲜亮还是泛黄——

思 乡

——在德国奥斯纳布吕克

谁敢作西北异乡开荒闯荡
他应带上亲密的爱人/抑或甜蜜的恋人，
众生在欢畅，陌生人
只落得个片片寂寥孤单。

拔高的钻天杨，青青的草场，还有淡白的花香。
你们可知否，这美丽的德意志联邦？
啊，山峦背后，云海苍茫——
我的家乡，万里遥迢！

静静地观望星海，低眉思想，
四围灯光闪烁，星星眨眼儿，
恰似步步逼近，又逃离；
我爱听这静静地树叶摇摆，山林沙沙作响。
我的爱人哪，你门前可听到我婉转畅往/怅惘。

深夜里，悄无人声的寂静，
我自有我欢乐的时光——
清晨里，掬一捧茶水浇润眼眉，
远方教堂的钟声，声声入耳，
清朗朗。悠悠天空，我又四方徜徉，
五彩缤纷的异乡花木，
夏季里，晃育着浓翠清凉。

灵感惊悸、跳跃地扇动巨大的心房，

我的卧室里，一个人仰躺向东方。
我的国！我的娘！我的故乡……
　　千里翘首 万里观望，
你守在我心里！我衷心地向你致意！
　　分分秒秒呈祥——

2011 年 5 月 30 日凌晨 2：00

花的寂寞心情
——赠寄给我的三盆花儿

　　看一眼凝静的世纪合影
　　数一数新发绿叶的花香波动
　　我倚暖了办公室的背后软椅
　　软椅却凉透了我的心
　　我的家呀，你在东方

2011 年 6 月 21 日

注释：

　　每当离开我的办公室，先给它们浇些水，然后跟它们说："我的花，好好长大，给我看你们的绿、你们开放的花……"第二天当我来到时，打开门，打亮灯，打开窗户。再将它们身上泛黄了的叶子清理干净。然后浇满清水或茶水，再打开窗帘，让车声、风声阵阵吹过、驶过，让亮光照满全身……想到在国内的家里花草如今怎么样了呢？

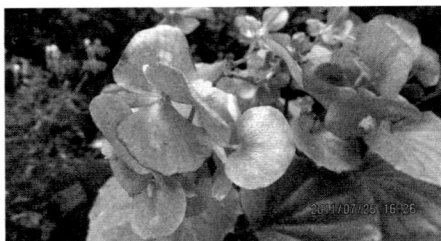

生活断章——十二字绝句

看花落日没人影漫生自惶溟①，
赏月照窗明心声冷长藏衣襟。
钻古读经伴烟茗②夜深晅③日更④，
埋书临帖满天星心宽乐前行。

注释：

①惶溟：指此刻思乡心情寂寞渐生，从眼睛开始进入心灵（把心灵比作大海）。

②烟茗：作动词用。指抽烟、喝茶之意。

③晅：意思是光明，干燥。

④更：是指日子交替。第二天之意。

2011 年 7 月 17 日星期日凌晨 3 点

中秋夜思乡二章

中秋佳节忽至，身处德联邦，晚，迟归。推车见四野黛青色笼罩，远处、近处也有三两处灯光；仰看白云月空，白色圆月皎洁似轻纱，圆圆的，空洞洞的大如斗笠。心中杳然无思。归家，信笔书夜之所见、所感，遥寄乡思之情怀。

——题记

（一）

风摇佳节至，
云过月中行。
风吹露清寒，
树高遮皎颜。
思乡无诉处，
脉脉静无眠。
心情万般重，
月圆人不圆。

（二）

万里家国万里风，
炮竹有声此无声。
身居西德半余载，
明月斜照在窗棱。
千江有水千江月，
万里无云万里云。
中秋之夜有闲趣，
床榻读书卧听风。

2011 年 9 月 12 日凌晨 2：00

奥斯纳晨思

当我从沉寂书海中冒出思潮
当我用手中笔描摹书的触角
在睡梦里醒着
心绪在飞
所有的思絮都游荡

灯亮一盏
写一段心路

噢！
有多少时日不曾装载
有多少灵魂忽视离开
想抓牢
心中空落落的思乡结
远方的路呀
天上的星
在梦里悠长漫吟
我是自由的
我是矛盾的
你们可曾明白
全不在 空间时分

2011 年 11 月 30 日晨时 6：50

今晨思家

今天早上四五点，醒来了。漆黑的夜间，有一股莫名的乡思席卷内心深处……那心中、身体里的一份坚强，此时间也忽然变得脆弱了，荡然全无，尤其是在夜半时分，抑或是睁大眼不睡的清晨。

哎，出门在外，找到一个人能够跟你说说话是真不容易。细细想来，也就如此：你干的事情再伟大，再轰轰烈烈，你也是一个人，一个有七情六欲的平凡人，也希望有一个贴心贴肺、知冷知热、能深刻理解你的思想与情感的人在身边，跟你交流、沟通。这样，你就不至于孤单、寂寞。

家是几万里遥迢。想找一种寄托也大不可能。于是，读德语、看名著、编书、锻炼等就自然排上了我的日程。

偶尔也专注一下眼前这刚燃起的昏黄灯光。这时分，半裸着上身，坐在床边，打开书，于是，开始消受这样的时空间了。

漫漫地，让心绪平静、平静……

2011 年 9 月 19 日星期一晨 4：50

搬家——想家

曾经沧海难为水。

异国他乡的东西再好，我的心里仍然恋着故土，恋着我的故乡的山山水水……故乡的风情风物如眼前的景色明细如握！想念故乡真想咀一捧炒米，喝一碗豆腐脑，啃一张母亲为我烙的面煎饼：里面裹着一两根油条，还有凉粉团儿和虾米呢，或者里面还有大葱、辣椒和豆腐，就着咸菜萝卜丝那样可口呀！

此时此刻，我就是很想念、很想念我的故乡，我的亲人哪——

有谁在出国不到两个月就搬了四次家？是我。然后又在第三个月间，从一个城市搬到另一个城市去，来来往往穿梭着，还要工作、学习。"地生人不熟"，在三月里（来德国才个把月），于两个城市之间穿梭……如今，到了新的城市——奥斯纳布吕克市。又在一个月内再次搬家……到目前为止，我看着眼前刚布置好的新家：我是先把从国内带来新年里留着的花灯，整合好后挂在厅堂梁柱顶上的，让它的穗子再垂下来，这样鲜亮的好看！再有，将我从国内带来的一副长长的中国结为主的厚厚的对联——"年年春意好，佳节庆有余"挂在了门边的挂钩架子上。那对联下面还缀着两条红红的鲤鱼，是故乡的红鲤鱼，中间一个大"福"字。这样之后，将新家从里到外清扫得干干净净，用抹布抹好桌子等凡是有灰尘之处，包括锅碗等物什。累累的我，这时开始想家，很疲惫地去想念故乡，想年家乡的一切，傻傻的一个人在房间里呆呆地想家，苦苦的、咸咸的涌进我心……

带着这样情结出门去——骑着车子来往于旧家与新家之间，穿梭几个来回。在路上，想着看着，这样到底是让我开始一点点离开家开始想家，开始从心里狠狠地想念离开了已经快3个月的故乡了……

我很欣赏孟子的话："大人者，不失其赤子之心。"那么，我呢？我觉得陶渊明的诗里说得好："暧暧远人村，依依墟里烟。狗吠深巷中，鸡鸣桑树颠。"我觉得他们对于我来讲是很亲切很美好的一种心理诉求哇。

我也会沿着一条路走下去的，那就是我所喜欢的《论语·子路曾皙冉有公西华侍坐》里的言语对话片段："暮春者，春服既成，冠者五六人，童子六七人，浴乎沂，风乎舞雩，咏而归。"这是我的生活理念和教学态度。

家——国！我是深深地爱着你的！虽然现在我有些孤独、落寞！

（待续）

2011 年 4 月 30 日夜半

窗外菊花是矢车，迎春怒放挂满枝

　　练习完四张报纸正反面书法，已经下午四点整。抬头听见同事白婷娜女士和其他人到我办公室门口——地跟我说："Schönes Wochenende！（周末愉快！）"然后，扬长而回家度周末去了。

　　此时的我，突然想起范仲淹的《渔家傲》这首词中的词句来了："塞下秋来风景异，衡阳雁去无留意。千帐里，长烟落日孤城闭。浊酒一杯家万里，燕然未勒归无计，人不寐，将军白发征夫泪。"

　　噢！今天是周五——周末。怪不得大家都提前回家了。我走出办公室，嘴里含着一根烟，狠命地抽着——还一边漫无目的地在汉诺威中心外的花坛边走着，脸向着东方。此时，天上云彩呈灰色调。

　　我想，此时的我就是一个 Roatlessness（无定、漂泊：在欧洲漂泊者）了。

　　天上，云儿在飘浮。我却在想念家乡。哎！家在遥远的东方——在万里之遥的连云港啊！是啊，又何止是一万里？恐怕要翻几倍也不止呢。哎，故乡！异地的我又怎么能尽快消除此时心中的思乡之情？

　　噢！我终究做了一个异乡客。

搬家有感

搬家和流浪的生活，对于我来说就是家常便饭，时间久了，次数多了，人已经开始麻木和轻视这种日子和生活。我记得研究生英语最后的一次考试题目就是 Roatlessness（漂泊者），文章 8 页纸，老长老长了……说的就是这个话题：今天住这里，明天飘哪里，居无定所——

（一）

记忆里第一次搬家是我上大学时，老家搬走了。搬离了我生活近二十年的赣榆县青口镇二道街办事处里处的院落。我回家找不到新家，就只好去爸爸单位，还好终于找到爸爸。回家后看到爸爸脸时，感到很伤心。我们都是具有恋旧的心理特征的人。爸爸也许更加怀念老家……

为什么？我也搞不清楚。这个年里，家里的大黑狗从此不再归家。许是被人家逮到杀狗吃肉了，但是就没有见到它的踪影。对于这个新年前段的搬家全家人都很难过，因为搬到的家也是临时居住的。我在家里哪里也没有去。而刚中师毕业的时间，有一位艺术专业的女生，普通话好听，主持学校的大型节目晚会，她是音乐班级的女生，漂亮的上海过来的女孩子。应该说是我与她两人，是相互钦慕的异性朋友吧，但那时间学校不准许谈恋爱。不然，我就不会被保送上大学了，其实真是没有办法的事情，那才是懵懵懂懂的爱情。她就在自己的家里一直等待我的讯息……我，却是杳如黄鹤。我在家里足足抄了繁简字表的寒假作业五遍：就是把每一个繁简字对照表中的字抄了五遍（这就是大学一年级的寒假作业）。我就这样在家里足足待了 20 天——我也是看着家庭的贫困，于是自己主动放弃了追求爱人的目标，那段时间心里很苦闷、很彷徨，就是无奈吧。虽然我还是一位家乡人都羡慕的大学生……

其实，说白了，我们的家庭那时还很拮据，兄弟姊妹四人都在花父母的辛苦钱，虽然爸爸在单位里是领导。但是为了我们兄弟姊妹四人都求学读书，也是为了早些完成学业，只有把我的终身大事往后推迟，我也不知道到要等到什么年月，其实我很想跟她谈朋友、恋爱、结婚。但命运就是这样，我得学会克制。我就是在我的人生之中第一次看到了家庭的拮据和太贫困的状况，于是我就将我人生中，在读师范时的，第一天也是第一次碰见的那位一见钟情的女子拒之于百里之外（这是后话）。

（二）

第二次是我从海州搬家到连云港市新浦市区，以后再续。这第三次搬家就是我同我的大学校园同事、学生们从一个老校区搬到新校区去。时间截止到 2008 年暑假快要开始的时间。就是 6 月中下旬到 7 月 4 日，大约一周时间。这个光景，那时的连云港市白天才叫个热，一会儿一身汗，不动都冒汗，一身湿透。这样，我们全校师生一起搬家（因为有上面的和买家催得紧，新校园算是能够启动、运行），我们就得搬到新校区去——花果山山麓。

这一次搬家，我们动用了部队机关的机动四轮大卡车，有这样几台车子真不错。这样还好，学生们将自己的行李打包收拾好，从宿舍楼一层一层地挪下来，再装上车子。有的同学从一个地方居住楼搬到另一个地方再装上车，男学生帮助女学生或朋友相互之间帮忙，男女老师、学生齐上阵。这样从每天早上 7：00 开始搬家，到中午午后 1—2 点钟结束，然后将行李拖到新校区指定位置——房间存放，开学前半个月来新校区军训时重新规划宿舍，再搬进新宿舍去，那才叫个累呢！

我们先头部队是学生先搬，然后放学生回家度暑假。之后老师办公室搬家。这样的又持续一周时间。

学生暂行搬完时，我看到我的班级学生，尤其是男生最后像被抓壮丁般使用，等搬家完成时，他们真是叫累，我心疼……于是就跟两个报关班班委说：今天中午（其实是下午两点多了），我请你们。我自己出资 400元。你们到老校区桃园酒家去搓一顿吧，别忘记叫上没有急赶着回家的我们同学。去……！我看见了他们脸上绽开了一排笑牙。哎！管他们去哪里呢？让他们在回家之前快乐一下子。

我这个管理七八个班级的老师，算应该在他们的心里还是留有好的形象的！这样的一次搬家。到开学时，我就被国家汉办派到南开大学培训学习了两个月。没有跟他们再进行新校区的后续搬家，不过，体能知道累字和炎热的夏季。哭泣的女生、疲惫的男生，甚至也有不断地叫骂声在耳畔回响……

　　搬家，搬一次家就会叫你掉层皮肉呢，又何止几斤了得？我是有深切体会的。而且我从国内搬到汉诺威时体重就已经从 170 斤下降到了 150 斤呢，你能说不心虚吗？脸上就是标尺：凹下去的腮。对于我的身体突然间的瘦弱，岂不悲凉！自然而然又伴随着思念家乡，思念在家的千日美好，出门的一时艰辛了……

　　搬家是没有办法的痛！

　　哎，就是刚才，我在奥斯纳布吕克又开始搬了一次东西到新家，现在时间第二次搬东西去新家……新家，远着呢，我骑车去！——好笑不？我就是搬家公司了。

（再续）

奥斯纳的春雨天

　　听奥斯纳布吕克应用大学的学生许某说过：奥斯纳布吕克的雨水天总量大约占一年晴好天气的三分之二时间。我听之后还是蛮高兴的，因为我从小就喜欢下雨天，我喜欢雨天，可以不打伞，还可以在雨地里散步、打球、徜徉——让雨水冲洗、清晰我的大脑……

　　这不，刚来奥斯纳才住下几天，天空就洒下好多次的雨花来了。心里很是舒服、美滋滋的……

　　今年在 4 月 22—25 日的这段时间，是我们这里放假的日子——德国的复活节。这里中小学生要放两周假，大学生一般放 5 天左右的假，奥斯纳布吕克今年的 Universität Osnabrück 学生放假还要多几天假期，因为很多课程与节日冲突，那节日是必须过的，今年 4 月的节日对于应用大学的学生而言，就又多了一些假期。家回不去，怎么办？那就正好在此时间段调整休息、出门旅游和搬家。

26 日刚从卢森堡回到奥斯纳新家，稍作调整、休息。

昨晚（27 日）睡觉时已经下半夜一点多了，在拉上窗帘以后，不知怎么就听见两边窗户有声响，此起彼伏的。当伸头越过窗帘，透过窗户看见了窗户上有很多雨水滴，有的在往下流淌，顺着玻璃各处……我就这样在雨水敲击窗户的夜半雨声中看了一个小时书之后，沉沉睡去——

雨水伴我一起入了梦乡，这一夜做了很多的梦。第一次醒来是清晨 6 点半左右，我被窗外的鸟声喊醒，之后又一次地进入梦乡。第二次醒来已是上午 9 点多了，我想雨早就在我第一次醒来时停止了。

奥斯纳布吕克的 4 月的天空像在国内 7—8 月的天空，这里的天是小孩子的脸，一会儿天空浓云骤起，黑暗一片，屋里昏暗，雨水轻轻悄悄地落下来，不到半个小时，天就变成阳光明媚，绿树摇曳，花草点头微笑，这里是鸟的天堂、树的故乡、地下动物的乐园，是人们居住的僻静悠闲的好去处，不管是什么样的天气，你来这里就能真切地感受到。悠悠小城，不大却令人向往，推开新家（奥斯纳布吕克南郊）的南窗户，眼前是一个不经意又是早已修葺好的院落。花草、树木成荫，一条细长的院外幽静的小路延展出去，是日常人们经过的路，这是一条北面高，南面低南北走向的路，除了偶有几位主人领着狗儿经过之外，极少有高声语，也是很僻静、很安详的路。周围被树木枝条上的绿色所遮蔽着，遮天蔽日；还有从两侧生长出来的各色的鲜花、小花骨朵争相婀娜，摇曳着我的心境，如果是雨天刚过呢，那就是带些潮水气的、雾蒙蒙的，你仿佛入了仙境，是桃园哪！

啊！人生何处不家乡……

（待续）

2011 年 4 月 28 日小雨，午后记录。

异国三部曲

（一）

我自爱我的花草。在奥斯纳布吕克市的第二个月（5月），我买了三小盆花，我记得有一盆是德国国花：矢车菊，生蓝花。另两盆我不认得。花儿都在生长、怒放着！我天天到办公室第一件事是给它们浇水，即使我外出，也要骑车先到这里来浇完水再离开，临走说：花儿，再见——好好长给我看，我们就天天相伴。

（二）

到过奥斯纳布吕克市的市政厅，这已经是两个月以前的事情。因为那时我的家在西山，天天要经过那里。对面是教堂，很高。不过，最让我感动的是沿教堂正门、侧门三处的月季，红红的骨朵，有的已经迎着朝日开放，与教堂的墙形成了鲜明的反差效果。月季是粲然而开，颜色鲜亮，耀你的眼睛，红得可爱！那米黄色的石头砖墙与它们一同在那里互相依附着，使我想到了教堂的神甫说课、做弥撒时的情景：向人间播撒爱！这种西方的博爱精神与这花、墙形成了和谐的空灵感，让我感动！但是，我却不信教，我自有我自己的信仰！

（三）

第一次我害了乡愁的病，是我突然看到了窗外的月亮，月亮高高地挂在西方。这时，天已经被清亮的月色满照。窗外的钻天杨树偶尔也晃晃月光，那暗影子一般在地面抖动，沙沙作响。也许今天深夜是我第一次的"呜咽"成篇。我写下了：思乡——我在奥斯纳的日子。有时我会闷得心烦，抽烟打发也无计，万念俱灰。所以，我常常把窗帘子合上。我怕见白月光。哪怕深夜不睡，哪怕第二天日升中天呢。因为这里的月光，她时常勾起我的乡思：我是万里客，明月伤我心，呜咽也枉然。

有时，乡思会麻痹我全身的每一个关节：头、眼、手、手指端。整个躯壳里装得满满的。灵魂深处浮动着悲怆！她轻轻地俘获着我。于是，我就索性干脆把它——白色的窗帘合上！

2011 年 6 月 12 日星期日晨 3：45

2011/08/21 10:40

日常生活阐发三段

（一）

想家，有时是莫名的。看这路边的花，路边的树，路边的车往人流……有时读着一篇文章或听一段歌曲，心理面就搅腾起来了，叫你无处躲藏。自我到了万里之遥的异国他乡，成了一名多愁善感的人群中的人。我也不知道是怎么这么"多愁善感"的。

啊！如果每天我都能打球，那我就可以挥洒尽浑身气力，等累极了、忙极了，那就好多了。

（二）

晚上，我就用古人法子，熬到深夜、下半夜再睡觉。我兴致所至，乐此不彼。白天上网、学习德语，还有练字，备课上课什么的。大多到晚上9至10点钟，我才骑车回家，做点吃的，又开始工作。周而复始。

有时也很无聊，于是决定周末开始漫行德国——

（三）

闭门造车，独学而无友，则孤陋寡闻。所以我要与古人、现代大家们的作品相恋！只有这样，才能提高自己的学识。

现实生活中，我得多交良友、挚友和净友，我的生活才会充满亮色、充满阳光。这样我才能创作出自己的抒情而不脱离实际的篇什——

让方家们见笑了！嘿嘿！再见！

2011 年 6 月 13 日星期一

周六 "被困"

本周末未远行。一个人在办公场所看书、学习……

办公室外面，整个天空昏黑一片。静听车来车往之声，还有那些雨声、雷声、教堂的钟声阵阵入耳鼓，如交响乐般。这个周六是一个雨天的周末。我独自喜欢雨的心情一点也没有占据我的内心。自从来到了奥斯纳布吕克这座城市，我就变得"多愁善感"起来。写的东西到是不少，就是懒惰得很，荒于整理。整理整理它们，这样也能打发时间耶！可是我就是不愿意这样处理简单的问题！很多时候我想干什么去，没过一分钟就变成另外一种模样……

不知道什么时间悲从心来。是看书过了头，天黑压压一片，还是文章写过了头，忘了用餐；自小到大就喜欢雨帘斜飞的情境，喜欢一个人对着树、雨、天混成一片之景致发呆……也喜欢欣赏"留得残荷听雨声"的句子！可是，这儿，冷的天、冷的地，冷漠的周遭人际（一幢大楼里就仅我一个人）。这些，都是我现在要去经历的事实呢（我是否在感慨：万里投"荒"，前途茫茫）！

哎！家，不能回。只有自己想开去了——除放开心中的块垒。就由任他遐思万千吧。也算是只能一个人对着内心聊聊而已……何以解忧？电话不能打，怕搅扰了家人平静的生活；打不通的话，就在球场里、在雨地里徜徉吧。就让这风、这雨，使劲地落下，落在头发上、身体里，让自己倒在床里昏睡过去，方才能变通这个无奈的周末。

2011 年 6 月 18 日星期六

幸福·爱家

世上有谁预言过幸福？

真正的幸福是什么？

是以哭为乐？是以苦为乐？还是其他的什么呢？

品味幸福的时刻，对于我来说应该是很多的。但是，当自我触动心灵那个隐藏寂寞聊赖的神经以后，当我"不经一事，不长一智"感同身受之后，也许就有了许多对于幸福的深刻理会。

给我心灵触动最大的幸福是目前我拜读了许多有关于海外游子的专著或者篇什。在异域这些让我感动的、让我触动感怀的反映海外游子心境的好文章、还有好多名著真令人幸福/快乐呢。于是也就从中领会了海外游子的种种艰辛和坚强的性格素养。他们那些生命绚烂的律动深深地感染着我，他们从来就把寂寞时的梦乡、思国、想家的情感抛在了一个隐蔽的角落（心灵荒园一角），他们的行为为后人所仰慕、学习或借鉴。他们是学有所成的。

其实，乡愁是一个有大生命律动的主题。虽说不是人们生活的全部，真正去体会它，是苦涩中夹杂着很多甘甜的东西。

如果寂寞一直缠绕着你，那是可怕的！但是若能找到了突破点，那么就能把国、家的思绪抛在一个隐蔽的角落。让它们就存放在心里的一个角落里好了。自然而然地，升腾为第一舞台的是锻炼、学习、工作和写作。这些现在已经成为我日常所必须的，尤其是学习语言。我将一如既往地钻研我所钟情的古代六体书法创作了（暂时保密）。

想想以往的留学和讲学异地的赵元任、鲁迅、季羡林等人，他们不都是有十年或几十年在做自己钟爱的事情吗？他们不都是身处异地，又何谈家呢？但他们找准了自己的方向——要么抄古碑，要么独自钻研古印度梵文、古吐火罗文；要么就翻译瑞士语言学家高明汉的《中国古代音韵学研究》，天天还能将心情放于音乐里，那算是乐事。赶快把这抑郁/阴郁的心埋藏起来。让他们的行为思想影响你、我，我们大家！

现在，我已经学会了一个人在外，如何健康地生活、学习、交游、写作，还有研究等，我把这些都放在了我在异国他乡的第一舞台这个要素上面来了。我是感到真正的"幸福"呢。

能够把国、家装在心里的人，他们的身上就能抵挡住众多的诱惑，能够平心静气、一门心思为了那个国、那个人、那个家的行为，为了自己曾经奋斗的小家而抛妻离子，为了振兴那个大家的思想，这种举动的本身就是一个不平凡的举措！也许这就是别一种的幸福吧！

我的日子应该是丰富和完美的。

我想我不会一辈子在外漂吧。

2011 年 7 月 19 日星期二

奥斯纳布吕克的钟声·雨声

（一）

异国的雨和钟声，在若有若无的远山丛林中，在你的眼前，在你的耳朵旁，也会时常藏在你的心里呦。

床前的灯，灯光如雨。它渐渐地反映着我的身影和书卷来了。

晨曦里，静听窗外传来远处教堂里的钟声和自然界的雨声，它们由强到弱，由弱到强，再到渐渐地淡远开去，最后就减弱无声了。

窗外的雨声时不时地敲打我卧室的窗户（也不知道是不是风将不知名的树枝来敲打我的窗户的），风声呼过，雨过天晴。在这样的时刻心里随之会吟哦起不堪一听也不堪一击的浓浓的乡愁——

山渐消沉

树在消沉

书在消沉

眼皮在消沉

心在消沉

……

　　雨是渐渐地落下去了，变得稀疏零星，终于停了。心里边的离愁乡思却深深地还在。为什么这里的天空下着雨却还有星辰？

　　噢！我解释不清我的心头依然滴淌着雨。

（二）

　　在家乡五六月间，就能听到蝉儿鸣了，甚至可以一直听到秋后呢。可是在德国，即使到了最热的时候（7-9月），也听不到一声蝉鸣。现在我已经变成一个盲音的人。感觉四周时常安静得出奇：没有了蝉鸣，天天伴随你的是鸟鸣，还有树间野鹁鸽子的叫唤声。

　　噢！这儿是没有蝉的，就别说鸣着的了，一只也没有。哎！又少了多少的乐趣呀！国与国真是不一样的吙！

　　好可怜的！我的曾让我年复一年而陶醉万端的蝉哪——

（三）

　　黄昏四合。有一种说不清的苍茫伸展着，不知道是真是幻。我被包裹着了。我写下了两行诗句："看花落日没人影漫生自惶溟，赏月照窗明心声冷长藏衣襟。"（溟是指心灵似大海）

　　路上，教堂的钟声和雨声幻幻暝暝，好像在我的心中由远及近地跳荡。异国的教堂钟声，我总感觉是跟着教堂上面的钟摆联系着，每天都有固定的敲击时间和节拍韵律，我听到的有半个钟点的敲打声，早上9：00-11：30，下午1：00和下午6：00-7：00以及晚上8：00-9：00，敲打时间就在这些标注的整点整时以及连带的半点上面来的。钟声很有规律：半点钟声敲打短似乎是轻音乐，但稳定厚实的声响；整点的钟声就要复杂得多，由开始的稳定声音带些轻敲慢鼓声意味，中后段是一阵急似一阵，其声嘈杂亦如疾风劲雨，也如战鼓催擂、战马奔腾不已。整点的钟声要鼓击很长时间，像是女人生孩子那般紧张而有时间节律似的。然后，慢慢其声减弱，弱到四野尽是苍劲的暮色卷拢着。我也曾用录音设备录过这些的声音。遇见一位德国人，他跟你说："Es wird dunkel."（天要黑了）。我就对了声："Ja！Gut！Ich habe nach Haus（e）."（对，是的，我回家了）。

（四）

对于这里——德国奥斯纳布吕克的教堂的钟声，那是清晰的，天天听到，随处都会有，因为这里的教堂很多很多。教堂敲拨的钟声与国内的寺庙殿宇的钟声敲打真是很不一样。大致我的感觉是国内闹市区附近是没有什么庙宇的，大多在幽静偏僻的街道或者多在山林之中，就是要突出了清规戒律这一条，选在清净之地，与世间滚滚红尘所隔离不是？

然而，在西方的国度，是没有什么闹市不闹市之区分的，它越是在闹市区里就越好，利于传教士布道，去让民众找到心灵的慰藉。西方的教众汇集于此：传播耶和华的理论，给他的子民善男信女们，去播撒博爱的思想，而且已经深入到每一户家庭和社会之中了，不管是政府要员，不管是民众。所以说，好像西方的教堂里播放的声音和敲打的钟声是一种悲天悯人的情绪寄托。

它不像国内的寺庙，让人一下就会想到清规戒律。很显然，相比较我们的寺庙的清规戒律没有进入我们的社会大雅殿堂——没有走进每一个家庭之中，当然，也绝不会进入到百姓心中。

待叙

2011 年 7 月 21 日星期四

空中飞雁

今天在自家的窗前观看大雁，真是感动：起先，偶尔地看见一只大雁在天空盘旋，盘旋又盘旋再盘旋，不住地盘旋，越盘旋越高远——紧接着，有两只大雁从远处山林的树木中间飞腾起来，在天空中盘旋着、盘旋着，它们是借助风力在天空中呈顺时针方向旋飞的，升起——盘旋，再升起——盘旋。真有君临下界之姿！紧接着，又有五只大雁从林间飞过，盘旋着飞腾起来了。说不上感叹，多的是感动。

我对于它们的行为先是注视，凝望——接着眼光远观，仰视，心理充斥着莫名的感动。

这些个鸟儿呀，形状就如同我们看见的天空中飞翔的三叉戟一样！是的，真是像极了！说不定三叉戟就是仿照它们之形体特征而制造的呢。

我惊羡这样的动物界的壮举了。大雁先翔于我的头顶，紧接着盘旋到很远的东面天空之中，十几分钟后，盘旋于我头顶的那只高高的仅有手掌大小的黑黑一团，远远地离开飞高飞远。小了小了，再小，小得指尖那么点儿的，从我的眼光视线里飞向西方的天际了，快赶上高空飘过去的那方乌云层了，小得变成了黑点点……

在我转身去客厅回来的时候，转眼间，那另外几只雁儿也不见了，仿佛杳如纸鹤般散了原形，消了行迹。

这时的我也有了些许的伤感，啊！我在这德国也有半年光景了。从 1 月 10 日飞汉诺威到今天 7 月 26 日，足足有 6 个半月。眼前这些高飞了的雁儿已经杳无踪影！是归巢去了吧抑或是迁徙呢？我想念家乡的心情也一如这些空中的雁儿，可是我何时才是归期？

2011 年 7 月 26 日

心绪如月

明月清辉如泻，她穿窗而来。我打开一扇窗，顿觉身上清寒之气……观眼中月，高悬如盘，清旷而寂寥。

关窗静坐，写一页书，抽一段烟，发一阵生活的感想：工作是否开心？是否用心工作？饭菜是否合胃？

突然间，想到那次跟教授 Sievert 博士吃意大利餐食的情景来了，吃饭前他跟我说吃饭时的礼貌用语。就是你要对你附近的每个餐友说声：Guten

Appetit（祝你胃口好）！

"哈哈哈！"我当时跟另外的三位（包括 Sievert 博士）现场现学现卖，都说了这句：Guten Appetit！这是一次蛮不错的家庭式晚宴！

之后，我也发现如果你能常跟外国人吃饭、运动、买东西和旅游等的话，都可以增加和提高你学习德语的本领和了解德国文化的机会，从而锻炼自己的德语等方面的口语表达能力。

回家以后，看见月挂中天，心里很空旷。到昨天深夜，我不敢多看姣洁的月色了，我怕生出想家的思想！

赶快去冲个热水澡。出来后，感觉很舒服！躺在有台灯的床侧看着又一本古典书籍。静静地独自享受这无边的夜月和书本之乐趣……

2011 年 10 月 17 日星期一晨

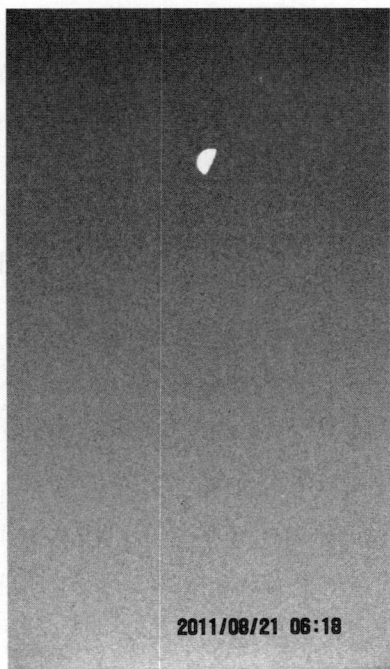

2011/08/21 06:18

感悟秋天——奥斯纳布吕克

有人说成熟的荔枝会一日三变，一时三变，一刻三变。其实，秋天的落叶又何尝不是这样呢？还真有些相似。

瞧吧，正当这些树叶绿出芽时，正当秋意正浓时，正当它们脱离母体的枝条，沙沙间飘落下来时——是啊，地上确实一片金黄，金黄色也还在变化着。

渐渐地，地上又有新的落叶，它们飘盖下来了，在第一次的落叶上面，当人们看到了新落的叶子时，地上一片片、一层层的，聚了又散，散了又聚。

是啊！新的一年又要来到……

看着眼前窗户外飞舞的落叶，什么样的叶子都有，在这个德国的奥斯纳布吕克城市里。看，什么屋角枫叶、杨树叶，还有榛子叶……它们都在秋风的侵袭以后，变黄，变枯，不断往下落下来，落满了行人道，落满了村村落落、大街小巷。不时会看到德国的清洁工人在忙碌：他们手里拿着吹风的机器，将散散落落的落叶聚集起来，然后，装车开走。本就是叶子呀，空空落落地堆在一起，车子盖好什么的，就开到另外一处收集地去了。

我想，这样的工作就是这么个季节，秋天的季节。

我的卧室、书房：二楼的对面是大众汽车厂地。那里停了多少辆汽车？我没有数过，但确实是一排排的，很多地陈列在露天。场地，除了东首处，其余三面全是灌木林丛包围着，每当山林风起处，那些渐渐泛黄、变红、变枯的各种植物，在那些枝条上下，所有的叶子在秋风中飒飒作响，它们有许多飘舞着，欢喜着离枝飞落，落下一地秋色。

我曾一天早中晚三刻，于深夜、凌晨时间里，从不同的时间来览阅这个秋天的改变和装点。我也跟着这个秋天一样，有着一颗敏感的心灵。

噢，德国的秋天！奥斯纳布吕克的秋景让我清醒、感悟和憧憬着。当我深深地吸一口这异国的空气，看见这些个秋天的精灵们，都一一地落了、落了。啊！我的故乡的秋天哪！我想起你的秋色来了……

2011 年 11 月 4 日星期五 17：03

奥斯纳布吕克的秋冬之季

牵挂入儿梦，游子万里行。多少年少事，依稀眼前景。

——题记

当我踏着满地落叶，走在德国奥斯纳布吕克的小径，树丛中的鸟儿好像已经不像在芳春、盛夏和仲秋时节那般的欢喜雀跃了。它们在树间已经藏不住那幼小的身躯，惊颤着健步而来的德国的冬季。

啊！初冬是伴随着最后一场秋雨悄然而至的。就在这样的时刻，11 月6 日 8：15，我与友人（Osnabruek-Faha 学生姚某），还有奥斯纳布吕克两所大学报名的学生等，一同坐车去了汉诺威附近的城市 Selle 以及它附近的GEDENKSTATTE BERGEN-BELSEN（德国拜奥根-柏奥森集中营展览中心）参观。我们听当地的导游讲解两处景点的历史以及城市的现今保存古建筑状况等。我尤其喜欢听 Selle 皇宫的历史与汉诺威王族的千丝万缕的联系。

游历快结束时，本人，坐在皇宫前面不足 5 米远的草叶布满的大树下，竟然陶醉于依平整的斜坡而建的皇室楼宇殿堂，陶醉于依斜坡而长大、长粗、挺拔的落叶乔木，那儿有钻天杨树、榛子树。看着层层的落叶满地，黄叶堆积，黄中有绿，绿中泛黄、发灰，噢！总算是一地金黄色的绚烂秋季了吧，怎么不令人沉醉呢。突然，我想到大诗人李白曾写过的一首词《秋风词》："秋风清，秋月明，落叶聚还散，寒鸦栖复惊。相亲相见知何日，此时此夜难为情；入我相思门，知我相思苦，长相思兮长相忆，短相思兮无穷极，早知如此绊人心，何如当初莫相识。"其实，李白的这首词是写相思的。说的是：秋天的风是如此的凄清，秋天的月是如此的明亮，落叶飘飘聚了还离散，连栖息在树上的鸦雀都心惊。想当日彼此亲爱相聚，现在分开后何日再相聚？在这秋风秋月的夜里，想起来呀，真正是情何以堪。诉说、表达一种相思之情，期盼与情人再次相见。

　　可是我所经历的眼前景致仅仅是抒发秋景的美好呢。所以还是取其词章前半部分："秋风清，秋月明，落叶聚还散，寒鸦栖复惊"，为最爱的了。

　　在这样的美景中，能留下或合一张影，留下一个洒脱的外形，我岂能辜负这满地的金黄？我又怎么会不珍惜来到德国的第一个秋季呢。

　　看眼前的落叶缤纷，又怎么能不阐发一下游子的心怀？我被这层层落叶，高大灌木丛林，在这样的秋天的怀抱里，自由地无声地生长、落叶成堆，又无声地经历时间的轮转和季节的变化而感动着。感动了我的心中对于秋天的美好的落叶的观赏。它们从生长于母体到脱离归于尘土，都是那么的自然、和谐。这也不正预示着又一次新春的萌动？

　　而那些落光了叶子的树梢，静静地在秋风中忽忽、飒飒而又呜咽。其实，我们应该想到这也是一种自我的保护和思念哪！

　　秋天，在哪里应该都是一样的吧。记得有诗句曰："好山多半被云遮，天涯何处不家乡！"

　　离国，两万里之遥。心海里面驻存着那个养育自己已经过去四十多年的故土，这份乡愁会随之而萌生。但也渐渐地有了许多的窃喜，高兴自己曾经的知遇和游外的日子，增加了学识，开阔了眼界，壮志豪情，游历欧洲……心里抒写着豪迈呀。

　　文笔渐长，诗风自由、奔放。身心怎不康健？谁说不是？于是，我感怀！感念！我为我眼前的秋景所感动，我感念在这样的时刻思家的心理。

　　于是，我为自己定下了计划——教学、交流、创作、健康人生而奔忙了……啊！秋天过去，冬时已到。我早就习惯了这里的生活。适应，对于我来说，可是有着三十多年在外的经历历程的呀！有什么不适应的呢？没有。

　　那就踏着满地金黄继续前行，一直！

2011 年 11 月初冬之日午后

爱情诗文

我希望

我希望，你同我一样
——胸中有血，几经忧伤
不要什么门户相对，不要什么门户相当。

要穷，穷得像茶，散出天然幽香；
要傲，傲如兰花，高挂一脸利霜；
要爱，爱如烈火，永世不忘！

我们一样，就敢在黑夜里，
徘徊在白色的坟场，
去倾听那鸥鸦的惨哭，
去追逐那飘移的荧光。

我们一样，就敢在森林里，
打下通往前程的标桩；
哪管枯枝上，猿伸长臂，
何惧石丛中，蛇吐绿芒。

我们一样，就敢追随着大鲸，
划起一叶喑哑的扁舟，
去探索那遥远的港湾，
任凭风声呜咽，雾似飞网。

我们一样，就敢在泥沼中，
种下种子，让它成梁！

我们一样，就敢在龙潭中，
挽起朝晖，奔向太阳！

我希望，你和我一样！
——胸中有血，几经忧伤
不要什么门户相对，不要什么门户相当。

1989 年 11 月冬日

无题

这个多彩的季节
一枝温煦的花苞 静放

你
回眸时一瞥
弹痛了我双眼——

大雨斜织的夜晚
油纸伞下
手与手相挽——
在雨帘里翩跹

1992 年 3 月 6 日

爱情三部曲

无题

90 恋曲：真爱只有一次，何须隐藏真情！

——题记

风
从清晨的草原上
笼着轻雾的地平线
吹起
我
华年的乌发
飘扬着信息
目光沿阳光
溶入地下肥沃的土壤
为一株翠绿的幼苗
能够在尽夜之间 开枝红花

我种下汗滴
温润心野
那时
阳光成彩丝状
挂满了遥远的叶子
让我等待

经历
不止一次哭泣
像一只迷途的沙驼

痴望于渺茫的大漠
海市缓现于起伏的烂白
一声浪漫的柳笛
吹离地面
呼唤潭深的真情
第一次激动 化成漫天
羽状的彩虹 装饰湛蓝天空

仙子
舞万里长袖
拂晕我三月思绪和幻忆……

与鹰翅同飞
与欣鼓共舞
心灵
贴满你的蜜吻 带入梦境

思绪不再单一
理想不再单色

看任何景物
都是多情的眼睛
涉足校外
埋躺在软软的草丛中
抚摸心情
年轻的人儿啊
为何这般痴情

也曾想忘记 永远
可是

跳入眼里的全都是爱的言语

也曾想不予理睬

可熬过了白天

夜晚你竟残酷地唱遍我的记忆（你的梦呓）

终于，我明白一个道理

你就是我的女神

已经进入了我的魂灵——

我——爱——你！

请

再不要躲闪

我的心情

因为有你

没有一天停止恋情

我的天空

因为有你

春夏秋冬都成为美好的向往

请

不要怀疑我的真心

度过了一个又一个痛苦而欢欣

想你的日子

并不遥远

岁月将证明我的忠诚

我愿作浮云，偎贴你

我愿作柔棉

愿为勇敢地

一切的一切

都献给你 我最亲爱的人

1992 年春夏之交彭城

信

阴雨的早晨
平和的云酝酿阴暗
冷箭滴穿暖意
双手插进口袋
想抹一些心情 对抗温度
而结果枉然
绿色邮筒站立街角
鸽子
喧闹着撞击车声
我一意地在那里徘徊
很久
内心产生离意
我知道
四月的暖阳便在云层上
靠近它需要一些路程
然而 纸片延展如席
我稳稳地盘踞在风中——
蛇形之意让我身形上升

穿越矮草
曲线完美
感觉完美
只为遥远之所
一颗完美的心形

那年枫叶不再火红

游人的琴声填满熙和空间
在一阵阵年轻的欢笑声中
我与你独立在笑声之中
眼神空洞（想必是一见钟情）

阳光　其实在瞳孔后面燃烧
夏日的冰凉尤其使人难耐
我急于打破别人的欢闹
可你不语的神态表明
在同游者眼中
与这时光的风景多么格格不入

当这一切成为记忆时
我发现浪漫已成为一种格调
其实
每一刻
我都很充实

1992 年冬季

残　雪

残残的雪　淡淡的风
搭乱了我　华年的乌发
一湾湖水　投一颗石子
打破了爱的静谧

昨天
我收到了一封信
红红的烟霞

耀得我目眩头晕——
经那风吹的空中
我
嗅到了她那随风而去
离我而去的柔情

一丝游离的线
风一吹就断
我早就有这么份感觉
小心翼翼地守护
终归要断
倒不如
倒不如

燥乱的心
渐渐恢复平静
正如这聚后的残雪
还有这慢慢平息的凉风
我很清醒
任它去吧
那裂断的声音
总有一天会传到我的耳畔
我也将坦然快活
害怕有一天
残雪又要重新席卷她的心灵
让她感到爱的困惑

1993 年 1 月

春天，我们相识相恋

春天的傍晚 我们相见
朦胧 辗转 依然

白璧山①前
有月无星的夜晚
昏黄路灯安然 肩依着脸
你说 星光璀璨

噢！美丽的春天
瞬间的夜晚
真切又温暖

1995 年春日

注释：

①白璧山：江苏省海州区西面有一座名山，叫白璧山。形似老虎，头

朝西南，尾朝东北。因为山石成白色状而得名。传说上古时期，这里是一处大海的海眼。每到夏季时大海就咆哮，大水淹没了周围村庄和近郊的海州古城，老百姓苦不堪言。有一年，太白星君下凡，看到了这副情景，心生慈悲，于是，拂尘一抖，从大海的南边山上（锦屏山：东西走向，似一道屏幕而得名）跑来一只白额猛虎，一屁股坐在海眼口上，大海就此不再咆哮，老百姓从此安居乐业。经过了若干年，白额猛虎就变成今天的一座海拔百米的白璧山，山上名人手记、碑刻许多。

那一天

那一天
春风和美
小草踮起暧昧的足尖
酸甜倚在
我的舌尖

那一天
晚风沉醉
玫瑰扬起爱的风帆

温暖贴着
你的双肩

那一天
阳光四现
钟声唤醒皱褶的床单
身边埋藏
两张笑脸

那一天
……

漫步爱情海

当我把窗帘合上
当我把寂寥隐藏
孤单长椅 远看
前台聚集的同学 师长
此时 一双眼
静静地对我凝望——
哦

张口又合上

是你

送给我一枚口香糖

是我

带着你飞出礼堂——

你用方言教我演讲

你的言语

充满着爱情渴望

也充满着激情悠扬

目光游离心野——

抱揽一下你的腰身

嗷！美好的姑娘

心中默默地发一声遐想

第一次吧 绯红满腔——

你是否也在怀想

我们

如今成这样

天隔一方

初　恋

"春天不是读书天，夏日炎炎正好眠。秋有蚊虫冬有雪，收拾书本待来年。"

第一次恋爱那年是 22 岁，上大学四年级的时候（我是师范保送生）。那真是一个巧合。因为我将从图书馆借阅的《莫里哀喜剧》（上、下）、《红楼梦》以及自己读中等师范时整理的厚厚的一大本日记放在自己班级的教室桌子上，一个人出去，回来时就丢失了……

　　清楚地记得我是在看书中途休息时，去学院中文系接听电话的地方打了个家里的电话，给父母报个平安。回来时，发现了它们的不幸，我的无奈。这是全部被人拿走了的失望和着急心理的情形，它困扰着我很长时间。当然，心里愤愤然，却不知所以然！

　　等到我该去还书的时候，幸好遇到了一位在图书馆工作的年轻女孩子，她那天是在四楼图书室看借图书（真是一种缘分），于是我就将四倍罚款奉上，她却只收了我书的原价。当时，心理释然：请同在四楼看借图书打工的仝同学带话跟她说声"谢谢！"——那时，我却不知道她的名姓。

　　后来，仝同学转来一封她给我的信，不知道仝同学搞什么鬼？反正之后，我为了感谢这位学生似的图书馆女孩子，单独去请她看过一次电影。买了很多水果（用的是没有罚书的结余款），反正就是这一次。她的信里说对我有爱慕之意！到现在，我都已经忘记她人长什么样子了。不过，我只想到她的脸的长相像达·芬奇的画："蒙娜丽莎"！

　　只不过眼睛不是双眼皮。我的这第一次的初恋持续了有半年多。

　　后来我分配回连，没有留在徐州（我爸爸不同意老大出门在外），之后，在连云港我答应等她两年，之后就没了信息，过了三五年，有一次夏日傍晚，她竟然跑到连云港找我来了——

　　她竟然直奔校园而去，那时正是炎热的夏季，花红柳绿，华灯初上，而我当时正在扬州参加江苏省第七期普通话水平测试员培训，到8月初回到家，听到学校看门尹师傅说有位漂亮的女孩子从徐州到这学校里找我呢。留下了电话号码，我知道了，赶紧打电话……盲音！

　　之后，来过许多信件给我，我也书写同样的书信给她。然而，我们有缘却无份，我的信件被学校不知道是谁拆开过，年轻的我为此而情绪激动过……愤然又如何？

　　这段纯洁的初恋，有时也会萦绕在我的脑海里，把它记录下来后，心情就会平静许多。

　　……

2011 年 7 月 5 日

亲情

一次生日的记忆

记得我的生日最早的一次是在我四岁的时候吧，那时的情形，真的是让我记忆犹新。

为什么？可能是我救了我的曾祖母。

我的太太（我们都这样管太祖母叫太太的）——她现在已经过世，她去世是20世纪末，104岁离开了我们，离今天有十几年了。

那时，我们家是四世同堂，我是曾祖母的长房长曾孙，可谓是家中的"宝儿"（我想，其实每个人在家里都是父母的"宝儿"，而不应该是"草儿"的）。

就是在我生日那天傍晚，我的太太，迈着她的那双小脚，从二老爹（她的二儿子，我家是长房）家赶来为她曾孙儿祝福，大概那时她已经84岁了，走起路来行动还是蛮快的！在我家院子里，傍晚，一大家子人围坐在八仙桌旁为我祝福四岁生日！

我才四岁呢，很小的小不点儿，那时太太的印象，是个子也不高，走起路来却很见精神的。吃得也很迅速，麻利又不声不响！那晚的天很蓝很蓝，有些儿微风……

第二天，爸爸说太太受了风寒，不行了，已经住院了（好像就是昨天从我们家回去时就觉得不舒服）。我当然是小不点儿，还很不懂事。只是听这一说。又过了一周，爸爸来带我们一家老小给太太去送行——说是太太不行了，是要跟太太告个别！我看见太太躺在二老爹的西房屋里的八仙床上。我到那时，看见到二奶奶（二老爹的媳妇）已经将太太的送老衣服都穿好了，家里人都是很悲伤的。静静地不说话，脚步是轻轻地。记得当我走到太太床边时，就大声喊了一声"太太——"，这一声喊过去，大家也觉得有些难受、落寞……可是我听到太太是答应我的，能从躺的床上坐起来了，还真的答应了一声——"哎！是阳儿来了呀（我的小名是向阳，因为是早上7—8点钟出生的，才起的小名）！"

过了一会儿，爸爸就领着我们回去了——

从我那天早晨去二老爹家，喊太太的一声后，太太竟然回过阳了，还一直健康地活着。一直到104岁去世。在县城里像她能活这么大的岁数的人，实在是寥寥。她去世时，她的曾孙——我不在她身边！那时，我已经大学毕业，回母校海州师范工作了。当我接到二表哥赶百里路到我学校通知我时，我就立马请假赶回老家去，等我再喊她的时候，她已经躺在木材棺材里了……

记得我是离她的客厅100多米远就开始喊"太太""太太"的——我的天空一片黑暗！我在另一所龙家大院里哭喊着"太太"一直到客厅正房……可是，已经晚了。心里痛苦着，三天，一直跪在太太的灵前，眼泪一直在流——为了我的"太太"！

送殡的那天，我站起不来了。送葬队伍排有里把长，我是在前面领亲眷走，爸爸、二老爹他们在我前面，我头顶着蓝荣绸带子，披麻戴孝，浑身上下一片白。手举着哭丧棒，三步一叩，五步一停，送太太入殡的地方实在叫远哪，我们走了五六个小时才到下葬地……

回想我的青少年时代，太太她洗衣做饭是从不让她的女儿们、儿媳妇伸手的，反正我记得她的三女儿——我们管她叫三姑奶奶的，想要为她洗衣服，她就是不让洗。说是自己动手比女儿洗得干净。她耳不聋，眼不花。太太一生经历了两个"甲子"，也是连云港市活着的最长的长寿老人之一（每月由政府照顾发放补贴）。曾记得她平时走路还像以前那样快！太太有亲生子女六个，还有早已经去世的大太太的三个子女陪伴着她。太太是三十二岁才嫁给男老太太的，是大太太去世后的二房。比我现在的大姑母——她的孙女儿，才大十八岁。太太是大年初五生日。每年这一天，家里聚会向她祝福，几十口的大家庭人都在一起，那可真热闹！记得那时候，我们会从早上排队，分桌子吃年饭就有好多桌，男眷、女眷们分开桌子吃寿面，那场面才叫个"大"字。

太太她去世的时候，一切是由我爸爸——她的长孙子一手操办的。寿碗就是用三台乡村拖拉机拖来的，成摞，用草绳子栓捆结实，它们不怕碰，送到院子里，也是瞬间工夫，一分而空……

记得我外出求学时候，每逢寒假回家过年，大年初一的早上必须早早起来带着姊妹兄弟一起去太太房间给她老人家磕头……发生的事情很多，记忆中，有一次磕头是在她的古代雕饰花纹的床前，在脚踏上面——就是能放鞋子，马桶什么的，离地面有四五十公分的距离，但又与床连为一体的，在床边下方；它是由红木制作，雕刻成花纹状，稍带一些小小的有漏空的平木床板，有六只脚撑着。我们就挨个踏上面磕头，由于我个头高，一不留神，头就磕在了床边的棱角上，那叫个响啊，心里喊疼，却也顾不上。嘴里一直喊着"祝太太身体健康、祝您长寿！我给太太'拜年'来了!"——此时，太太还没有起来，在床上躺着。我们就这样一个一个排着队磕头，我把太太的晨觉磕醒了，她就慢慢地坐起来与我轻言慢语……问我些许事儿：家里的、学校的以及在外面学习的情形等，如今都历历在目。太太对她的曾孙心里疼爱，我感触她的手软软的，轻轻的，胳膊也细细的，说话微慢，话语厚重，声音有些沙哑。精神头还好着呢……

当我记写这一次的生日，几十年的光阴弹指间就溜走了。写些关于我与太太的往事片段，记得太太她的事情让我一直怀念。写出来也算是对太太她老人家在天国的纪念吧！

并遥祝现在的亲人、朋友：一切平安！

逃学记

（一）

从小到大，感觉逃学对于我是件乐事。我不知道有多少次逃学了，每一次逃学的情景都深深地印在脑海里，它也时时刻刻提醒我，让我自觉不自觉地去走不要离得太遥远的而又偏离正常生活运转的道路。这样我好认真地纠正自己的方向……

儿时的记忆里，曾记得有这么严重的一次逃学，那大概是四十多年前了，那也是我一生中最厉害的一次逃学。

当时，我被爸爸妈妈从青口县城城里送到乡下——外公外婆家里，去读我的小学一年级（五岁半就进学校了）。大概也是在我们家刚刚经历了一场史无前例的"文革浩劫"（前面我写过一篇《诬陷二三事》中的部分经过）吧，因为它还没有结束，也不知道何时才能结束。更何况家里人口又多，我的祖母刚去世不久（大约有两年吧），家里花销大，没办法，家里对于我（除了爸妈）就没有更亲近的长辈了。爸妈认为我是家中长子，孩子又多，管不住。于是就这样决定把我送到乡下去。

五岁多一点，我就在乡下了，我这一待就是三年（这是后话）。

一年级的逃学是我记忆中感觉最深刻的事件之一。也曾记得我是足足逃了近两个月的学之后，再经爸爸去跟小学校长们"说说情"了以后，我才又被学校原来的班级接收，才继续我下面的学校生活的。

在乡下，我是真到了淘气得令人害怕的地步。耐心听我跟你慢慢地絮叨吧。

我记得那时的小学校名字就叫"城南小学"。现在叫什么我就不知道了，大概已经有30多年出门在外，没有时间去城南乡下了。因为外公、外婆已经离开我有近20年了！童年的记忆里外婆对我是很好的。外公是高大的，人瘦俏，善良、忠厚，持家！他老人家很少说我，尤其对于我学习的不认真也不狠说，但有时顶多会对我说："你看看，阳儿——你看看你小舅，人家，你小舅——人家学校年年敲锣打鼓送喜报到家里来，你再看看墙上的奖状……"

——噢！是的，小舅获得的奖状贴了满满一侧墙壁呢……

"你什么时间也这样哪！""哎——"完了之后就没了言语。

我那时间就知道玩哪，哪里能理会出外公的深意呢！

是的，小舅他可是小学校里的"学习标兵"，他年年是学校的三好学生。年年学校里给他戴红花，还敲锣打鼓到家里送喜报，但是我在外面贪玩，一次也没看到这种情景。等我回到外婆家时，就看见墙上多了一张奖状，我也根本就不在乎，没把它放在心里，只知道跟乡下的小伙伴在外面疯玩儿。

小舅他仅比我大三岁。他那时可是学校里人人竖大拇指的"名人"哪！在家里，我就知道吃饭时他比任何人都快，都吃干干的饭，也常常被小姨、三姨们骂，说他不顾人，只顾自己吃，连饭也不盛凉着。而我，在他眼里小屁孩儿一个，乳臭未干啥也不懂！只知道穷玩罢了。而且饭是常常忘记吃的，吃的也是稀稀的米饭和汤，所以那个时间的我，很瘦小。

一年级快结束了，到了放暑假的时候了。老师布置暑假的作业是将本学期的语文书后面的生词表一个个字词加上拼音抄五遍。大概也就抄田字格本子一本左右就完成了，这样一年级漫长的暑假就开始了——

暑假，我是天天在外祖母家外面玩，白天很少归家的，更不用提回自己老家了。记忆里回过一两次县城的家。我就是因为太贪玩了，结果开学了，没有写完作业，大概可能只写了三两页的字迹。开学时，班主任许日珍老师就跟我们三四个未完成作业的同学说：你们什么时间写完作业，什么时间回学校来上课。

于是我们就离开了学校……

（二）

"阳儿，去上学了，赶快吃饭，背书包上学去。"

小姨在盛饭，一碗一碗地放到小桌子上，菜已经上桌：有一盆土豆炒辣椒，还有大头咸菜，细细的，放在盘子里。麦煎饼有一摞放在大桌子上，还有一摞子山芋煎饼一同摆在大桌子边沿处。一大家子坐下来吃早饭，早饭也很快吃完了。

小姨、三姨、二舅，还有外婆收拾玩锅碗瓢盆以后，三姨、二舅们就跟着外公下湖里干活去了。

今天，小舅舅早就背着书包上学走了。我吃完早饭，背着书包离开家门也上学去……

（三）

有谁见到我这样的：上午跟真事人一般，自己也背着个书包走出篱笆墙去，号称也去上学。等到中午时分，跟班级的同学或者几个玩伴在草地上或庄稼地里谈笑、玩乐。就是没有感到缺少什么，直到他们各自都回家吃饭去，不跟我玩了，我也才慢慢地回家去。（因为没有人跟我玩了）我不知道自己是怎么样熬过了这样的一两个月的时光。反正就是没有做完作业，没有去学校里上学。也不知道天天自己在干些什么。总之，就是不提上学这一档子事儿，压根儿就没有跟舅舅、小姨和外祖父、外祖母说一个字。家里人也从来不过问，就知道我是早上背着个书包走出家门，中午吃完饭又走出家门，再于晚饭时回家——睡觉！这样周而复始，直到事态发展到了不能再持续下去了，学校决定找家长来……

就是这样，我在外面持续流浪、逃学了近两个月时间。我也玩得不亦乐乎了，这么长时间不知道该怎样处理了。最后，家里人被学校里通知，要家长来学校签字：是退学或是怎么的，我的爸爸知道了，被迫请假来到乡下，这是我第一次被大骂，爸爸要揍我没有揍成，舅舅、小姨、三姨拉扯着我，我逃过了这一次的挨揍。但爸爸的那张生气的脸，至今还记得。之后决定，我必须跟爸爸回老家赣榆县城——青口城里把作业完成再回来。这一次我是害怕极了，因为我知道我怕爸爸揍——

回到老家——我自己的家里，爸爸没有揍我，但他的牙咬得咯嘣响，我恐怖极了。我是在一天半不到的时间将暑假里没写的作业全部抄完，然后再被爸爸带到原来的小学校里去，爸爸跟老师谈了很长时间。就这样，我又继续在原来的许老师班级读书了……

（四）

逃学，还不知道其严重性的人就是我。到今天，我时常在想我的逃学对于我今后的人生旅途的影响，看来影响是很大的。首先，这种不好的行为习惯影响了我以后的发展道路：先天基本功（就怕写家庭作业和抄生词什么的）不足，后天发育情形不良。造成了我学习的后劲不大，这是事实。我总是自己想着一边玩儿一边学习，这个可真要命。时间哪就是不等人，不知道自己耗费了多少星辰日月分秒……哎，怎么得了呢。

有时，我觉得自己就是一个浪费了很多光阴的人。但是，过去的也就只能让它匆匆间过去了。把握、珍惜好现在的时间，才能多做些事情哪。

记得《说苑》里有关于师旷劝学篇的三段论：晋平公问于师旷曰：吾年七十，欲学，恐已暮矣！师旷对曰：少而好学，如日出之阳；壮而好学，如日中之光；老而好学，如炳烛之明。

现在社会都讲终身学习。正所谓活到老学到老。只不过当人们没文化的时候，是凭借本能而活着，生活朴实而有情趣。可一旦有一些人因为学了点知识，就来穷讲究：我为什么活着？以至因思虑而茫然，又因茫然而轻生，再因轻生而害群。这岂不是不学更好吗？看来，学，也得学那精神向上的文化、知识。极端、颓废、厌世的东西，学来只会是为害人群的，不学也罢。可这又何为向上呢？又何为颓废呢？俗话说：有志者不在年高，活到老，学到老。人生只要有目标，有恒心，有信心，有决心！年纪与成功应该是无关紧要的吧。

唉！人生没有绝对的真理哪！

逃学的经历告诉我，有得必有失。童年里的这一段逃学生活也是一种快乐，令人怀想的一种惬意生活的经历。虽然以后也使我付出了成倍的代价。但我不后悔。真的！

（待续）

好一声：彦波（彦博）——

今天坐 10 路公交转 5 路地铁比较顺利。不像昨日早上，那叫飞奔，主要是在家时没看时刻表〔一般说，德国的公交、地铁、StraBenbahn（有轨电车）、SBahn 等运输模式很准时到达站点，不差分秒〕。我从新家出门到车站有 2 分钟就可以了。所以慢慢地走也没关系。昨天是星期四，出门迟了些，见 10 路公交飞快向站点开去时，我的脚步也飞快跟了上来，等到了车上，身上是不冷了，但，狼狈得很！

快到站点 Clausewizstr.（离中心/孔院有二三十米）的时候，突然想起徐州我的伯父、伯母来了。

记得那时我还在徐师大读书。周末去大娘（我们那儿就是伯母的意思）家蹭饭。大娘家在戏马台（当年西楚霸王项羽操练军队的地方，现在已经是徐州著名的景点之一）。大娘脸圆圆的。伯父、伯母（即大伯、伯母）他们家早年（20世纪80年代）搬到徐州。因为姑姑、姑父在徐州军政要界（姑父可能现在已经是司令员的官职了，十几年前就是军级干部，反正我也没多问过家里人，咱也没见过，我父亲去过他们家），他们在徐州就是为了相互之间有个照应。在我刚读大学的时候，不太熟悉那里的地理环境，总是伯父步行到我的宿舍（记得我的宿舍还在6楼），他来看我并喊我去他家去（调剂生活吧），之后呢，大姐一家（已经结婚有个男孩，4岁）、大哥有路（我跟他一样大，他比我大月份）、小姐姐龙冬也有几次来过学院里找我的。

去徐州上学之前，听我母亲讲过：大娘比伯父大8岁，夫妻关系那个叫恩爱呀！当年，他们在赣榆就是厂里的模范，因为我伯父家里穷，经常是吃上顿没有下顿的。大娘要强，是厂长，相中了伯父的才学和为人厚道，就是双方家庭不容许。大娘是天不怕地不服的主，最终还是结为夫妻了。可是在老家那里关系处理是不能长久的，过日子是磨难多，最终由我父亲帮忙，搬到徐州去的。

我到伯父、母家。也听见大娘（就是伯母）讲过关于家庭里大姐、小姐和大哥的故事，大娘一辈子疼爱孩子，没有动手打过一次孩子，最严重的一次是她跟我说过：是大哥调皮，让她生气。她只举起笤帚轻轻地在大哥屁股上碰了一下。之后，大娘心里就不知道有多心疼啊，有好几天都不好受，跟我说的时候，还仿佛在眼前发生似的。再想想我们姊妹兄弟四人在老家小时候的情况，噢，那叫惨状。不过，我挨打最少（4岁多就被送到外祖母家），父母要打我时，我就跑走了。剩下的弟弟妹妹们可就糟了殃……我也很羡慕伯父母的教育：大姐、大姐夫一家现在在瑞士，已经十几年了，他们有一个男娃子。小姐姐龙冬就是20世纪90年代末，在《中国青年报》上报道的那位，是一人徒步走西藏的青年女作家——其实，在读大学时，当我看到小姐姐的时候，我就被她的小巧玲珑、漂亮给吸引住了，还有她写的那一笔漂亮的字迹，我就更加喜欢她了，喜欢她那江南女孩一般的娇媚和任性。她每逢到家就缠着伯父、伯母，叫他们讲伯父伯母谈恋爱的故事，大娘就会笑话她，说她都多大了还在爸妈怀里撒娇……听大娘给我讲：你小姐，她呀，人是聪明呦，就是会装模作样。高中毕业考大学时，可把你伯父、我给骗惨了……天天看她在房间里桌子前看书，还喊她，她就说：没看见忙啦，看书学习啦，喊什么喊。我给她送水果之类，都是送好东西给她吃，后来走近一看，你猜怎么着？人将书蒙着脸，一个人在呼呼睡觉的，还经常人脸向着窗户发呆呢，可淘气着喽，说的时候大娘眼里充满着慈祥（大概是有点恨女不成钢）。

龙冬姐那时见到我时，很关心我的学业，（但平时来家次数不多）只是见面了就对我说：家里的名著，你来了尽管看；也可以带到学校去读。是的，我在伯父伯母家，随着日子增多也就慢慢习惯了，自然了。到现在我还保存着一本素娥表姐、表姐夫他们送给我的书——王安忆亲笔签名的《小鲍庄》，这是他们俩跟当时在徐州剧团工作过的作家王安忆友谊的象征！龙冬姐平时对我是特别的好，没事的时候经常做荷包蛋给我吃，有时看我在房间看书久了，送上一块西瓜之类的水果，说不要老是坐在那里看书，休息休息，吃会儿瓜果，来跟我讲讲话……后来她就考进了市检察院，之后就结婚了。那时，我也参加了她的婚礼，记忆里她的音容笑脸真是让人感到幸福……

大哥有路呢，是一位美术教师，在戏剧学校，弹一手好吉他。身体魁伟，朋友多为艺术型朋友，每逢到家，就在房子里弹他的吉他，曲目娴熟，还会伴有厚重苍劲的歌声。向来我对有音乐艺术素养的人都高看一眼，也许是偏爱，更何况是我大哥呢。他经常到我的学院看我、找我。

我在伯父家也时常不回学院的宿舍住。那个时候，我很内向（也许到他家前期不适应，大学里陌生的环境我都是这样）。在伯父家时，最爱听伯母的声音和大姐的语调。她们娘俩儿经常在家拉家常。大姐的声音语速快，性格急些，快人快语型的，说话后音跟大娘说话一样的重：彦波（波字经常是三声变为四声），大娘声音是厚重型，尤其喊我时说：彦波（博的声调还带点平声调类，收音是重重的老年人的四声调）——声音会拖得老长老长的，要么说短点的时候后音很重很重，她人性格好强，闲不住，嘴巴也能讲，经历丰富。但语速较慢。从来没有见她生气过，大娘她有一张圆圆的脸，她说自己从小就是这样，没变过。大姐、大哥就是继承了大娘的脸型。小姐姐是典型的江南女子柔和的身段和鹅蛋状的脸型，并且是很爱时尚的，我给她的总结是秀外慧中。经常也会向我询问老家的情形。那时间，我们在一起度过了我最幸福、快乐的时光，我的快乐的大学时光。也就是那时，在大娘家，我跟伯父学过书画作品的拓裱，跟他学习过书法，看他写草书、作画。伯父是中国传统的画家。个头不很高，170厘米左右，老成持重，质朴，面带微笑，对长辈孝顺。这是我在他们家的亲身经历，历历在目的，太爷（伯父的父亲）的照料都是他一个人。

现在的我，毕业已经多年，伯父伯母早就退休在家养老了。如今的我出了国门来到异邦——德国，可我对徐州的印象一如我的故乡一样亲切、安详！因为那里有我曾经喊我"彦波（博）"的伯父、伯母还有其他的亲人。割舍不了的情感，时时让我回想。

"龙老师——上班了，干什么卖呆呀！"好像有同事喊我呢。一抬头，到了工作地——汉诺威中国中心。还好，没有撞到周边的护栏杆。（见笑！）

啊，徐州！伯父、伯母！彦波在此祝你们二老健康！祝你们幸福！等到我回家时，一定要去徐州，去看望你们二老！

想啊！真想听听你们在跟前喊我"彦波"的声音了——

其他

秋

　　就"春华秋实"而言，人们往往偏爱于春的华丽。因为，默察花柳的萌动，静观大地的回春，在精神上是愉快的；而我却要赞美秋。我默默地说："秋天的脸色是微笑的，它代表着成熟与收获（虽然后有萧索、枯败之时）。"

　　秋天，它并不逊于春光，我认为。你看，那绿枝上的叶子在飞逝的日子里，变得越来越黄，越来越红，落下的叶子在清风中飘扬着，聚了又散，散了又聚，多么富有诗情画意。曾记得李白词中有"秋风秋雨秋月明，落叶聚还散……"的句子来描写秋的特征；也曾有杜牧用"停车坐爱枫林晚，霜叶红于二月花"的诗句抒发对秋的赞美之情。许许多多的黄叶一层层地贴着，在清风中一起一落，远远看去，真像满地的黄金，满地的花呀！朋友，当你看到这样的景致，你的感想如何？是寂寞，是赞叹，还是……反正我是深深地惊诧了，惊诧这秋了。难道你更没有感觉到和亲眼看到：当秋风一吹，这些树叶子就大惊小怪地闹将起来，那些黄叶便开始辞枝——起初突然是落下一张、两张（或是几片）来，后来，才成群地飞去一大批下来，好像有谁从高楼上丢下什么东西来似的？

　　面对着眼前种种（如此绚烂多彩）的秋景，我不禁想起家乡的秋天景致来了，是否比这里的秋景更美？家乡的亲人是否知晓在外求学的我在这秋色中溢满的思绪？我想真情地饱览家乡的秋色了，看看家门前屋子后的梧桐、果树；我想父母亲一定又要为将要归家的儿女们而辛劳准备了。

　　"一年一度秋风劲，不似春光，胜似春光。"有人说春雨贵如油，是的，春，播下的是希望；而秋呢？不正是人们期待的收获季节吗？瞧！人们在硕果收获后的欢欣，是一种多么朴素自然而又充实快乐的美呀！

秋天，它虽不比春天绚烂华丽，但也不失它的特色：当你步行于田间山径，穿行在果树园子里，看那一望无际的黄金稻子和秋收后的景象，以及挂满枝头的累累硕果，黄澄澄、金灿灿的，你的心里不也很激动吗？

秋的收获又何止这些，对于青年人来说，尤喜欢这秋雨，总爱在秋雨中漫步、聆雨、净心、赏景，纵情地用力呼吸或者在秋雨滂沱中打球、奔跑、游戏……敞开胸怀让雨水漫过胸膛、趾间……

噢，秋天，你也有"秋风萧瑟""肃杀"之时，你虽没有春之可爱、达观，但你使人心境调和，使人们因秋风秋雨秋色秋光所吸引而被融化在秋里，暂时失去了自己的所在。

秋天，你质朴如农民，你胸怀宽广如大海，你更多地给人们带来启迪、深思和对未来的期待。古往今来，有多少文人志士为你颂歌、欢唱，还是诗人写得好："远上寒山石径斜，白云生处有人家，停车坐爱枫林晚，霜叶红于二月花。"

让我们赞美秋，歌唱秋，欢迎秋吧！

（1990 年发表于《徐州·铜山日报》）

情系青口河

记得作家萧红写的大著《呼延河传》、台湾作家三毛写的文集《梦里花落知多少》，还有从湘西走出来的乡野散文大家沈从文先生的《边城》，读之后让我畅怀，感想万端——冥冥中一种苍凉、悲怆之情扑入胸臆。是他们洗练的文笔、细腻的情感、传情的言语、专注的笔风，以及老辣的文字功夫影响着我，催我奋进！给我写作上的冲动。其实我的经历与家乡的那条直通到黄海的青口河一样，汨汨流淌，从不间断——

母亲说：生我时，梦见有一条大鱼进了她的身躯，清晨时分，阳光照射着大地，出生在有阳光初升的早上，出生在故乡青口河畔。我想我这一生是要临水而居的。因为我就是水的因子。我爱水。爱家乡的河水和海滩。

青口河的水，又何尝不是滋养我的文学沃土呢。我就想用我那还算清新的笔触去写一部关于我的真实故事——青口河！就情系青口河好了。

青口河的水呀，是你给了我灵智的光芒，启开我心中块垒的闸门，让我从不对你放弃，时时催我书写河畔相关的人情世故；是你伴随着我走过童年、少年、青年……我记得你那青青的河堤，两岸的垂柳、水杉和你那家乡人日日走过的漫水桥、龟腰桥……寒来暑往，我曾端着一方小板凳坐在河旁读书。看那河水、听那水声；我学习、漫步、郊游，统统在成长的岁月历程里，都围绕着你——那条令人魂牵梦绕的河水而展开的。

记忆里，青口桥东的南北两岸，河堤上生长着排列整齐的水杉树木，那里，每到夏日傍晚就是我们孩子们最喜欢去的地方之一，常常带着弟弟妹妹们去那里，拿手电筒照那些爬在树上的、爬出树下洞里面的"知了猴"（方言词汇，就是未蜕变的蝉）。然后，带着满满的收获回家。

夏季河水常常有干涸的时候，干涸后，在周末的午后，与弟弟两个人拿着个大竹篮子（过年装馒头用的，竹子编的篮子），一起下河捉河蚌。"河蚌"，在我们老家被称为"歪歪"或者叫"河歪歪"，河歪歪最好找，不管是干涸的泥塘还是有水的水塘，只要看到在泥上有竖线状划出的痕迹，那就可以沿着痕迹找到它们。特大的"歪歪"要伸手在淤泥里费一些力气才能将它们取出来，洗干净了再放进竹篮子里面，捉"歪歪"是很有成就感的。我们都会表现出欢快的、喜悦的心情。行动上自然很快捷。花费一到两个小时的光景，就能装满一竹篮子河歪歪，于是，兄弟两个人就会把一竹篮子歪歪一起抬回家去，爸爸妈妈捡大个子、肥肥的歪歪给我们做"歪歪米饭菜"，剩下的就砸碎了喂鸡喂鸭鹅，是让它们能多下几个蛋滋补日常贫瘠的生活。

青口河的水养育了两岸的人民，也带给人们无穷的欢乐！（待续）

小湖临窗

序言

德国，是我的异乡。身处异乡，就想起我曾工作近二十载的师专校园生活，想起曾一同与我工作的同人，想起了我曾坐在"大同楼"四楼403房间里最西首桌椅上的学习、办公生活。

那时，我时常在闲暇的中午或傍晚时分，拉开西窗窗帘，推开窗户，手掬一杯清茗，俯视窗外——举目远眺。视线左侧是远山、马路和人来车往。正前方（西边）映入我眼底的是那两个不起名也并不上眼，周遭是芦苇丛生、布满荆棘、日光熹微的自然湖，湖面其实并不宽广。我将之冠名为"圣茜湖"。这是因为我去过南方，也走访过北京、天津等处的高校。那里的校园中，水应该是一大特征。不管是贯穿校园角角落落的，还是有小桥流水般的流入院墙外、城市之中的，它们都有着一段鲜活的来历。我想这"圣茜湖"由来，也应该给它一个出处。古语说"圣"为楷模、师范之所源，是尊称教书育人的宗师孔子的字眼儿；而且"圣"字在《西游记》中就是连云港市花果山孙大圣孙悟空的简称呢。我们的校园在花果山下，大圣湖西侧。取"茜"字读"xī"音，这，在此是用西方人的称呼，它有美丽、姣好之意（茜茜公主），又与西字谐音，故此得名了。

（一）

小湖的四围是簇拥着的各种各样长有人把高的芦苇、杂草，它们把小湖围着，用太多颜色把它们拥抱在自己的怀抱里（不管一年四季春夏秋冬），我读过一名网友写的一首名为《小湖》的诗，它表达了对乡村父母包办子女婚姻的痛斥心声，你听：

在遥远的记忆里/平静的小湖碧波漾银丝/如今爱流已激荡/小湖早没了波光/

……

小湖不要啥风光/只要点波光/亲密的爱人哪/让你的小湖/波光粼粼/

……

其实，校园里月光下的小湖也常会有伴随着月色渐浓，变成为满圆形状的湖的景致。

当秋风瑟瑟，湖水一定会随风荡漾。在师专的秋天里，小湖的湖面依然是水波不惊，因为它几乎被枯草、芦苇包裹着，偶尔有垂钓者光顾，水面鱼儿跳跃。

从路旁走过，时常忽略了这方湖水，忽略了这里应该有的美好景致，全因这里没有开发的缘故。也许，没有东西"陪伴"这里的小湖，才这般孤独，让美色减少的吧。但正是这孤独与平凡交织的画面才让我遐思翩翩，乡思万千呢。你瞧，芦苇深处，几根钓竿在晃动，湖面上又有了鱼儿从水中蹦出来，坠下去，许是被钩住了、捕获了。真是别有一番情趣呢。

（二）

临窗的小湖就是沉静过漫长乏味的岁月舞台，你的弱小虽不足广阔江河大海般铺展到天边，可你的历史天空同样肯定从古至今淘去了诸多云烟。眼前平静的湖面也许有一天，你这个画面突然就生动了呢！你，走进了学校师专、也走进了我的心脉。等待——等待，有你的青春健朗的明天，有你的华发初上，有你的孩童般逗笑嬉闹的未来。那时，你会告诉我吧，西窗小湖忽然宽阔了，变了模样，换了新装。你的舞台定会是一片耐人寻味的风景啊！在晴天里，你会贮一帘阳光，在雨天里你会激荡起一池、两方豪情吧。还有月下呢，你又缀满奇异瑰丽的梦想。也不管春涧夏绿，秋丽冬朗，也不管是万重风光。

小湖临窗，我心目中的那片湖水，应该如莲花般的随时光延展全都写进了我那曾经为之陶然、为之心动浮想的朝西开放的窗子里了。

每当华灯初上，小湖许是静了，真的静多了。风吹起来了，忽然大了。不时的，这风将湖面上的芦苇带动，沙沙作响，飒飒之声惊恐起休憩的鸟雀，悠忽间从此间迅速逸去飞逃到湖水那边去了——

我记忆中的湖水温静、纯洁。真希望如今的湖面已经不是四围都是杂草、荆棘，还有芦苇丛生、遮蔽着。因为的确它们太过苍凉。

（三）

夜色加浓，使我的思绪大幅度地跳跃，想着这两方湖水，又联想起若干年前在校园里教学时的情景来了。那还是给学生讲解《现代汉语》第三章"文字起源"时的情形，一如在眼前。我当时为了讲解文字起源于绘画，亲手画了一幅欧罗巴部落"文字起源·少女幽会图"（真正的文字起源于"奥迪布瓦情书"：全是在山岩刻画的图形符号），如图1所示。其实，当初，我看着小湖的坐落朝向，才发觉它们跟我上课画的图形是何其相似呢。我在想，我们的校园因为有了这方湖水才有了灵光，与大山为伴才彰显厚重的校园历史、文化（1912年建校）；因为这郁郁葱葱的草树才激发人们的坚强、自信的精神。我敢说，这片湖水让我们回归生活，它是滋润校园文化的一个幸福的筹码呀！它就是我们的生活乐园，我们师生共同的"百草园"。应该让师生生活在这自然之中，在自然中学习、思想、生活，在生活中健康成长。

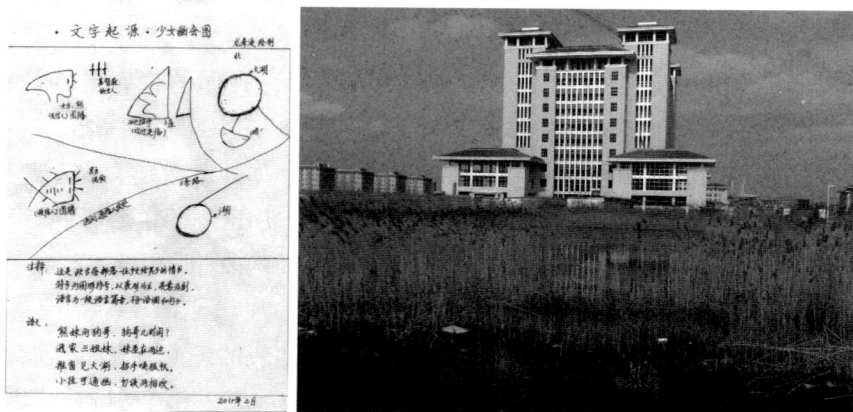

图1

我还能说写些什么呢？记得荀子在《劝学》篇讲道：积土成山，风雨兴焉；积水成渊，蛟龙生焉，积善成德，而神明自得……在此小湖的身上，想必又能阐释另一番景象吧！

2011 年 2 月记

午间散步

今天出了汉诺威中国中心去郊外散步，我穿行在一片林子里——这是我第一次在离中心 200 多米远的林中散步。

天空有些雾霭、阴沉，不过我的兴致很浓——

长长的林中路延展到远处——轻轻的风，静静的路，漫步于其中，感觉路是我的，林子是我的。

小路一直向前！弯弯绕绕……四围树木与草丛交融。清晰的是远方有这样一条开辟的小路，而无杂草。

一手提着一个 Döner，一手插进裤袋，潇洒飘摇的西装裹身，领带轻抚衣角，我就在这个林子里消消停停地散步去了。偶尔兴致来了，唱着歌儿，一路向前。

路上，我在想、我在看：都说国内的大树都要钉个牌子在树上。确实的，我在汉诺威的任何一个树林灌木丛中（去过四个公园，树木特别多，还有一个古树公园），在这里随处可见高耸云天的灌木大树；合抱粗细的，多得是。也没有见钉钉子、钉牌子什么的，我只能这样理解国人了：物以稀为贵！更何况有名有姓，百年以上的就更加稀少、宝贵了呢……

但在这里，树、草却随其自然生长。

看来这里真少人行，我就这样走下去吧，一直！真想走入时光的深处，再走出时间的宽限，一直地走进这茫茫林海……

炒花生

"在家千日好，出门一时难"！其实，最难的是乡愁。在汉诺威因工作我又搬到了新家。心里觉得得把近来失去的体重上提一些。于是想到做些好吃的菜肴犒劳自己。说做就做，将锅洗净，开火，倒油……

今天来炸花生米。先将洗好的花生米（已经被清水泡大了些，也就5—7分钟而已或者2—3分钟也行）沥净水，先下锅，将水炕干。为什么要泡花生米，因为泡过的花生米炒时，不易糊锅，而且吃起来干脆，爽口。

等锅里花生米有些干了，放油，不要多。可以放些盐或辣椒或糖，或者干脆什么都不用放，原因是已经在水中都加作料泡好了。根据自己的口味定好了。

关键有几条：一、你本人拿个小铲子，在锅里要不停地炒，这样不至于花生局部过热而糊掉。二、要有一定的观察力，炒花生尤其是火候，有的人炒花生最后炒成"索马里"了（黑种人），有的还不够火候，半生不熟的，失去了炒花生的热情和干劲，这种炒花生可锻炼你的拿捏火候功夫的，我从小炒花生都是黄彤彤的，吃起来脆生生的，爽口着呢。不相信，您也来试一试吧。等到吃起来，可是美着啦。

这不，吃完了饭，将炒好的脆花生米，用小碟子放在书桌旁边的小睡柜上，偶尔会嚼上一两颗。心里美滋滋的。这也是一个爽呢。

等过些时日，可能会来上一小瓶啤酒、一小杯洋酒或葡萄酒（白为主），抑或红酒也行（这是有品位女同胞的专用品，红酒一般不喝）。一个人在国外，可别对不住自己，身体好，胃口好这才是第一，不然，你怎么熬呀，很长很长时间的。

朋友，闷了，出去走走，困了，别硬撑着；憋屈了，就放声高歌或两串珠子眼泪直下，也未尝不是办法，最好找一位好朋友倾诉，她或他能缓解你的心理压力的。身处异乡就得这样，不要辜负了关心、爱护你的人。珍惜友谊，多开心，那就开始试一试。等你吃好了，会炒了，告诉我。

异国拾遗

记从汉诺威搬到奥斯纳布吕克

（一）

春雨贵如油，今日搬行头。

推门看新居，迎春①笑春风。

（二）

春风春雨不寂寞，一次寻家半奥斯②，

"奥斯" Dünor 是 zwei，离我办公廿步多。

毛毛春雨迎面过，斜织衣衫等 RE。

RE 到站我乘车，上车回家搬二次。

今晚仍住 Hannover③，友人劝我别累着。

明日就是"愚人节"，潇潇洒洒西北郭。

搬家已成眼前景，从此省城④是蹉跎！

遇上新朋友一个，奥斯伴我度寂寞。

朋友名字是彭城，心里突然想大学。

彭城公园石彭祖，活到八百是传说。

当年我在彭城住，与那彭祖度日月。

彭祖就在彭园里，相信我说没错的。

（三）

归家已是廿时多，解我身上疲乏衣。

音乐换成"轻音"的，打开冰箱找"蜂窝"⑤。

兴致伏案添笔墨，腰酸背疼搬家惹！

打开电视看"德片"，听学德语很不错。

（四）

离国已将有仨月，清明四月来"奥斯"。

果真应了古诗句，"茱萸遍插少一个"⑥。

　近来事情繁且多，听我细细把话说。

　慢慢一件一件来，赶快分批寄"Card"。

2011年3月31日作

注释：

①迎春：迎春花开放。

②奥斯：奥斯纳布吕克。

③Hannover：德国西北部城市汉诺威市。距离奥斯纳布吕克市200多公里。

④省城：把汉诺威比作国内的省城。

⑤蜂窝：喝一种自制的蜂窝茶水。

⑥茱萸遍插少一个：取自王维《九月九日忆山东兄弟》诗句：遍插茱萸少一人。

我想出门走走

2011年（阴历年）1月，是我刚到德国汉诺威这座城市。一切都是茫茫然，眼前萦绕着陌生的环境，陌生的面孔。常常在这个新家中，看窗外飘舞着的雪花、川流不息的车子和街头来来往往的德国男女老幼。在国内新年即将到来时，写下了此时的心境。

——题记

我想出门走走

看那异国他乡红砖红瓦白楼

我想出门走走

看那自然飘雨落雪的异国街头

我要出门走走
手插裤袋，在异国的土地上
看那溪水，瞧那河流

我想出门走走，
去穿越矮草森林，
穿越山谷沟壑
寻找另外一种解脱

我想出门走走
去叙叙友情 抒发落寞

面向东方
思绪无法着落
我的家 我的国

我想出门走走
……

无题

心理承载有多重？我把情思寄浮云。
"铁打营盘"流水兵，目似遥控身沉沦。
离别之歌多伤痛，船到桥头又西东。
床榻温暖独行客，偶得新文开亮灯。
明月总把友情妒，为何明月不待人？
夜半茶凉书为伴，亦喜亦恼又天明。
终将心事托秋水，不做浮尘不沾尘。
随口一说追诗韵，学成德语变真僧。

胡诌几句别当事，身在联邦倍思亲。

交响乐·指挥·听众
——记奥地利维也纳之行

维也纳市不虚行
五欧进了金大厅
晕车不曾此间乐
转瞬赏乐入心神
良多感慨实为妙
仿佛年轻嬉戏声
万千观者涌进厅
热气腾腾听奏鸣

辉煌金璧人拥人
春风满面包裹存

开场唯见乐队坐
灯火万盏光照厅
忽传电话入耳畔
不见指挥现身影
万唤千呼信步传
鞠躬过后掌声连

掌声雷鸣不言重
此起彼伏浪高频
忽然掌声戛然消
指挥手抬气自豪
乐声随之轻慢摇

时静时鸣扣人心

开拨新曲由远近

乐团众生踏歌行

夔铄挥手定乾坤

只把乐声传天庭

注释：

（一）

记 2011 年 3 月 7 日，托同学关系搞到一张奥地利来回的 80 欧元的 ICE
火车票。不过，由于前一天没有休息好，火车上开始晕车，但没有告知他
们（差一点在车上呕吐），强忍着前行！

3 月的奥地利首都维也纳依然是寒凉刺骨，冷风呼啸！根本就没有脱
去冬装，走出冬季的征兆。地上还有没化尽的冰雪。更没有看到作家谢邀
观览奥地利首都维也纳时所说的那般有魅力和美好。大概可能是我们还是
逢着冬季的原因，来的时日太早，不是时候吧。

大鸭绒棉袄也就紧紧地裹在身上，那单单的毛衣是敌不住风如刀削的
寒冷空气的，我们一行八人在傍晚六点左右，到达首都维也纳。历时 10 小
时行程。

（二）

在奥地利首都维也纳青年宾馆住下，当天晚上坐地铁 U-Bahn，辗转
来回，终于在奥地利首都维也纳中心广场一览夜景，饱享了一次啤酒荤菜
肴，每人掏了 23 欧元：真贵！

（三）

第二天玩了美泉宫、莱茵河、城市公园等景点，回到宾馆没有多少停
留，又在晚上 7 点左右，大家坐地铁（U-Bahn），又一次辗转来回，步行
穿过两条街巷，赶去观看维也纳的金色大厅，欣赏 8 点的交响乐团演出。

（四）

进入维也纳金色大厅，心潮澎湃，来观听交响乐者，真是观者如潮。
当我们进入金色大厅后，那金碧辉煌的现实真实地展现在跟前，怎么不令

人陶醉？我们寄了包裹和棉衣后，7 人（同学一人留守休息，没有参加）一起上了二楼，在拥挤无插脚的走廊上找位置观听……一个晚上乐团共演奏了 6 支交响乐曲子，共时 1 小时 45 分钟。

（五）

我在走廊上，感觉到欧洲人的健硕来了，只要是他站在你前面，你是肯定看不到指挥前台了，偶有空隙，能偷拍几张照片的，以作为以后的想念和观阅了，这样就不错了。我呢，学会了瞧准机会挤进人缝之中，终于找到了一处靠墙边的空地儿，墙壁全是金黄色，周围都是人。索性倚金色的墙壁，踮起脚尖儿，终于将楼下前台和四野的墙壁，三楼、五楼以及高处的观览者一举揽下。又专心听了四支交响乐曲，记得有小号、爵士鼓，有皇管，铜长笛，长号，大、小提琴，还有西洋乐器萨克斯等等，指挥是一位身板不高，精神矍铄，秃顶脑门儿光亮的小老头：其实只不过 50 岁上下年纪。

终于，脚尖儿酸麻，顶不住了，再看左右四周，有许多人也看不到，怎么办？"席地而坐？""嗯，这样真好！"可以休息了，就用一张 Papier（德语：大纸）铺在地上。倚着墙壁，席地而坐。让自己本来晕车的头靠着墙，静听着远处高楼下传来的交响乐曲……安静自然而然地沉静在乐曲的海洋之中……

时隔半载，回想当时之景况，感慨万端，夜不能寐，以诗歌记之。

2011 年 9 月 30 日星期五

春日交响，周末，奥斯纳看雨

请看，这是我在奥斯纳布吕克西山居住的别墅。

——题记

地上一片绿，

林间一片黄。

来往行人少，

不知何方唱？
鼹鼠脚下跑，
松鼠盘土上。
树灌蔓杂草，
野兔走慌忙。
雨落墅野静，
天色白亮凉。
但见风雨起，
啼声不绝响。

这是我在奥斯纳布吕克居住的西山别墅楼

春雨抒怀

来时春风起，
鸟声伴雨稀。
树树冒春光，
步步问归期？

窗外景 周末情①

（一）

清晨起来早，
跳枝绿鸟叫。
小径深静幽，
"五禽"②步逍遥。

（二）

窗外杨树高，
风急舞林梢。
西山多富人，
美景润眼眸！
我本霄汉儿，
家在西山坳。

（三）

观书四野静，
欢畅满欢心！
绿鸟戏春色，
诗情唤春风。

注释：

①周末晨间，锻炼归来，见客厅窗前景色：一片绿，一片静，一片趣，一片鸟鸣；处一景，生一情，抒一乐也。

②"五禽"：指华佗发明创建的"五禽戏"，这里泛指拳术：太极、五禽戏、八卦掌等，我稍微知些皮毛，而已而已。

聆雨听鸟鸣

窗外雨缠绵，
鸟鸣进窗来。
绿色穿树丛，
声声唤伙伴。

观荷兰郁金香

喜看荷兰郁金香，一天乘车太匆忙。荷兰郁金花散香，全球民众都神往。
郁金花香满地播，人挤人哪车挨车。人间四月芳菲尽，荷兰郁金花怒放。
郁金花香真就好，世界游人往那跑。库肯霍夫是佳地，美不胜收众花齐。
春之韵来六十年，争奇斗艳七百万。佳华佳地造佳国，佳水佳花供佳丽。
花香迎蝶是荷兰，荷兰花香分两种。人花并举招蝶舞，试问情爱为哪种？
开放荷兰引外资，看花赏花花世界。玩物从来非丧志，未老著书看花去。

德国的春天是这样的

三月开春不见春，
四月花儿怒放尽。
忽如一夜飐风起，
冷雪雨团舞飘絮。
街头全是秋天衣，
带洞丝袜单车急。
兢兢寒寒回家走，

闲人伞下喝啤酒。
我本德国异乡客，
来到异邦推汉学。
德国四月二月天，
一阵寒来一阵暖。
要知五月是三月，
早晚温差为哪般？

Ach so[1]！一把剪刀，一双手

滟滟随波千万里，乡思欲寄无从寄。
空暇之余嬉欢笑，不觉来德五月余。
写点小诗赋闲趣，权把诗序当题记。
国内国外好男儿，别学我这周遭际。
纯熟日常理发睨，偷得技艺为生计。

——题记

Ach so！
一把剪刀，一双手
理出一个小平头
省出 EUR[2] 喝美酒
还有 Dönner[3]、玉米和果肉——

Ach so！
一把剪刀，一双手
理出一个小平头
Wein[4]、咖啡、辣椒我全有
要吃面包夹火腿得赶紧走

Ach so！
一把剪刀，一双手
理出一个小平头
如问镜子我没有
赶快放弃找朋友——

Ach so！
一把剪刀，一双手
理出一个小平头

归雁堂主人自嘲诗一首

2011 年 6 月 23 日周四下午补记

注释：

①ach so：德语词汇，用在文章开始，叹词。

②EUR：欧元简称。

③Dönner：土耳其饼（裹着肉和蔬菜）。

④Wein：德国红酒称呼。

德国·不来梅①触景赋诗感怀

题诗总句

我本东方儿/来德半余载/夏日出门去/联邦景色奇/
开车无尾气/空气清又新/问路在何方/热情带笑意/
一遍接二遍/耐心如朋侣/不论老与少/不问男与女/
倘使不明了/也将送暖意/临别赠一语/Tschüs 别在意！

赋诗文如下以证视听：

（一）

樱桃篇

不来梅市樱桃大如杏
吃在口甜在心真高兴
笑问它的价格是几 cent②
Zwei EUR③就买它一公斤

（二）

市政厅·教堂·花海
不来梅教堂市政厅
联结着花市与商品
陶醉在花海几时休
请进我相册作点评

（三）

海洋博物馆
海洋馆观后感慨多
故事文化当属中国
可怜哪当年朝廷弱
把那些宝物给外国

（四）

余论：中华三章
德国现不分西东
土地面积东三省④
八千万人创奇迹
经济总额"探花"郎⑤

一年四季春常在
森林调和风雨兴
污染工业找下家
安乐国民享康平

中国政策放光明
德国推崇东方红
我来德国居半载
体察生活为百姓

注释：

①不来梅：德国一个很古老的城市。2011 年 7 月 2 日周六这一天，与一名叫保军的男生同行！我们在边走边欣赏路景的同时，摄下了许多幅照片。我们大致游览了三处景观：不来梅的市政厅与教堂、花市和海洋博物馆。

②cent：欧分，比欧元小的单位。

③Zwei EUR：两欧元。

④土地面积东三省：德国土地面积与东北三省面积差不多。

⑤经济总额"探花"郎：德国有八千万人口，创造出世界第三的经济总额，令人感叹！第二次世界大战，它还是战败国呢。这确实是个奇迹。我爱自己的祖国！更加希望她强大、繁荣、昌盛。

2011 年 7 月 3 日晚间

不来梅大樱桃

QQ 漂流瓶寄言乐章

我住西德城，其地有欢声。
心追并手摩，走笔趋龙蛇。
腹内天地阔，胸中有丘壑。
岁月如黄鹤，思乡也蹉跎。

他年说梦痕，草木耐存温。
笔名传友情，不惜百年身。
无穷如天地，不竭如江河。
畅然添雅兴，欢喜赋流瓶。

2011 年 7 月 22 日星期五

口占四句，临帖抒怀

四十岁来临汉简，
指锋划纸一刹间。
壮志抒怀凌云志，
常摩古体入笔端。

2011 年 9 月 9 日午后

游丹麦国王府喷泉，续郭沫若诗句感怀

西兰岛上话牛耕，喷水如云海水平[①]。
今我来此续尾联，敢情日月换容颜。
脚下青龙喷水柱，一道斜阳通天路。
霞光朵朵笼水雾，行旅只把美泉驻！
不见彩虹泛紫光，却自流连一声叹。
行色匆匆离团友，返身归去奔堂走。
游伴紧随我身后，丹麦观泉赋一首。

2011 年 9 月 28 日午后

注释：

①西兰岛上话牛耕，喷水如云海水平：此为郭沫若诗句。

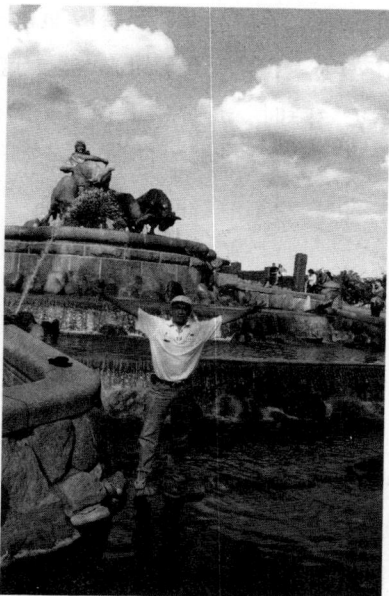

无题

秋夜读书不曾眠，孤荧单衣倚床侧^①。

长夜漫漫静聆雨，钟摆声声敲心田。

2011 年 10 月 9 日凌晨 4 点

注释：

①孤荧：这里就是台灯一盏之意。

悬诗

  周六晚归。吃饭途中，观看碟片《黄河》（30 集），仅看完两个光碟，已经是夜半了。又忙里偷闲玩了一会儿，把 219 页的书作六体书写了一些，洗洗刷刷，上床看了《曝叟戏言》（上下册），终于这样一本字体特小的书看完了上册。匆匆间睡去。睡时，月挂中天，很美的夜空呢。

明月星稀待日朝，

周末熬红眼睛潮。

收拾殆尽二更到，

荒废德文看书少。

梦里依稀见新朋，

桌侧向我讨书作。

时间短瞬半日光，

临别求我作"悬诗"。

悬诗悬诗耐我心，

清晨迷朦呢喃醒。

梦里只看童卧轨，

荒凉垂绳命悬空。

梦见火光又燃爆，

全家酣梦不明晓。

扬鞭策马入西来，

不见舅姑约半载。

君问归期是何年？

信函一寄入牛海。

忙忙匆匆收笔袋，

忽然一觉醒转来。

2011 年 10 月 15 日星期六

无题

静静长夜茶溢漫，月色流萤近身端。

夜半推窗换清寒，清光寂寞相对看。

远树近路杳人踪，秋风飒飒难更变。

眼前风景窗内鼾，雨声滴答入梦甜。

2011 年 10 月 18 日午时

诗歌二首

（一）

秋意浓暗秋夜风，夜半推窗观苍穹。

落叶秋寒飒飒语，天宇星辰闪闪明。

眼前秋叶影摇落，恍如鸟儿藏林中。

楼台亭阁吊孤客，远处声鸣混杂兴。

（二）

老枝新叶皆发黄①，

蜘蛛爬墙悄无声。

眼中朝阳万族光，

白身②迎风一阵凉。

2011 年 11 月 1 日星期二

注释：

①老枝新叶皆发黄：老叶新枝运用修辞上的互文手法。清晨起来看见家窗户边的五角枫叶，老叶发黄离枝落下，新的叶子也发黄，即将离枝，枝条开始变黄变得萧索起来，阐发此句。

②白身句：清晨起来，日光高照，只身穿着裤衩来到二楼书房、卧室的窗前，打开窗户，吸收清新的空气，迎着阳光。

夜半小憩遐思

午夜伏案啜新茗，

一壶饮罢四野静。

笔下千言待日朝，

书有归处伴我梦。

2011 年 11 月 6 日星期日凌晨 3 点

德国奥斯纳^①的夜半

月华泻地，夜色朦胧
我，静坐书桌，伏案
……

邻居家的门
听，钥匙声一串
酒，醉红了的脸
灯光，放浪的笑声一团
……

常常
野鸟的惊鸣
林叶飒飒
映下满天的星斗
沉睡的广场，冲醉了
醒了的酒坊
夜的街心，并不宁静

2011 年 11 月 6 日星期日午后

注释：

①奥斯纳：德国北部城市奥斯纳布吕克市。欧洲人（德国）常常是晚上十一点以后进入夜生活阶段，可以一直持续到凌晨四五点。然后回家，冲个澡，休息一下，第二天继续上班或者学习，精力依然充沛，一年四季几乎天天如此。这是东西方区别。

晚归，静坐窗下有感

归时月华移窗台，
坐问知我何时闲？
清辉不语星辰笑，
四野车顶一片白①。

注释：

①四野车顶一片白：我住的楼房对面是"VW"：大众公司车房，露天的各种型号、色彩的汽车顶上，在深夜里，由于霜雪而变得白色一片，在月光映衬下，很平整，很好看！

奥斯纳晨思

常侍屋宇易困乏，
活动腰身出门去。
空气清冷扑面刮，
多少礼遇在心崖。

2011 年 11 月 14 日星期一午后时分

十四行断章二首

（一）

冽风斜雨起烟霞，
寒夜无人赏灯花。
瘦枝飘摇山风紧，

窗下独坐听雨嗒。

（二）

对外汉语一册书，
唯剩成绩来判定。
赋诗作文百余篇，
偶有小成上期刊。
总结写罢几多回，
编书要把后记论。
书法创作百幅成，
欧洲游历十六国。
万张照片进空间，
满心喜悦待付薪。

注释：

元月四日晚归，途中，天空下起雨来，奥斯纳布吕克市雨水特别多，大概一年有三分之二都是雨天。今年更特别。到了冬季，竟然雨多雪少，连圣诞节也不见雪飘。原来满街上路的两旁圣诞树，现已不知去向。

冬天的雨，冷寒刺骨。雨水打湿了头发，也顺着衣角不住地滑落下来，浑身上下全是湿漉漉的，冰凉的风，打着寒战。没有办法，依然迎风顶雨前行——

到家了，已是夜半，坐在灯下，听着窗外的风声雨声。心里面颇多感慨：噢！我到德国已经一年了，去年来时，雪花飞舞，今遭是雨水浇身哪！

我喜欢一年四季的雨天。哈哈！

站在窗前，打开窗户，我看见了雨帘被疾风吹斜了，卷走开去……地面上、空气中泛起如烟雾状的珠链，迅速由西往东北方向刮去，风一阵狂似一阵，似烟霞不是烟雾的水帘被卷起东移，转瞬间消散无影。

面对眼前的夜景，于是，展笔铺纸，作诗句以记之。

2012 年 1 月 5 日星期四　德国奥斯纳布吕克

德国生活断章

某日晨时，床榻上睁眼，头脑里浮想近况，迷迷糊糊记下心中所感。

——题记

白云明月洒清寒，
独自推车仰望天。
飒飒秋风扫四野，
默默执教整一年。
联邦九月物价涨，
知寒知冷掏欧元。
笔落千钧印纸痕，
悄无声息默无言。

欧游散记

旅行在欧洲各国

——我的日记摘抄

笑看浮生世态千百种，哪知你心与我是相同？

2011. 2. 18

喜欢听轻音乐或奔放的音乐来练字——喜欢听乡村音乐带着自己过一种乡野生活；喜欢听名家、民歌，将我的心情放歌。喜欢听感伤、古典乐曲使自己走进怀想的童真，抒发厚重的歌声；喜欢经典老歌，偶尔也会随歌声漫步行吟……

朋友，没事时，可以一试。

2011. 2. 19

《爱情另一章》

请你不要将我丢下——/独自徘徊/我也不要成为孤独的一只鹤/凌空单唱/曾记得我们有约吗/……/那是第 N 次的相遇/N 次的依靠/N 次/为什么/总在心中/遥想——

《写给即将毕业离校的毕业生》

我的心田里/没有岁月/没有隔膜/没有伤情的离歌/

有的/就是校园的岁月/也曾一路蹉跎/一路跋涉/

有你的青春/总有你的青春/有我的喜乐/也总有我的喜乐/

在这个即将毕业的时刻/送你一首青春的歌/美丽的歌/潇洒的歌/

就带着稚嫩的朝日/怀揣梦想/迈步开拓——/

有你的勇敢/总有你的勇敢/

有你的欢乐/总有你的欢乐/

为人/为师/为家/为工作/我们都曾在一起战斗过/

请记住/西方的天空里/有一位师友/跟你们一样/

将重新装订画册/体验不一般的生活/

那就让我们一路欢畅/一同相约/20 年/30 年/再相会

《周末，静下心来的情绪》

周末，一个人在书桌前，点上一锅烟斗（现在是戒掉了），泡半壶清茗……随便在房内走走停停。

家里书桌上方正墙上，悬挂着一幅临作。是清康有为的书联："淡泊足以明志，宁静足以致远。"看着看着，心就慢慢地开始游荡开了——

在每一个周末，独自一个人享受难得的闲暇安静。记得法国作家克洛岱尔散文诗《雨》里，描写雨的纯洁、透明又充满阳光，它让我羡慕；在屠格涅尔的小说《猎人笔记》里描写的那种惬意和谐又不缺乏生活浪漫的情感，让我爱不释手。

是书润色了我的日常生活，陶冶了我热爱自然亲近自然的思想。

在这样的季节。还有一种惬意：读墨子以及孟子等诸子百家的思想让我陶冶和净化心灵。又是书籍让我有了抒发情感的起步——近日，我读了一本《水煮西游记》之后，仿佛又被它们的语言感染了。

我要追求自由。书中有这样一段文字触动了我：生活给予我挫折的同时，也赐予了我坚强和坚持，我也就有了另一种阅历。我就会试着用一颗感恩的心、包容的心来体会生活的全部。我决定了不会因为冬天的寒冷而失去对春的希望，我决定了走我自己的路。

这段话让我想到作为老师的责任重大！

是的，我还应该写些东西留存下来，哪怕暂时的片言只语。记得词作家易茗阐发说："人生苦短要努力，不怕那几次三番从头做起。"仿佛就是我现在想说想要的。

让自己静下来学着写一些或敲击一点自己的东西吧。

注：易茗，作曲家雷蕾的丈夫，雷蕾就是写《渴望》《便衣警察》等主题曲的作者。

《给图书编号、定类归档——我做了一件有意义的事情》

这两天很是疲惫，想想这可是我花费几天时间将我在中国中心——孔子学院上班地点的十几个书架上的大大小小图书、音像资料等重新整理编出类来（2007 年开始积累的图书，整整两大间房子）呢。图书等整理归类，我用毛笔书写好每一个橱柜的书目总揽，然后按音序划分，摆在各个橱档柜子空间，条目先贴放在橱柜一角，然后逐一整理的。胡院长等一些老师看见很高兴。从中，我可是得了太多的宝贝啦，心里甭提有多乐呢。啊！心里想着：我也要有这样一个图书的角落，到奥斯纳布吕克去整理出来。现在我要尽快跟汉办联系，选购图书。不过，胡院长答应说，给我，可以将一些跟教学有关图书、音像带带走……哎，我想他们都不见得看呢，对我而言，那可是贵重的资产哪！能不快乐吗？

2011. 2. 25

《我的德国学生教学方法设计（一）》

我想我的德语很不好，就是听不懂对方讲什么：大概一是不适应这种语速。听的少。关键在于语速快，二是最主要的单词量问题。从这两个角度磨练将会有大进步……上课是一定要履行的，可能班级还不少。那就得采取捷径或者简单有效的教学方法推进我个人的教学模式。另外，三月中旬马上到来，要开始上课了，我已经开始准备：看教学用书、参考书，看多媒体录像带（都是整理图书所得，真不错，哎，奥斯纳布吕克就没有自己的中文图书馆）。不过，我是这样认为的：德语不好可以提前把精练的步骤写在黑板上，德语注释，让学生知晓。在每节课的课堂上将主要教学步骤画圈。

我的板书教学步骤（不一定每节课以下内容都用上，可以提前备好教案，做好设计）（此处省去 2000 字符）

以上，仅是我睡觉不踏实所思所愿，祝愿我课堂丰富多彩，让德国学生喜欢我的课！让中华瑰宝——文化渊源流长！

彦波拙笔记录一段思想，好了，在睡会儿觉去……困哪！

2011 年 2 月 26 日晨

《散思片想》

文学原是社会良知的一盏明灯，但对于非具有文笔思想的人，再美的文学形式也无意义。这就是一种欣赏惰性的自我折磨。

古代大书法家往往前提是文学家，同时又都是大画家，如晋代王羲之（是大画家这一点，多数人不知道）、元代赵孟頫；明代唐伯虎、文征明；还有清代号称"六分半书"的郑板桥、吴昌硕、唐寅、祝枝山、徐渭等书画大家，当然，现代的有齐白石、黄宾虹、李可染等。

书画大家们对学书都有独到见解。笔法最忌"系马桩"：像两根木桩，中间栓一条绳子，两头实而中间虚。大画家李可染说书画是同源的，书法练习就是锻炼笔法的基本功。字和画表面不同，但用笔的肯定有力、刚、柔、虚、实等基本规律是一样的。古人讲"平"字："如锥画沙"就是"平"的最好形容。用铁锥在沙上面划线，既不可以沉下去，也不能浮起来，当然力量平均；还说"屋漏痕"就是说线一点一点控制，控制到每一点，这样的线条画线才能做到细致有力。

《衣袖上的名曲——谈点音乐家的奇闻异事》

约翰·施特劳斯的一生创作了400余首圆舞曲。应该讲他也是在作曲家当中最长寿的一位。《蓝色多瑙河》《维也纳森林的故事》《春的息声》《艺术家的生涯》等，流传甚广。记得有本书介绍说：有一次，约翰·施特劳斯换下一件穿脏了的衬衣，他妻子吉蒂发现这件衬衣的袖子上写满了五线谱，她哼着这个曲子，陶醉在脏衬衣的五线谱上，衬衣放在一边，准备交给丈夫，不料这时门铃响了，便去接待客人，就在这时，洗衣店女佣人来取衣服，把袖子上写满了五线谱的衣服一同取走了。吉蒂发现了，心急如焚，发疯似的几乎找遍全城的洗衣店（因为她不知道洗衣妇地址）。当一位酒店老妇人带她到洗衣妇的小屋时，洗衣妇正要把衬衣放进盛满肥皂水的桶里，吉蒂她猛冲过去，急忙抓住洗衣妇的手臂，一下子把衬衣抢了过来，救出了丈夫写在衣袖上的乐谱。这个曲子就是音乐史上的不朽杰作——《蓝色多瑙河》圆舞曲。

其实，逸闻趣事有很多种，约翰·施特劳斯这位作曲家带给我们的是不一样的情操。

写它是因为我坐在车上想写一篇文章，诗歌吧，突然发现没有带白纸什么的，只好将每次带在身上的汉诺威地图活页拿出来迅速将自己想的东西一行行笔录下来，好像还模糊几句，不管了，回家誊写在日记上就行了。

2011 年 2 月 27 日

《无题诗一首》

清澈江泉水，千年不回头。笔下开江面，君在其中游。掩面泪如雨，天涯何时休？问谁见君面？忽上柳梢头；风流终难依，难倒杯中酒。

《音乐之战——与你谈总统、首相们之间的故事》

今天我将日常解闷生活片段说给您听——

今天说说"音乐之战——与你谈总统、首相们之间的故事"。

在 1945 年 7 月，美英俄三巨头：杜鲁门、丘吉尔和斯大林在波茨坦开会，三巨头除了在决定世界问题上有斗争外，在其他接触交往中，也有斗争，最有趣的是"音乐战"。

19 日晚，杜鲁门举行招待宴会。宴会上，一位很有才华的中士演奏了钢琴曲，他的演奏得到喜欢古典音乐的斯大林赞赏。宴会一直持续到凌晨一点才散。

21 日晚，礼尚往来，斯大林举行招待宴会。他特地从莫斯科请来几位著名的钢琴家、音乐家，为宴会助兴。音乐家们非常卖力，令喜欢音乐的杜鲁门大饱耳福，散会时杜鲁门和音乐家又是握手，又是留念。而对音乐不感兴趣的丘吉尔就感到乏味极了。

23 日，轮到丘吉尔当东道主了，他调来了整个皇家空军的管弦乐队。为了报复前两次自己所受的"折磨"，他命令乐队不停地演奏，必须坚持到凌晨三点。

这场宴会结束后，不少人在很长时间内失去了欣赏音乐的"胃口"。

……

把它讲出来跟你们听，全当笑料而已。夜深了。休息休息。明天接着讲。（趣闻逸事）

《由"美人打和尚"一事想到的……》

听说，没有庙里的和尚都是心理存有"坐忘……""皆空……"的，这不有个好色的和尚与一位美丽的妇人同舟共渡河。和尚频频拿眼睛看那美妇，流露一副流氓相，美妇很生气，叫人打和尚。和尚不敢看了，紧闭上眼睛。到了彼岸，美妇又叫人打和尚，和尚分辩说："从那时起我就一直闭着眼睛，又招惹你什么了？我已经入定了。"妇人骂道："我管你入定不入定的，你这不安好心的秃驴，闭眼睛比睁眼睛更坏，你正想和我好……!"美妇认为坏和尚仍在想象中"看"她，而且不怀好意。美人打和尚其实是一个笑话。

从在这件事情的思维和情感上，又不禁联想到汉代刘邦如何重用韩信让他带兵称帅来了呢。据说韩信用兵"多多益善"，但在刘邦还没有认识韩信的时候，是萧何极力推荐韩信的，萧何天天在刘邦跟前说，刘邦也有点没有办法了，就不耐烦地说："那好，你把他叫来，我要当面看他的才能。"萧何将韩信找到，韩信来到了刘邦的军营。刘邦拿了一块一尺见方的丝手帕，递给韩信说："限你一天时间，在这块丝绢上画兵，你能画多少兵，我就给你带多少兵。"萧何迟疑怀揣心思：这能画几个兵，这不埋没韩信人才吗？韩信二话不说拿丝绢走出营帐。

第二天，韩信把画画好。萧何一看就明白了。等刘邦一看时，大吃一惊，心想："我确实小看这个胯下之夫了。"于是，答应韩信把兵权交给韩信，让他挂帅带兵。之后，韩信辅佐刘邦打败了西楚霸王项羽。

韩信在丝绢上是怎样画兵的呢？请你关注明天的介绍。

2011 年 3 月 1 日

《给我一个理由吧，将我忘记》

昨夜/我再一次/和你相依/回眸间/一起在梦帘里
今晚/我的空间里/依然/又把一首老歌唱起——
就请给我一个理由呀/请你/把我忘记?!/把我忘记!! 忘记/忘记
孤寥的心理/疲惫的字迹/都因为/似火情迷——
就明说吧/点燃 一怀愁思/燃尽这一角/空欢喜

2011 年 3 月 1 日

推开西窗，是一片二层楼的平台，站在平台上四野一片苍茫，聆听着远处教堂里的钟响……我数了数，来德国到今天已经两个月。不知不觉间，我又经历了好多的事情……仅搬家就已经三次。等到去奥斯纳，才真正开始我的教学生涯！

今天的脑袋里是清凉清凉的，不是整天晕乎乎的。感觉完美！坐在桌前，左转头，就是我的阳台窗户。天上的云与光亮尽收眼底，这时间，四野一片静谧。室内的钟摆滴滴答答地。沙发、电脑、灯光、人，还有这时泡的一杯清茗，加点蜂蜜调和着，品味着……在这样的傍晚，很安详、很舒畅呢！

2011 年 3 月 13 日

盛年盛世盛志知多少？飞步向前的人们，不懂得珍惜也来不及回顾。

2011 年 3 月 15 日

春风吹绿野，白云待夕阳。青天卷片云，阴霾满空垂。春雨过青山，友情在林外。

2011 年 3 月 17 日

下午 1 点，我们会餐于市中心，在吃饭时，修老师听到我说没有练字的宣纸，他就说会从领事馆寄一箱子宣纸给我，要节约用——真高兴！太让我感动了！幸福的一天！快乐的一天！

这一天学了很多，也对汉诺威有了更近一步的熟知：沿着 Kröpcke 站台地面上的红标线走一大圈，需要 2—3 个小时，就可以将下萨克森州首府——"省会"转一遍。很多建筑还是很不错的。连修老师、陈忠院长都觉得不错。我是第一次参观汉诺威——感觉非常好！就是没有带相机，还好我们一起合了影留念。

2011 年 3 月 20 日

《暂时给我的日志做一次结语》

在那些风风雨雨的日子里，你可曾听到所有苏醒的思念，它催促着每一颗孤独的心灵，去追寻他曾失去的唯一。仿佛我们已经隔离，犹如远古的距离。其实，每一阵风过，你都好像仍然与我在一起，当每一阵晚风再一次吹来的时候，都如同带着你、我的气息……

追忆已成为一种浪漫。一次又一次的分离，一次又一次的相聚，催开鲜花的总是重逢的泪滴，遮住明月的总是别离的消息。

相遇、相识到相知相恋。

……

所有的开端都是这样的。所有的结局呢？

多么希望每一个美好的开端都有一个美丽的结局。

多么希望每一个简单、质朴，流萤的夜光，很蓝、很深，又很长很长，一如永远走不到边缘一样的呢。

就这样的，漫不经心地走下去，走下去，当所有的情节——走完了，那便是结局，也算是我这样的一段日记的结语吧。

2011 年 3 月 21 日

当我疲惫时，脸上就会写着不对……

孔子曰：中午不睡，下午崩溃。老子曰：睡可睡，非常睡。孟子曰：孔子说的对！庄子曰：别吵了，快睡！我说：有好书还要读一会儿，再睡，会睡！

2011 年 3 月 22 日

跨越，是同不同人之间的交流、对话，当你不经意间与大师们、伟人们或者与哲人交流时，识读时，那是一种幸福！是一种超越自我的幸福！

2011 年 3 月 23 日

今天一口气把郭小橹著的《我心中的石头镇》看完。心里惶惶然又悻悻然：为主人公（郭小橹）这样一位从浙江石头镇走出来的女人感叹，感叹命运的捉弄，又为主人公感到释然，感到她的深刻有人性自然的一面，毫不含糊地揭示现实中的生活……

她是幸运的女人，是一位敢爱敢恨的女子，幸福的人追求的目标是多么的执着和开阔、开放。写自己一如法国作家卢梭的《漂亮朋友》《忏悔录》言行直露，不隐藏……感慨万端：现今时代的女子敢于揭露自己，暴露自己是那么的直接！钦服！女人是一本书，每一位都如此！

2011 年 3 月 24 日

二楼阳台，很大很长。是我现在家的阳台。下午 6：00 左右的阳光还能照着我、我的椅子、我的家。坐在二楼阳台的布椅子上看着我的书，跟前远处有教堂的钟声此起彼伏。鸟儿也在我不远处的松柏树上、楼顶上叫着。春天的鸟儿是这样的欢快——

一如我惬意的现在：有 MERLOT Gaide Rouge 红酒一碗，还有烟、茶，还有花生一罐，手书一册……我拥有了一个这样的春日下午，哪怕只有半个小时光景，也是美好的。我就这样坦然的，坐在春光里……我在总结每一个班级的水平，制作上课的材料，争取与学生同时进入角色，现在我做到了……继续努力！我还面临一个高级班的课堂处理方法，我会更加努力做好，充分准备…

下个月就是我正式签合同的地方——要两年或者更多年……想想不知道何时是假期？下个月我就去奥斯纳布吕克市——现德国总统沃尔夫曾任该市市长的地方。此地 16 万人，城市是下萨克森州的第三大城市……我得好好看书学习。上好我的语言课和书法课。多学好德语……

窗外菊花是矢车，迎春怒放挂满枝。兀坐无俦侣，观空绝想尘。原罪、激情哪个重？对于我都一样。理性的苏醒了，失落自然就随时日消尽……

2011 年 3 月 24 日

《菊花窗外是矢车，迎春怒放挂满枝》

练完四张报纸。抬头听见同事一一地跟我说："周末愉快！"之后，扬长而回家度周末去了。

我突然想起范仲淹的《渔家傲》的两句词来"浊酒一杯家万里，燕然未勒归无计"。

噢！今天是周五——周末，我含着烟，漫步在中心外的花坛边，脸向着东方，天上云彩是灰色调——

我想，这时的我就是一个 Roatlessness（漂泊者）。

云儿在飘浮。我的家在远方，是万里之遥的远方啊！是呀，又何止是万里？恐怕要翻倍呢。哎，在异乡！又怎么能尽快消除去我此时的心中思念家乡啊？

2011 年 3 月 25 日

今天又学习了如何将我的电脑浏览器 cookie 设置。因为我有两天不能打开 QQ 了：照片上传不上、文章不能写成，下载也无法执行……还好我自己动手学习……一切恢复正常！下午，登上了汉诺威百米高（实际 97

米顶）的新市政大厅。上周六听院长说它建造的不伦不类：前后有好几个设计师，1907 年批建，直到 1946 年建成。终于在本周六下午四点三十八分上三楼，出铁门，乘坐电梯登上正厅圆顶。走上铁扶梯，居高临下，俯视全市景致，为即将离开汉诺威告一段落。

2011 年 3 月 28 日

我喜欢刀郎的歌，在异国他乡！很苍劲、很古远，很有厚劲——

"请你不要丢下我，世界如此寂寞。我在沉沉的黑夜，等待那朵莲花。没有你的世界，为何如此凄凉，没有你的牵引，我会在红尘中沉落……请你不要丢下我。阿措耶千诺……"最真喜欢刀郎的歌：苍劲，开阔。有一位好友，说我一会儿是"诗人——偏执"；一会儿又说我是"文人——特煽情！"我呢很想开她个玩笑：没吓跑你吧……哈哈！又觉得不好，就说：哎，我是外向的，文人称不上，俗人一个！其实在心里，我真想成为一名作家——大作家，但又怕爬格子，苦呢……现在理解为什么鲁迅等人写出那么多作品，几乎他每天抽 50 只烟呢，读他的《两地书》信函！这两天我也觉得德国烟好抽！一饱殆尽……我想写东西！鲁迅曾说过：写文章其实就是兜圈子。简单说：就是画了一个圆，说了一大通，就是叙说那么一件事，或二三件事，语言你自己把握，兜个大圈子，一大篇文章就成了。我现在才理解写作，虽然看了很多书，上了大学、读了研究生，经历那么多事，到今天才知道一些写作的事情……

要成为作家什么的，一出手那么几句话就决定了你的水平……

春风吹蓝了天，春风吹醒了我的脸。梦中的人儿你何时来到我的身边……

2011 年 3 月 29 日

记得看过明末清初流传很广的一首打油诗："闻道头须剃，而今尽剃头，有头皆要剃，不剃不成头，剃自由他剃，头还是我头，请看剃头者，人亦剃其头。"

突然想起那首打油诗。于是我就稍加修改一下它变成为：闻道人取笑，而今尽笑人，有笑皆要笑，不笑不是人。笑自由他笑，头还是我头，请看笑人者，人亦笑其人。

2011 年 3 月 30 日

看来这雨是不会停的了，我就喜欢它这样稀稀落落的飘着……晚上我再散步去，去欣赏这奥斯纳晚间的春雨好了——OK!

2011 年 4 月 2 日

听！鸟儿在比赛……逗嘴呢！新家四周是被绿树和鸟儿环抱着。清晨起来可以看到地面上有野兔寻食，还看到松鼠、鼹鼠，听各种鸟儿鸣叫，我看到地上的黑色的如八哥状的鸟，会跑，很快！不怕人。嘴巴是黄中带红。还有野鸽子"咕咕"的声音，有小一点的黄雀，还有黄莺长鸣，脆耳。有类似麻雀粗粗的声音，有我还不知道名姓的鸟儿的啼鸣。真是一个不错的早春清晨。

"来时春雨浓，淋湿我行踪，树树泛春色，不知归行程?"窗内听雨……春雨斜织！

"窗外雨绵绵，鸟声传树巅。绿色扑眼底，声声呼朋伴。"——《聆春雨》

我的别墅外正对着南方，楼下是一片森林似的花园，树木、鸟儿、花儿争着呼唤春天的到来，我坐在窗前，独自聆听着春天的讯息，听着鸟鸣、树动萌发新绿。看着这一片树林花园遐思万千……国内下雨天，我也喜欢去淋雨，可是一回家就感冒。奥斯纳的雨不一样，淋在头上满满的，像山泉水那般明亮，回来家了对着镜子看自己，真爽啊，哈哈哈！我喜欢迎着春风迎着春雨，哪怕也有篮球馆呢。我就在你的滋润里徜徉、打球、漫步……记得那时大学好，撑着雨伞在雨里跑，我说不怕皮鞋湿透了，于是你跟我在雨中聊……今天独自在春雨里泡，看着你织着天空心里笑，绿色满眼我收怀抱，梦中树儿开花了……

而我是每搬一次家就脱一层皮囊，掉个五、十斤肉。明显的，我的脸就是会显示出瘦来。这样就可以了，我实在搬不动的了。不然我会疯掉的……要是不再搬家多好，我得跟他们谈谈，不然就要疯掉了，三个月搬四次家……到现在躺在床上感觉还在摇晃。奥斯纳的"别墅"：好！我喜欢！要了，住了！不想再搬了……中心王原老师在我走之前说了一句话，让我释怀：日子会越来越好的！我记得了。我想我的日子应该是会越来越好的，因为想想那三个月是怎么过来的，有谁三个月搬了四次家，要知道"搬家三年穷……"

昨天下午去了教堂、市政厅（后来才知道就是奥斯纳市教堂、市政厅），不想遇到一位外国朋友，他看着我问；Are you Frannich……好像是问我法国人吗？会不会法语什么的？我说，我刚从 Hannover 来到奥斯纳，用英语和德语混杂说的；他竟然说是从 HangGung 工作过……还给我看了他的汉语名片……激动的握手、简介自己！他手劲真大！最后他说他从 Konlon 来…我们说再见！

2011 年 4 月 3 日

清明的日子，心独揽着这奥斯纳的天，独自彷徨在四围是玉兰的建筑旁，想家，我的家呀，还有我家不远处的后山的桃花间——伏羲、少昊氏的后代在此留下的祭天岩画……美吗？美！我是不能回了，看学生们三三两两登山、真想呢……

2011 年 4 月 6 日

我踏着满地落花，走在奥斯纳的街头，欣赏着、关注着……看来来往往的人海车流，看各种争相落地的玉兰、车菊、梨花……终究，我也在异国异地的景致里成了四月天地间的一束风景！我也是这样的如此静静地履历着人生的历程吗？我想是的。

2011 年 4 月 8 日

出门在外，找有一个人能够跟你说说话而已是真不容易。细细想来，也就如此：你干的事情再伟大，再轰轰烈烈，你也是一个人，一个有七情六欲的平凡人，也希望有一个贴心贴肺、知冷知热、能深刻理解你的思想与情感的人在身边，跟你交流、沟通。这样，你就不至于孤单、寂寞。

2011 年 4 月 9 日

据说汉语等级考试是全球三大变态的考试之一，虽然语速很慢，但是内容真的很难。比如，一听力短对话 男说："哟，今天你的牙齿好白啊。"女说："那是假牙。"男说："真的假的?"女说："真的。"问题："请问，这是真牙还是假牙?"

2011 年 4 月 10 日

树的方向，由风决定；人的方向，由己决定！我决定了……不会因为一时的牵挂而心痛，总要离开，那就忘却最好！省去烦恼！彼此！我心自由如窗外的小鸟……自己就是上帝，方向自己决定！失去的就让它离开空间，省得心里不安和难过……伤心总是难免的，但时间可以冲淡心中的不快乐！依然继续前行——

断章：一个人的生命里擦肩而过的人有千千万万，又有几个是知音？有几个是深爱自己的人？爱情再坚固也无法承受忙碌的侵蚀。你忙得天昏地暗，你忙得忘记关心自己，忙得身心疲惫，你忙得无所适从，但是，爱情不能等你有空才珍惜！

2011 年 4 月 11 日

昨天听南京朋友在家跟我聊：在德国，有钱人多数是脸色黑红黑红的，你要是看见脸白白的，那一定是很少出去的人，多数是没有钱的那种……还跟我说：人身上"用戴"一词的是以胯骨为界限：在其上面说戴什么什么，在其下面就不能说戴什么……我就说，在胯处之地，那就是挂了什么什么吧，不能说戴了什么什么的……

2011 年 4 月 21 日

作家所异于常人的，是其有异于常人的那根敏感的神经……来到汉诺威与奥斯纳布吕克以后。我已经写了 55 篇左右的诗文。以前的再加起来就有 100 来篇了。哈哈哈！好高兴！继续努力！Toi！Toi Toi！我自己认为不是诗人、不是煽情者，而是一位抒情的现实主义作家……哈哈哈！陶醉呀！Toi！Toi Toi！（加油 加油 加油！）

2011 年 4 月 22 日

出门在外，找有一个人能够跟你说说话而已是真不容易。细细想来，也就如此：你干的事情再伟大，再轰轰烈烈，你也是一个人，一个有七情六欲的平凡人。有时我就觉得自己很是一根苦瓜呢。有时我又觉得自己是一个流浪者，是一个长长的癞葡萄！你们见过癞葡萄吗？上网查查吧！心里有诸多鲜红的籽儿……

2011 年 4 月 28 日

眼界决定境界，行万里路定能增长一个人的智慧。——不错的思想意识！就这样继续。前行无拘碍！短小的未必不足贵，长长的也未必不性情。短短长长的也是很多时间心理停泊时溅出水面的波浪舞曲，何来褒贬之说呢？只要你能舒展出来，就是一道道风景，一枚枚甘甜的橘子露……

2011 年 4 月 30 日

我的电脑将有几天不能上网！去荷兰来回加门票37欧元，再有这样的好事积极参与。听说还有组织去柏林等地的，这样就免费了。真好的事情……有学生上网定廉价机票9欧去西班牙往返。还有去法国等往返机票7欧，不知道怎么定的，真好。人家都玩过了，飞机也坐了。这样多省钱……开始节约过穷日子了……

2011 年 5 月 3 日

推半窗明月，卧一榻清风！读书伴我入梦！

2011 年 5 月 25 日

我明白自己要的是什么，真实的关怀，点滴的疼爱，平淡的生活，温馨的日子……真的，我想要的，仅此而已……

2011 年 5 月 31 日

到今天6月3日，我数了一下，有100多篇诗歌、散文了，其中在奥斯纳有近60篇：有回忆的。杂感也不少了，这可是我静心写作的东西！我珍爱它们——继续努力！前进！另外，我的书法作品装潢的还没有拍照、上传；这样书法作品也有100多幅了，哈哈！真高兴！

我的编书也已经到了四言，还有五言、六言、七言，还有对联呢，不过，已经将这样一本书编了近百页了，我要好好努力的呀！这几乎是我晚上工作到下半夜2—4点的收获……我把寂寞打发得几乎一干二净！

每天有1—2个小时读《德语随口说》。听录音……我下面的是将《德语五十课》一点点去肯……我得将时间多用点这方面才会进步大，等编完书后，一天看读德语7个小时，就会尽快赶上去的，得之在俄顷，积之在平日。我行的！

2011 年 6 月 4 日

米饭和包子打架，米饭人多势众，见了包着的东西就打，糖包、肉包、蒸饺无一幸免。粽子被逼到墙角，情急之下，把衣服一撕，大喊：看清楚，我是卧底！

提前祝端午节快乐！

2011 年 6 月 5 日

我发现自己写的诗歌也罢，散文也罢，还有杂感等等，有些自己觉得还可以，但有些就是随意性的，上不了大台面，需要进行大修整……我得花些工夫一点点地重新整理。端午节怎么过，自己过：两个粽子、两个鸡蛋下肚，还不错。要是有粽叶，我也会包，那才有意思呢。下午监考。将租房账目汇清……带上我的书，带上我的书。还有带上几件衣服什么的，以后，就天马行空，周游列国去了。哈哈哈！

2011 年 6 月 6 日

我来到德国真正成文的有 75 篇：诗歌、散文、杂感。以前的应该有 20 几篇，这样有 100 篇了，还有待进一步开拓！

2011 年 6 月 9 日

一把剪刀——理出个帅气的小平头。自从我来到德国，汉诺威、奥斯纳，一次也没有去理发店理发，全凭自己一把剪刀搞定。我真不敢相信自己的手艺是如此精湛，瞧！我的相册里头型就是一个字：妙！一个词：真亮！哈哈！真高兴！

2011 年 6 月 13 日

我编的书已经有 100 多页了，很感动！我的夜没有白熬！又从此编的东西里阐发了许多东西：研究的材料……我有很多的事要做。我不会寂寞的！相信我！一直！坚强的个性是我一直在锻炼自己的承受能力。呵呵！

2011 年 6 月 14 日

昨天，我与奚伟德教授前往汉诺威参加宴会。之前奚伟德教授作为英国女王生日的德国嘉宾接受了邀请，英国与汉诺威关系非同一般……晚上 8 点多在汉诺威市政厅前举行重大的庆祝女王生日活动——奚伟德教授在我旁边做汉语的解说……

2011 年 6 月 16 日

今天阳光照着我的窗、床，还有睡意惺忪的我，叫我的时间一再推延，不行，还是起来，有会议呢，啊，好困！茶……

我今天起来晚了，大概 10 点多，昨天晚上参加了汉诺威的宴会，喝了不少酒：安徽古井贡。回来时已经下半夜，快一点；洗了个热水澡。人就躺在床上，等着头发干了再睡觉……看会儿《冰心自叙》书以后睡着了。等起来后心好像碎了一般难受。我喝了点炖的蜂蜜茶水，人才稍微清醒些。背着背包去办公了——

2011 年 6 月 17 日

云门禅师说：日日是好日！可是，离别即在眼前，"人生奈何到处是离别……"我感念所有的日子，感念心中曾幸福的过往……真的，一直。

2011 年 6 月 17 日

我的六体书法书：已经书写、编到第 120 页了，可是我还要进行下一步工作，还有：五、六、七、八、九言等六体书法的编写任务没有完成呢。好幸福好艰辛哪——！成功啊，你就在前方?！我将一直前行！我想这两年时间，恐怕我早就能完成你的编写任务了……幸福的人哪！心里真是陶然呢！……

2011 年 6 月 18 日

两天将试卷改完，看了两本书《徐志摩传》《冰心自叙》：他们的爱心令人陶醉！细微的情感、热烈大胆、追求爱的奔流像江河一样喷泻。爱上一个人并不可怕，怕的是一发不可收拾；分手了并不可怕，怕的是一直还放不下；孤单并不可怕，怕的是一直孤单；生病并不可怕，怕的是一病不起；失业并不可怕，怕的是一直不去找工作；没钱并不可怕，怕的是一直要等人来救济；输了并不可怕，怕的是一败涂地；错了并不可怕，怕的是一错再错。其实，我佩服冰心先生的《论婚姻与家庭》的阐述：恋爱不应该只感情地注意到"才"和"貌"，而应该理智地注意到双方的"志同道合"（这"志"和"道"包括爱国、爱人民、爱劳动等），然后是"情投意合"（这"情"和"意"包括生活习惯和爱好等），一个家庭就是社会的细胞……这个家庭要对社会、国家负起一个健康细胞的责任，因为它周围还有千千万万个细胞……婚姻不是爱情的坟墓，而是更亲密的灵肉合一的爱情的开始……人生的道路，到底是平坦的少，崎岖的多。在平坦的道路上，携手同行的时候，周围有和暖的春风，头上有明净的秋月。两颗心充分地享受着宁静柔畅的"琴瑟和鸣"的音乐……在坎坷的路上，扶掖而行的时候，要坚忍地咽下各自的冤抑和痛苦，在荆棘遍地的路上，互慰互勉，相濡以沫……就请多读些冰心的书吧。她的爱心文章读了之后，使人爱心更巨！那些朴素自然的心里素求，洗练的文辞，令人仿佛遇到一位年轻貌美、而又谦逊厚重的才女、儒将！我们要更加爱她——冰心！那就去读冰心吧！爱是每一位生于世间的人的一门功课，她是爱的化身！怎么不该好好儿研究一番……

2011 年 6 月 18 日

人生为何处处是离别？……这几天都要与很多朋友分开、离别。感觉自己几乎要崩溃了。文章也不想写了。今天，又有认识的朋友、博士回国，我去送她们。她也不再来德国，为什么要这样的离开呢，我就是一个"送"字的人了，脑袋空空，语不成句，最后还是说句祝福的离别话语：祝你们一路平安！回国后再相聚。

哎！倚暖了办公室背后的软椅，软椅却冷透了我的心绪。

好困好累……德语还没有看……送朋友回国去！接到了许多"施舍"：电饭煲，吃的、用的一大堆呢，拎得我的胳膊都有些酸，但是，友谊是多么的重要，而且是和异性的交往呢，这也是我真正能够与异性和平共处、交流的延伸，以前都不敢、不知道怎么去交流，还好我有了经验，慢慢会有更多的异性朋友。人生何处不相逢……好！但愿人生多喜聚，少一些离别的伤心。

2011 年 6 月 21 日

孔子曰：友直，友谅，友多闻，我想还要加上冰心先生说的、做到交友三类：第一类是有趣的，这类朋友很渊博，很隽永，纵谈起来乐而忘倦。月夕花晨，山巅水畔，他们常常是最赏心的伴侣；第二类是有才的，这类朋友，多半才气纵横，或有奇癖，或不修边幅，尽管有许多地方，你的意见不能和他一致，而对于他精警的见解，迅疾的才具，常常是不能自已的心折。第三类是有情的，这类朋友，多半是静默冲和，温柔敦厚，在一起的时候，使人温暖，不见的时候，使人想念，尤其在疾病困苦的时光，你会渴望着他的"同在"……我得与这样的朋友交往。

2011 年 6 月 22 日

近期有点怪：我办公室里面竟然有友人趁我不在办公室，竟然堂而皇之地将我的墨汁先取走。然后又将我的毛笔取走……朋友，若要学习书法，你拿走的毛笔是我天天用的，也没有关系，但想真正练习，你得跟我一起学习，否则，你肯定会走弯路的。君子不夺人之美，我看你既然喜欢笔墨的东西，那就直接跟我说——慎独！真是邪了门了，他或她也不怕监视器探头？都将他进我办公室的情况拍摄下来了，真不怕后果……知情者，最好将东西放回原处。不然，将你揪出来那咱们谁都不好看！哈哈！

2011 年 6 月 23 日

有一天，我竟然发现自己的两只眼睛底部怎么有点蓝色的呢，真不知道怎么回事？连续熬夜，是我的生物钟完全被我自己给弄颠倒了。又发现右侧的一些头发丝变白了……哎，管他呢，头都白了才好呢，说明我没闲着。在用功夫！我把平日里的孤单、寂寞全部给了我的生活设计空间：学德语、读书、练字、编书、打球、游泳、创作、旅游和睡觉、做、吃饭、会朋友交流、喝酒、抽烟、上网、打电话以及拉撒等事情上来。也不觉得我有多少寂寞呢。不过还是会有乡愁的。

2011 年 6 月 23 日

终于自己开始调整正常的作息时间了，昨天打球累了，回家看看书以后，吃点东西就按时睡觉了，在 12 点之前睡下，早上 8—9 点起身……记得半夜有些热，说了一句胡话："完了……"是我没有熬夜的，没有与古人六体书查找、撰写呢——哎！作罢，再补！

2011 年 6 月 24 日

闲着也是闲着。在德国这个法律严明的国度，还是少些赚钱的念头吧。不然，警察就会光顾你的。所以无聊之时，干脆我自己决定带几个学生玩玩，就义务带几个学生以算是推广汉文化吧，这样也不错！

2011 年 6 月 25 日

睡了一个好觉，昨天玩得愉快！兴致所至，拍了许多照片……当时去德国的"北海"游玩，其德语写法是：Norn See。

还学唱"再见"歌：真有意思——"Auf Wiedersehen！Auf Wiedersehen！"第二天起来后，洗澡发现胳膊、肩等处火辣辣地疼——被太阳晒得红彤彤的，脸部也一样！哈哈哈……

2011 年 6 月 28 日

20 世纪二三十年代北大四大"导师"：梁启超、王国维、赵元任、陈寅恪。我才开始读赵元任，还有三位知道一点零星的文章、其人其事。哎！悲惨哪！知道太少了……要努力学习、多看书——坚信：面包会有的，一切都会有的。

2011 年 6 月 29 日

万里长征，漫漫人生……

开始放假了。该改变一下自己的学习方式：德语、六体书法编写、读文学书、锻炼和远足……"书写易，书无难。"——赵元任评王力论文。使得王力先生身受启发……后遂成语言大家！感动……默默地！

2011 年 6 月 30 日

祝福你们，党日在我心中！我不能赶回去参加党的生日……我就自己一个人庆祝吧！想想我已经进入组织 8 年多了……

2011 年 7 月 1 日

五言书法集锦到什么时间？问我，我也难说清楚，等着吧。每天工作到下半夜 3 点左右，困极了，但还有很多很多条五言呢，估计要到 7 月底，才能整理到六言……漫长的整理书写岁月——这个六体书法编写我真的投入其中……无聊的时间没有了，来奥斯纳搬到新家，一次电视都没有看……天天像陀螺……

今天是最困的一天。整个人没有精神，昨天打球打到 22：00 结束，回家又整理编写到下半夜 3：00，后背酸疼得要命。上午 11：17 起来，到办公室 1：00。还是困，听听德语就睡着了……中途还有监考。哎！想去再打乒乓球不能了，太累，回家睡觉。

2011 年 7 月 2 日

漂泊着……周六去不来梅，照了 500 余张照片！旅行，真好！北海的海风还没有将我的皮肤晒焦，不过，我的德旅继续前行——这次不来梅之行主要游览三个方面：1. 海洋博物馆参观；2. 不来梅的花市、小商品；3. 市政厅与教堂……

2011 年 7 月 3 日

Samstagsschule Schuele Reiseorganistion，den Tag der Rueckkehr. Ich moechte mit dem Auto fhren.

背德语绕口令：

Zungenbrecher 1：Milch macht müde männer munter.

Zungenbrecher 2：Kleine kinder können keinen kaffee kochen.

2011 年 7 月 4 日

每个人的心，都像上了锁的大门，任你再粗的铁棒也撬不开。唯有关怀，才能把自己变成一把细腻的钥匙，进入别人的心中。人生，每一个人的人生都是一样的吗？可能人生的步骤是一样的，一样的上学读书写字，一样的努力工作、一样的……第一次恋爱是22岁，上大学的时候，将图书馆的三部书籍和日记：《莫里哀喜剧》（上下）、《红楼梦》和自己师范整理的厚厚一大本日记在自己的教室桌子上丢失，我中途去打个家里的电话，不幸全部被人拿走。自己当然是愤愤然，却不知所以然！

等到我去该还书的时候，幸好遇到在一位图书馆工作的年轻女孩子，她那天在四楼看借图书（算是缘分），我将四倍罚款奉上，她却只收了我书的原价，心理释然了，就请同在四楼看管借阅图书兼职打工的仝严同学说声：谢谢她！——那时，我却不知道名姓的女生。

后来，仝同学转来一封她给我的信，不知道仝严搞什么鬼？反正之后，我为了感谢这位学生似的图书馆女孩子，单独去请她看过一次电影。买了很多水果（没有罚足款的结余），反正就是这一次。她的信里有爱慕之说！现在都已经忘记人的什么样子了？不过，我想到她的长相就像"蒙娜丽莎"。

只不过眼睛不是双眼皮。第一次的初恋持续了半年多。

……

2011 年 7 月 5 日

春天不是读书天，夏日炎炎正好眠。秋有蚊虫冬有雪，收拾书本待来年。读书要及时，不能今天推明天，天天如此拖下去。白将许多的大好时光浪费掉……是吗？

"江南忆，最忆是杭州：山寺月中寻桂子，郡亭枕上看潮头，何日更重游？"

请你也来细细品味着这首诗中的意境：八月，一轮明月静静地悬于天际，身边桂花飘香。诗人在皎洁的月光下徘徊，流连于桂花丛中，时而抬头远望月中的丹桂，时而低头寻觅；看是否有桂子从月中飞坠入凡间，藏匿于桂花影中。"何日更重游"？

这是何等美丽动人的一副画卷。一个寻字，情与景合，意与境会，诗情画意，引人入胜。

2011 年 7 月 6 日

Herr Ach lacht bach einen Bruch, Rauch macht Herr Ach auch noch nach der Nacht.

Zungenbrecher: Wenn ich weiss, was du weisst, und du weisst, was ich weiss, dann weiss ich, was du weisst, und du weisst, was ich weiss.

上面是德语绕口令3：我知道你知道的，你也知道我知道的；那么我知道你知道的，你也知道我知道的……

2011 年 7 月 7 日

雨果说过，比陆地宽阔的是海洋，比海洋宽阔的是天空，比天空更加广阔的就是人们的心灵。想要与人的心灵沟通零（0）距离，前提就是要先尊重、理解他人。记住：心和心靠在一起才会温暖。

只有在知识广博的基础上，眼光才会放远，研究才能深入，外物诸善、躯体诸善和灵魂诸善。

修德、讲学、改过、向善——《诗经》

人之过也，如日月之蚀焉。过也，人皆见之；更也，人皆仰之！——子贡

2011 年 7 月 10 日

读德语……加紧赶上！

Zungenbrecher：Frau Frei fragt Frank frechte Fragen.

Zungenbrecher2：Der Sportstudent steht ständig unter Streß.

Neue Vokabeln：sauer süß bitter scharf salzig（生词：酸甜苦辣咸）

2011 年 7 月 11 日

在美国得克萨斯州的一个风雪交加的夜晚，一位名叫克雷斯的年轻人因为汽车"抛锚"被困在郊外。正当他万分焦急的时候，有一位骑马的男子正巧经过这里。见此情景，这位男子二话没说便用马帮助克雷斯把汽车拉到了小镇上。

事后，当感激不尽的克雷斯拿出不菲的美钞对他表示酬谢时，这位男子说："这不需要回报，但我要你给我一个承诺，当别人有困难的时候，你也要尽力帮助他人。"于是，在后来的日子里，克雷斯主动帮助了许许多多的人，并且每次都没有忘记转述那句同样的话给所有被他帮助的人。

许多年后的一天，克雷斯被突然暴发的洪水困在了一个孤岛上，一位勇敢的少年冒着被洪水吞噬的危险救了他。当他感谢少年的时候，少年竟

然也说出了那句克雷斯曾说过无数次的话："这不需要回报，但我要你给我一个承诺……"克雷斯的胸中顿时涌起了一股暖暖的激流："原来，我穿起的这根关于爱的链条，周转了无数的人，最后经过少年还给了我，我一生做的这些好事，全都是为我自己做的！"当您有幸看到此消息时，请转发给自己的朋友亲人。我相信有更多的人需要我们的帮助，正义会传染，邪恶也是如此，帮助现在的别人也是为了将来的自己。社会就像一缸水，清水多了，社会自然会纯洁！

不要学花儿只把春天等待，要学燕子把春天衔来。我们一起加油！——好句子！

2011 年 7 月 12 日

突然想起小时侯的一段经历，关于一个乡下姓王的木匠与一个跟他私奔出来的地主家出身的小姐的真实故事……还不知道应该起个什么名字呢？《小木匠的女朋友》？显然，不行！《小木匠和他私奔的女人》……嗯！就是这个了！

2011 年 7 月 15 日

"学习为所失去的感恩，也接纳失去的事实，不管人生的得与失，总是要让自己的生命充满了亮丽与光彩，不再为过去掉泪，努力地活出自己的生命。"——"亮丽与光彩"的日子要自己去营造！我要学会它们的阳光心态！充满阳光，多好！送给你们！

2011 年 7 月 17 日

der Körper, die Figur, die Haut, groß klein.
Welche war ich glückliche Menschen.

2011 年 7 月 17 日

大后天就是我的生日！祝福我自己在国外度过第一个生日！自己的生日，快乐永相伴！（一）宁静的夜晚，闪亮的烛光；漫听轻灵的乐曲，品点特有的 Wein（葡萄酒）；身心在古代、现在的时空间跨越——幸福的！通宵的！心暖陪伴我度过难忘的生日！（二）亘古不变的是对你盈满的祝福，在你璀璨多彩的人生之旅，在你飞来飞去的彩虹天空！祝：生日快乐！天天好心情！永远年轻！

2011 年 7 月 19 日

其实我在家的日子真忙呢，完不成的自己的东东——啊！时间哪，如流水一般，逝去的光阴哪！我要赶快去抢回它们，"惜时如金！"

Ich freue mich auf sechs Kalligraphie zugewiesenen mehr als 100 Seiten besitzen.

2011 年 7 月 21 日

昨夜间，我自己将头发理成一个小平头，还好！一切都是那么完美！

台湾作家、画家刘墉说过：爱！就注定了一生的漂泊！其实，我们这些汉办学员不也是一种对汉语推广事业的爱吗？——噢！你们在他乡还好吗？

2011 年 7 月 22 日

每次读完一本书后，就会在用心情翻翻、写写、做点摘抄什么的，然后捧在手里，掂掂分量，心里感到很享乐、很富足，在再书的扉页或底页看看有多少字，心理有大满足……

时常是这样的徜徉书海……感觉完美！心灵又一次得到解放和时日的顺延开去了……这是我打发无聊的孤独时间的最好的自我调节和心灵的慰藉了！

Ich freue mich auf sechs Kalligraphie zugewiesenen mehr als 107 Seiten besitzen.

2011 年 7 月 24 日

啊！家——国，是我前行的原动力！是我远行高飞的起点站——

一年四季三分之二在下雨/雪——地不潮湿，可是地气冷的刺骨，德国人感冒擤鼻涕声音振天，我也不弱，一个喷嚏刚打完就下课了，这就是联邦德国的气候，哈哈！

今天在自家的窗前观看大雁，真是感动：起先我只见一只大雁在天空盘旋，盘旋又盘旋再盘旋，越盘旋越高远；紧接着有两只大雁从远处山林的树木中间飞起来，也在盘旋盘旋，它们是借助风力在天空中呈顺时针方向盘旋，升起，再盘旋升起——紧接着又有五只大雁盘旋飞起来了，我对于它们的行为是注视，凝望，远观，仰视，感动我惊羡这样的动物界的壮举了，大雁先于我的头顶，紧接着盘旋到很远的东面天空中，十几分钟后，盘旋于我头顶的高高的仅有手掌大小的黑黑一团，从我眼光视线里飞向西方的天际了——转眼间，另外几只也不见了踪影——

Ich wohne in Osnabrueck. Ich will einen Platz bestellen.

2011 年 7 月 25 日

"五言"快编到头了，六言将继续行程！啊！我也该外出转转了。八月是黄金月，我要出去检验一下学习的效果。

六体书法已经到 119 页（16K），我的工夫在那灯火阑珊处！哈哈哈！

2011 年 7 月 30 日

122 页，冲出了一片新绿，我高兴得要跳起来了！哈哈！我的书《……》努力加油，还有七、八言编完了，就将大功告成。

2011 年 8 月 1 日

昨天在奥斯纳最大最好的游泳馆和游泳场地游泳，有荷兰库肯霍夫公园那样大，这是我见到最全面的室内/外最大的游泳场所，设备齐全，各国的人都有，一饱眼福——哈哈哈！美女如云！游了 4 个小时左右，主要还教会了同去的一个东北学生孙同学游泳。

2011 年 8 月 4 日

只见空灵的意象在流动，只听见无声的音乐在荡漾，在艺术家的巨大智慧前我噤声而立！

2011 年 8 月 5 日

有人说爱情跟婚姻是两码事，好像很多人在家庭与社会的压力下为了结婚而结婚。人们结婚目的都不同，有些人是因为相爱而在一起，奔向幸福的婚姻。而有些人可能是为了让自己有个地方停留而结婚，也可能是为了对以后的事业有所帮助。但是不管出于什么目的，婚后懂得经营，一样可以拥有爱情和幸福。

有些人结婚也是有目的性的，可能是为了让自己有个地方停留，也可能是为了以后的事业有所帮助，也有可能是自己能从对方身上得到什么。问一下那些甜蜜中的新婚，就会知道有时候爱情与婚姻是可以共同拥有的，所谓的婚姻是爱情的坟墓，只能说双方不懂得如何去经营爱情，相信当两个人决定结婚前，双方一定是对方有感觉的，只是婚后的日子让爱情变平淡了。这仅仅只是因为在婚姻以后，男人与女人都放下了爱情中的浪漫，投入到了工作中去。

——这些都是杨谰说的。但是不管怎样，努力吧，只要你拥有了属于自己的一片天空，你还害怕自己的这片天空下没有白云吗？一墨字成，一水蒹葭，一帘悸动，一份缠绵细碎在心间；一阕清绝，一抹心痕，一缕青丝，一场隔空离世的重逢；君似墨，伊如水，梦里梦外，共掬书香醉一回！

2011 年 8 月 6 日

外出得请假……我就跟同事和头头们请假，感谢各位……

2011 年 8 月 7 日

孤灯伴雨眠，诗书扔半边——此日心态。

2011 年 8 月 10 日

来德国有半年多几天，统计了看的书目有 20 余部，写了百余篇诗歌杂感，创作了百余幅书法作品，还在昨天晚上统计了使用过的笔有 20 只呢——不知道自己怎么用了那么多只笔，既高兴又慨叹：我还有很长时间在德呀，要看多少书，写完多少墨和纸？还有——啊！不想了，由着我去做吧！现在是每看一本书中的某一段或某一篇之后，自己就想写……一种写作的冲动！真得停停，休息休息在调整自己的学习和各种生活习惯了……

记得我曾写过"风过而竹不留声"一幅书法作品，贴放在师专办公室墙上，可是，后来换工作就没有带走，留下许多幅——也没有照片留下——哈哈哈。我是随写随放，放到哪里还不都是我写下的情感记忆吗？哈哈哈。

风来疏竹，风去而竹不留声；鹤渡寒潭，鹤过而潭不留影；事来心始现，事去心随空，佛曰：随缘即是福。

一个人生就两只脚，天天不知道要走多少路？有无重合，有无交错，有无独僻停留，有无远行开拓了多少前人走，抑或没走的道路——

路，有大有小，有直有拐弯抹角，曲曲直直不尽数，啊！每一个人的路，人生路自有每个人自己去走的，坎坷平坦自知了，我感叹这我走过的人生路了——人，看来也不过匆匆间一辈子而已，等老去时，回头瞧瞧，噢，谁说简单呢，还很复杂的呢，人生路，人生要走什么路？走多少路呢？啊，我呀我，你想过了吗？

心似白云常自在，意如流水任西东。

2011 年 8 月 11 日

要想提高自己，除了好多好书的帮助之外，微博上面的名家名篇小段也是我们心驰神往的……无聊时的慰藉，闲暇时的开胸怀，增阅历……祝你快乐无拘碍！

2011 年 8 月 12 日

不害无辜人，不求无缘人，不贪生前利，不记死后名——《广府太极拳》岩洞书

2011 年 8 月 13 日

昨天我考一位学生……试问："同意"一词的前面应该用什么词来修饰呢？结果回答者令我有些失望。

2011 年 8 月 15 日

在船上与一位与我同一天过生日的王祥林（60 岁整），就是在去芬兰的轮船上，我们一起度过自己的生日，而且还是一个房间，真好！我又认识了一位年长的朋友，谈得很是投机——

北欧游完，有一个遗憾：碰到一个十二万分蹩脚的导游某君，全车人为有这样的导游而汗颜，不知道凯撒怎么这样菜——聘用这样的导游。还好，我带着二十几个游客去现场观看，有 N 处景观！这样的事情实在是不能再在游客身上发生了——凯撒公司：你们要有好声誉，必须对导游有高标准。否则，会有游客们抗议那一天……

2011 年 8 月 24 日

爱的发声练习：1. 汉语：我爱你；2. 英语：爱老虎油；3. 法语：也带嘛；4. 德语：衣西里拔弟兮；5. 荷兰：阿荣吼范丸；6. 日语：阿姨兮带路；7. 韩语：撒朗嗨哟；8. 俄罗斯：鸭鸡不鸭留不留；9. 西班牙语：得阿摸；10. 意大利语：提阿么；11. 希腊语：萨哈泼；12. 阿拉伯语：无黑不可。

2011 年 8 月 26 日

若给我一次放纵的机会，那我就带着家人（爱人），畅游世界各国风景名胜古迹。

2011 年 8 月 27 日

假若给我一双翅膀，我想看世界各处风光！想回家看我的母亲——老娘！

2011 年 8 月 28 日

《临书抒怀》（口占一首）

四十岁来临汉简，指锋划纸一刹间。壮志抒怀当拿云，常摩古体入笔端！

2011 年 8 月 30 日

梦里依稀回故乡，楼台亭阁不堪忘，游子西来八月亮，窗依旧，帘合上；月夜星光映心房，睁大眼睛在异邦，念妻小，床榻少儿郎！少儿郎，又思乡，年底我就飞家乡——

2011 年 8 月 30 日

"水满平田无处无，一张雪纸眼中铺，新秧乱插成井字，却道山农不解书。"——杨万里《暮行田间》：表达一种爱国爱家的博大胸襟！我们这些海外的游子，应该时时刻刻感念家乡父老的……

昨日又送一位学生回国，我们算是朋友了，唉，这几日心里想家了，又恰恰这位学生回国去，不回来了，想想他在奥斯纳与我交往的日子，我心里真得又泛起思家的情绪……

2011 年 8 月 31 日

《信口一占》

惜红愁秋奈情何？十分深送一生歌，把酒窗前映明月，无情风雨等闲多。

2011 年 9 月 1 日

已经开始进入七言编写，316 页。要到九言截止。关键还要进行考证字词的出处……时间真不等人……困并快乐着！

2011 年 9 月 3 日

我的三盆花，在我去北欧四国游览时，放在大树底下，浇足了水，四围用德国特有的草木覆盖着……回来了，花还在，又过去一周了，在我的窗台外，又开花了，新的一茬子呢！啊！我又想到原工作的办公室里的那

欧游散记　>>>　277

些花，不知道怎么样？……

周四晚6：00，Doc. Sievert教授请我在一个用小篆文体写的："莲"什么两个字酒家？忘记了。吃酒交流：有十人，与我同时到的还有陈新毅老师：56岁。还有教授的助手，博士生、研究生……很愉快的一个夜晚，我吃了一个很大的对虾……在酒店里：马来西亚人开的，我竟然看见了南方的"铁树"开花。很高兴！

这棵"铁树"开花：长得跟原学校我的办公室里的那两盆南方植物是一样的。那天，我看见"铁树"开花，噢！这是怎样的一种礼遇呀！花开在高处，满厅里飘香……招来了许多蜂蝇……我坐在靠窗户的宴桌中间，侧身就会看见窗户外的Dom和来往驻足的游人，美不胜收！真是一个惬意的傍晚。

在宴会的现场和之后，Doc. Sievert说：将在9月12日去中国安徽、南京、武汉和上海讲学：他是"博导"，是很多国内重点大学的客座教授，哥廷根特聘的经济学教授……他将在月底回来，答应给我带"一得阁"墨汁一瓶。我们还有其他的约定。其实，到八九点，天还是亮亮的。我们下楼去，在教堂附近留影纪念！

宴会上，我知道了这样一位谈锋风趣幽默，在"古稀"之年的经济学家、博导、公司的总经理。竟然多次说：他不吃鱼！真是酒宴不上鱼的，顶多上一盘干煸"墨鱼"片：大乌贼！他是不吃的。跟我说过，到连云港时，是不吃鱼的，"我得记住！"

2011年9月4日

本月十二日是中国传统的中秋佳节，可是，我在国外，怎么过？一人过……

"举杯邀明月，天涯共此时！"提前祝国内国外同学/友人/亲人：中秋快乐！勿忘我！

好山多半被云遮，天涯何处不家乡！

2011年9月5日

小人无大志，蜗角也乾坤！

这一周天天都是凌晨5—6点睡觉，中午起来吃点东西就去办公室上班看书——

2011年9月6日

教师节到了：祝老师们（各位同事），节日快乐！

吟一曲明月几时有？唱一首古词将进酒，换一个国度过中秋，没有忧没有愁，有一种思乡在心头！遥祝远方的亲人/朋友/同事/学生们：中秋快乐！月圆人团圆，家圆万事圆！

2011 年 9 月 9 日

运动使我身材伟岸呐！哈哈哈，爱运动，倾诉我心中烦忧，快乐，潇洒又西游，周三游泳，周四篮球，周五篮球/羽毛球/乒乓球，真是一大快乐的业余爱好！

2011 年 9 月 10 日

白云明月洒清寒，独自推车仰望天。飒飒秋风扫四野，耳畔音乐抵寂伴。笔落千钧印纸痕，也无声息也无眠。——床榻睁眼时，头脑泛出今日情景，迷迷糊糊记下心中所感……

2011 年 9 月 16 日

十月看马赛，在奥斯纳市，被邀请观看了三天的欧洲马术比赛。在休息时，吃着嘉宾面包、牛羊肉，喝着红酒或者正宗德国当地产的特质小罐装的啤酒……都很过瘾！

2011 年 9 月 17 日

家是几万里遥遥，想找一种寄托也大不可能，于是，看书、编书、锻炼就自然排上了日程……昏黄的灯光，半裸着上身，坐在床边，打开书，开始消受这样的时空间了慢慢地让心绪平静、平静。

定了教学 CD 盘和教师用书，结果上课用的 CD 第二册是正确的，可是参考用书却出现掉包现象，这真是滑稽！德国人也有失误的时候，明天中午再去书店……

2011 年 9 月 20 日

读莫言的打油诗微博是不住的唱和！打油诗写的质朴、有意思……

2011 年 9 月 28 日

静观其变，心处泰然！——想念家人！

2011 年 10 月 6 日

平静的日子，平静地看人情世态，接受今晚的教授邀请与他家人晚宴！明天到奥斯纳接受教授的第六次邀请：观看阿拉伯国家的音乐演出活动！

与教授有 7 次面谈了，他说：我与他已经是老朋友了，昨晚上一起看演出时，他转头跟我说，还隔个位子握了一次手！哈哈哈！不错的！中德友谊长青！

2011 年 10 月 8 日

平静的生活，淡淡的思绪：重复过去的记忆……

2011 年 10 月 9 日

小时候最喜欢吃糖：姜糖、小白兔糖、牛奶巧克力糖，喜欢去乡下小河里掏螃蟹，喜欢吃棉花糖……还有捉知了，油炸知了、吃烤小鱼干……

这是好的思想语言：你的时间有限，所以不要为别人而活。不要被教条所限，不要活在别人的观念里。不要让别人的意见左右自己内心的声音。最重要的是勇敢地去追随自己的心灵和直觉，只有自己的心灵和直觉才知道你自己的真实想法，其他一切都是次要。——乔布斯

2011 年 10 月 10 日

《秋日即景抒怀三首》

……

《（三）一日三刻即景》：树梢黄叶花飞舞，雨后清寒未放逐。北雁南飞形单孤，秋愁酒红空自度。寂寞起身冲清楚，读书原来耐晨雾。六书心平闲暇梦，月明正在柳梢处。

2011 年 10 月 11 日

读书原来耐晨雾，月明正在柳梢处。真想家！

"月空当头照空心，来去本是无牵绊，可怜怀柔藏大志！不曾拿出献别尘。"——彦波抒怀！

2011 年 10 月 12 日

放肆的心理举动：出书不花钱，会 15 门外国语言！哈哈哈……

2011 年 10 月 13 日

听张帝唱《毛毛歌》：真有意思！真笑死了！

2011 年 10 月 13 日

落叶衰草，大雁秋风。我在修我的平常心：心路历程。"大道非道，非常道"！

2011 年 10 月 14 日

《心绪如月》：明月清辉如泻，她穿窗而来。我打开一扇窗，顿觉身上清寒之气……观眼中月，高悬如盘，清旷而寂寥。关窗静坐，写一页书，抽一段烟，发一阵生活的想象：工作是否开心，是否用心工作，饭菜是否合胃？突然间，想到那次跟教授 Sievert 博士吃意大利餐食的情景来，他跟我说吃饭时的礼貌用语来了。就是你要对你附近的每个餐友说声：Guten Appetit！哈哈哈！我是当时跟另外的三位说了这句：Guten Appetit！

蛮不错的晚宴！

我发现了跟外国人吃饭、运动、买东西、旅游等什么的，都可以增长你的学习德语的机会……

2011 年 10 月 17 日

理论来源生活又脱离、远离生活，实践忠于生活又为理论打下了坚硬的基石。

2011 年 10 月 20 日

对于我喜欢的，我仍然坚持着；喜欢我的请让我改变——重点我喜欢的是唯一……

悼念小悦悦……啊！风来疏竹，风去而竹不留声；鹤渡寒潭，鹤过而潭不留影；事来心始现，事去心随空，佛曰：随缘即是福。

2011 年 10 月 22 日

睡觉时，在作一首词，想起来用笔记录，可是太懒，没起来，结果忘记了那首新词……灵感就是记得有一首词给我忘记在梦中了……可惜呀！

2011 年 10 月 23 日

落叶衰草，大雁秋风。我在修我的平常心！

我的花儿，已经开过三茬了，现在依然还在开放！呵呵呵！

"富有情趣遮往返，汉语对外二十年"……

《记忆的风铃·成长的脚步》：前者起得厚重一些，记忆中的加速度，依然有大的心灵跳动。后者显现了历史，烦恼、快乐与共！那些岁月留痕，成长自然不容易呢。正如作文、作诗、作书、作画一般……

今天，抽了好多烟！

2011 年 10 月 26 日

今天又听到 15：00 教堂的钟声：先是沙哑地敲三下，紧接着音质、乐音响亮地敲三下，天天如此，很有规律！准备再多听听半点时间段和其他的正点时刻的钟声……呵呵！这也是我的观测点呢，不过今天有一种待时间长的疲劳感……哈哈！昨天突破 490 页，今天下午抄写东西！花了一个多小时！还得打到电脑上。

2011 年 10 月 27 日

昨天有一位奥斯纳的数学博士，竟然对我说的两句话感到诧异，说不对。说这是北方人不说的话。今天，讲出来全当笑儿：他们不让我去北京。他们不给我去北京。此两句就是词语：不让和不给的说法。我却感到没有错误。应该都可以说，只不过是使动者与受动者，是语气和程度上的不同而已。请教方家！

《十月三十日德国奥斯纳布吕克写景抒怀》

满眼黄花入梦萦，心怀家国汗漫身。晨起身站二楼台，眼前秋色实堪摘。教堂钟摆已告知，十月之末减时一①。执教西来万里遥，黄叶飘萧更无数。

注①：十月末的一周为德国冬季时开始，时令要提前 1 小时，即时钟拨快 1 小时。

2011 年 10 月 30 日

刘心武的《栖凤楼》终于看完。厚厚的一部书，有点儿像自传的北京经历……我也写了一篇这样的小文章。等待上传！

2011 年 11 月 2 日

奥斯纳大学体育中心是一个设施非常齐全、服务很方便的业余训练集中地，有足球场，运动馆：篮球、排球、乒乓球，武术，还有游泳馆、授课教室等，一应齐备。运动过后的冲澡地方，男女分开，真是一个好去处。我与运动馆的管理人员很熟悉了……

2011 年 11 月 4 日

每周一次游泳来放松心灵，心情还是不错的！就是人多。男女的橱柜各30个，但运动中心的游泳池实在是有些小了……上周去游泳，仅游了二十分钟就出来了。人真多！我有好几次从水底下游过，在我的上面水上是并排的五位游者，呵呵呵！赶快上来，也尽兴了……哈哈哈，眼睛有一些红丝呢。

2011 年 11 月 5 日

秋时已过，初冬而至。窗外寒风阵阵，室内温暖如春——这就是德国。

今天，我专门想听一下两点钟的教堂钟声，可是，没有听到。遗憾！明天再听。

2011 年 11 月 12 日

今天上课很高兴。乐庚先生早早来到教室，向我问好！我们彼此问好！两个小时课，从 6：02 上到 8：05，他们竟然觉得意犹未尽。我问：Müde？很快乐地说下课了：Good-bye！Gute Nacht！之后，在办公室里静坐，心里很想家！开初，将李白的《静夜思》写在黑板上，也读过，吃东西急了，咬破了手指，心绪不好，睡觉……

2011 年 11 月 17 日

为回家机票而烦恼……回不去了……三天没有写一篇文章或诗歌！恼人的冬风……

2011 年 11 月 18 日

收拾周末心情，想家了……

2011 年 11 月 20 日

我看见圣诞树已经在街面两边全部种上了，主干中间好像是用铁管垂直地面，让圣诞树立直。手试一试，还是真的圣诞树嘞！噢！德国，圣诞到来一个月前，他就开始有了节日的氛围……迎面的风刺骨。手套在骑车后留了个洞，嗯，好冷的天！

2011 年 11 月 22 日

迟归！好长时间不写作了。近日晚间写了一篇豆腐块的文章。天阴，要下雪了！小雨淋湿了我的脸……

2011 年 11 月 25 日

近日，小雨，天空暗淡无光，真正的冬季，也不知道国内是个什么日子，得查查，是不是要到小年了……晚上，教授请客！

2011 年 11 月 27 日

又冷又困！在办公室睡着了……哈哈哈！冻死了，脚。办公室里今天一点暖气都没有……无奈！明天穿厚点……运动去！

2011 年 11 月 28 日

第一场冰雹夹杂雨雪的奥斯纳街头，人影稀少。来来往往的车辆在街面上飞驰。地面上只听得刷刷的声音，我知道：这是车子在有雨雪的街面上驰过的声音。终于见到了寒冷，我骑车子飞奔，冒着雨雪，在雨地里斜斜地支撑着，刺骨的风不停在耳边刮过。哈哈！面部确实有大冷的僵硬。还好，到办公室了。

2011 年 12 月 6 日

今天开始收集、兑换一分、贰分、五分、一欧、两欧的硬币。成套的收好。以便归家送给小孩子们……呵呵！这也是一份精心设计的小礼物，噢！

2011 年 12 月 10 日

读罗珠著的《大水》一书，共 44.9 万字。我在今早 5：00 看完了。该书主要讲述了发生在黄河岸边的故事，是一部反映清朝治理黄河的历史小说：铁牛洼-铁牛庄-铁牛镇-铁牛县、市的人情风貌，围绕炎、夏、黄等家族的故事。看得结果感觉情节不十分复杂，但很多情景是悲歌……作者文笔细腻如诗。也喜欢他的诗歌：大气豪迈！

罗珠的诗歌第 27 首《天仙子》："人可同醉不同醒，舟可同行不同停。寂蝉自语几时痴？一盏灯，一只影，一个酒杯空对空。饮酒赋诗爱兰亭，戈钓山溪影对影。红玉抱琴诉衷情，卧沙听，又酩酊，狂呼蒲翁献菊茗。"我被感动着！

2011 年 12 月 11 日

从家里带的棉袜子到昨天全部都穿过了，又一次一双袜子出现破洞。目前，已经扔了三双。到德国超市里买了三双，有一双待扔。哈哈哈！

从国内带来的各种笔：红、蓝和黑色，有 10 余只。可是，到昨天为止，我在书橱上数了一下：乖乖，不得了，有 30 余只是空空的，只是剩下外壳子和空心的笔芯。我竟然用去 30 多只不同颜色的笔！我也很高兴，激动！为自己！因为，这一年我是真正地努力在书写东西呀。呵呵！

2011 年 12 月 13 日

年终整理工作实在是一件既有意义有颇费工夫的事情。我是每学期都要进行总结的。给自己一个清理空间和在过去一年里的发生的事情一个交代吧。我很感动。这么多年自己都在这样的做！有人说：勿以善小而不为，勿以恶小而为之。我坚信它是真理！哈哈哈，见笑大方了。

谁言诗人甘寂寞，万里西行眼界宽。欣赏演奏，是否应该有这样的心境：弹虽在指声在意，听不以耳而以心。——欧阳修句。

2011 年 12 月 15 日

《12 月 16 日午后，在奥斯纳雪中即景》

鹅毛雪团紧紧下／窗外车蓬层层白／棉絮洒落墨鹊舞／窗台伸臂接雪花

2011 年 12 月 16 日

圣诞节快到了，学生鸥雅和乐庚送给我一瓶德国包装的红酒和吃的果品，以及一个奥斯纳布吕克的瓷杯子，很精致！上课结束时，他们送的，我很高兴！红色白色间开包装！很别致！让我很感动！

2011 年 12 月 22 日

这个学期快结束了！得开始出试卷了！啊！试卷……又要忙了！还有总结。

2011 年 12 月 22 日

今天姚泓来，带了一个秤。于是我就 gewichte waage。毛重，160 斤。哈哈哈！我还是比国内轻了许多斤。确实是瘦了。看我在汉办主办期刊《世汉教学学会通讯》上的教学照片就可见一斑了！不过，这是我锻炼的结果。放假了，这里过圣诞节了，要放三天假。我又可以出门游玩一番了。

2011 年 12 月 23 日

个人总结了 14 条款。可就是还没有到学期结束，得等我将学生试卷出出来，再打印好，发一份备案，再将试卷批改出来，打好成绩，填好后，连同试卷样卷一并上交学校去，才可以将学期总结完成好……我还要耐心等待！

2012 年 1 月 3 日

今天最后一场监考结束。

出试卷也要有针对性。这是严肃不能再严肃的事情了。如果出了似是而非的，模棱两可的题目。这应该坚决避免。可是今天我见到了一份试卷，监考的时候，学生产生了模棱两可之提问，我看过了，完全是某教师的误导或是故意的设置。但愿这样的事情不要重复出现……

2012 年 1 月 6 日

下个月准备欧游列国去了。好开心！

2012 年 1 月 16 日

《箫月信手作诗一首赋新年》

寒烟夜语星满天，暖风暖身窗半掩。夜半思乡整年日，龙年读书浸心甜。

2012 年 1 月 18 日

国内大中院校是否涨工资了？还有工资是否调整过了，也没有人告知我。到底是补了，还是没有补？

2012 年 1 月 31 日

目前最遗憾的是初中上师范时，没有选英语专业，也没有下功夫学好外语……

2012 年 2 月 28 日

奥斯纳布吕克的雨水天气真是多，天天下雨。天阴沉沉的。无聊，想家……

2012 年 2 月 29 日

感触：其实，在初中毕业考学时，外语曾经得过满分，是全年级第一名。还被推荐参加英语比赛。考上师范时，就想进外语专业班级，学习外语，可是那时师范只对市区的学生批准入外语班，各县只能上普师班。还好，三年努力，自学两年高中外语，等到毕业时，面试、笔试过关，被学校保送入读徐师院中文本科。

2012 年 3 月 5 日

又到了国内"烟花三月下扬州"的时节，想念家乡的山山水水，人事物貌。相比而言，现在的德国，很多路的两侧，花园附近…正是"迎春腊梅"次第开放了。我们就相约"迎春三月游东欧"去了……

2012 年 3 月 8 日

今天早上起来后突然想起一个话题《老和少》。在书桌前写了几页纸。等待上传。书：《沈从文传》约 47 万字即将读完。觉得此书作写得有些细碎……

白色情人节将来到，我准备了一首奔放着青春火红的谣歌。记得刀郎有一首歌唱道："爱是什么？就是你和我……"爱是什么？我说："爱是用窗棂包裹的纸，是仙界三昧真火，常使少不经事的你和我，长途跋涉……"哈哈！

2012 年 3 月 9 日

我看见了家门口路上的一些不知名的树，开始吐出新绿的嫩芽，我看见奥斯纳的环保工人在拿着塑料桶和长夹子在四处收集垃圾废弃物……我看见了奥斯纳的苗圃里，已经种上了又一批不知名的花儿。我听到了各种鸟儿的赛歌会，似乎在迎接新春的到来……

2012 年 3 月 10 日

地上面已经有许多类似荷兰郁金香似的小花开放了，在每一处的草丛里。近期，由于看书的原因，经常眼睛干涩难受，索性就走出门去办公室，沿途一路风景，主要是能看到大片大片的绿草、绿的装饰，让它们来滋润我的眼……

2012 年 3 月 12 日

我现在的心情就像当年贾谊的两句诗："庚子日斜兮鹏鸟集余舍，止于坐隅兮貌甚闲暇"所反映的那样愀然不乐……

2012 年 3 月 14 日

东欧五国游览得很累……到现在身心还在晃动……火车、汽车……呵呵。围绕德国而进行的东、南、西、北欧洲 20 个国家游览算是告一段落了……感觉北欧不错，整个给人感觉还是德国最好！空气一年四季没有热过。奥斯纳更是少见的阳光。有三分之二是雨天……

想家的心情很浓……深深地！

2012 年 3 月 22 日

古代父母对孩子"七不责"精髓（转抄）1. 对众不责：在大庭广众之下，不要责备孩子，要在众人面前给孩子以尊严。2. 愧悔不责：如果孩子已经为自己的过失感到惭愧后悔了，大人就不要责备孩子了。3. 暮夜不责：晚上睡觉前不要责备孩子。此时责备他，孩子带着沮丧失落的情绪上床，要么夜不成寐，要么噩梦连连。4. 饮食不责：正吃饭的时候不要责备孩子。这个时候责备孩子，很容易导致孩子脾胃虚弱。5. 欢庆不责：孩子特别高兴的时候不要责备他。人高兴时，经脉处于畅通的状态，如果孩子忽然被责备，经脉就会立马憋住，对孩子的身体伤害很大。6. 悲忧不责：孩子哭的时候不要责备他。7. 疾病不责：孩子生病的时候不要责备他。生病是人体最脆弱的时候，孩子更需要父母的关爱和温暖，这比任何药物都有疗效。

2012 年 3 月 23 日

不做"居里"先生。室外阳光灿烂，出门啦……

2012 年 3 月 26 日

做人凡事要静；静静地来，静静地去，静静地努力，静静地收获，切忌喧哗……

流水之声可以养耳；青禾绿草可以养目，观书译理可以养心，弹琴学字可以养脑。

2012 年 4 月 1 日

《家训八条》警醒语

1. 人之一生，如负重远行，不可急于求成；2. 已受约束为常事，则不会心生不满；3. 常思贫困，方无贪婪之念；4. 忍耐乃长久无事之基石；5. 愤怒是敌；6. 只知胜而不知败，必害其身；7. 常思己过，莫论人非；8. 不及尚能补，过之则无救。

2012 年 5 月 21 日

摘引鲍河扬《走进思想的竹林》：高空的云雀第一声叫出的黎明霞光，唤醒我繁华的梦。常春藤纺织的桂冠，散发出紫色清香，竹林碧叶萧萧是我心目中的掌声……

2012 年 5 月 30 日

备注：这是我从 2010 年 6 月接到汉办转给我的德国教学交流邀请函到 2012 年 5 月 31 我回国期间的日记记录，摘引自我的 QQ 空间。

随心所想日记七章

（一）

信马由疆赴联邦，
异国风景驻心房！
读书四方吐鱼白，
彦波心中念儿郎。
鸟鸣树冠心发惶，
赶紧卧床补辰光。

（二）

　　来到德国联邦已经有5个多月了。教学上，回忆带过的学生是从汉诺威的一个 Dawie（达威）、一个 Fuläk（弗莱克）到有两个小班级的学生四个、五个到十几个不等。我给他们分别起了中文的名字，并作了解释。他们很乐意接受！虽然现在我的德文水平还很肤浅，我以前也未接触过它，直到现在我知道了一点（学会了点皮毛工夫：银行转账、在德超市里买东西，也会冒几句简单的短的德语句子，还有绕口令什么的也猛练习一番）。我在 Hannover（汉诺威）学习了一个半月的德语初级课程。现在还好，自己借助一些工具书备课、能批阅学生翻译成为德语的句子的考题试卷了。一切正常开展：上课、备课等。当然，我有了自己的教学思路和观点，学生还是比较喜欢我的课的。

　　对于课堂上的语言来说，如果仅仅用德语来教学应该不叫汉语课堂。或者说用三分之一/三分之二汉语言来教授汉语，也是不能算作汉语学习的真正课堂。这仅为我个人的教学观。

（三）

这期间，我开始了诗歌、散文、杂感等文体的创作。这可是自己的业余爱好，有时半夜里的工夫。诗歌从汉诺威到 Osnabrueck（奥斯纳布吕克市）共写了近 40 件，散文、杂感有 80 余篇，书法作品整理、书写成品的有 100 余幅，这些情况一直还在延续着呢——瞧这些，我应该很富有吧！

（四）

近期除了创作以外，还在编写一本实用古今六体书法集。起名为"与古人对床夜语——也论六体书法与落款研究"，这里面有创作的书法作品 200 多幅等。当然，这个工程太浩大了：我是从一言、二言、三言、四言、五言、六言、七言多言的对联、古诗句章整理、查找和写落款的著作。目前坐在了五言上面打转转，真费时费力。这些都是我每天晚上 10 点多回家以后，吃点喝点了休息一会儿之后，才开始工作，直到下半夜 3—4 点的结果。对于我来说，乐此不疲！

总结一点自我感受：白天看现代文、现代小说之类书什么的，晚上阅读古书，那是一个词两个字"带劲！" 12 点以前是精力十足，12 点以后更是如此。这就像学习书法。练钢笔字一样的比方：学习书法应该从大字临写，从古帖开始，8 公分的大字练习，以便于纠正，当然小楷是工夫活。软笔书法练好了，硬笔书法迎刃而解，一定也是很不错的。也就像学习古文。古文学的好，扎实。那么，对于现代文，那就迎刃而解了。这些个，是一样的道理。

（五）

我的日记部分上传了，还有一本在汉诺威写的日记，那里面每天都有记载，很杂的记录。都是关于我的日常工作、学习、生活和随感的记录。有待于我做进一步整理、上传工作。哎，这不知道要到什么年月了。想起来再说吧，都是受那位老太太的影响才没有上传的结果……现在不说也罢。

另外，近期在规划：等我回国以后，我能带给我的学生开设哪几门课程？能作几次公开讲座？还能带给我自己的，有哪几本专著要出版？能带给学校的，是否有项目联合，等等。

（六）

每天在办公室办公，有来来往往的学生看我练字。今天是周末（6 月 8 日）下午，Frau Toutfest 女士开我办公门，进来了（她的工作地点在 Fah-Os-nabrueck），她没想到我会在办公室。她手里拿着相机，一脸吃惊之状。看见我，就对我说：要把墙上我才写的书法作品拍照，我不知道她要做什么用途？

我就随口说，"你拍吧！"

我还跟她说：我还整理了一部分书法作品，JPG 格式的，等压缩后发给你好了。她于是拍了一些照片，临走时，给我带了一个 2011 的新挂历。这是我上上周请她、问她索要的。于是，她今天带给我了，心里很高兴！借此机会，我又说：我要在 Osnabrueck 开个书法展览，等回国了，到家乡连云港市也开几次这样的书法展览，慢慢地开始辐射自己的书法教学、教育技艺，是否可以帮助我呢，她听了很高兴，说愿意帮助我。

瞧，我的设想蛮美好的吧。这些都得一步步地规划、慢慢地去完成呢。现在，我就跟德国人学习，学习他们的生活节奏：不紧不慢。做什么事情心理先有谱，干一样成一样。觉得蛮好的。

还有，我的论文有几篇的主题定下来了，但是还没有大动笔，有的仅是开个头，有的在搜集材料。

（七）

当然，来到德国，我的梦想还要能游遍欧洲。主要能对德国进行全方位的渗透、了解，写些东西，传给我熟知的师友同行和学生们——

归雁堂主人 彦波手记

2011 年 6 月 8 日星期三

后　记

在那些风风雨雨的日子里，你可曾听到所有苏醒的思念，催促着每一颗孤独的心灵，去追寻他曾失去的唯一。

仿佛我们已经隔离，犹如远古的距离。其实，每一阵风过，你都好像仍然与我在一起，当每一阵晚风再一次吹来的时候，都如同带着你我的气息……

追忆已成为一种浪漫。一次又一次的分离，一次又一次的相聚，催开鲜花的总是重逢的泪滴，遮住明月的总是别离的消息。

遭遇，相识、相读、相知，相思。

……

所有的开端都是这样的。所有的结局呢？

多么希望每一个美好的开端都有一个美丽的结局。

多么希望每一个简单、质朴，流萤的夜光，很蓝、很深，又很长很长，仿佛永远走不到边缘一样的呢。就这样的，漫不经心地走下去，走下去，当所有的情节——走完了，那便是结局，也是我这样的一段感悟人生的结语。

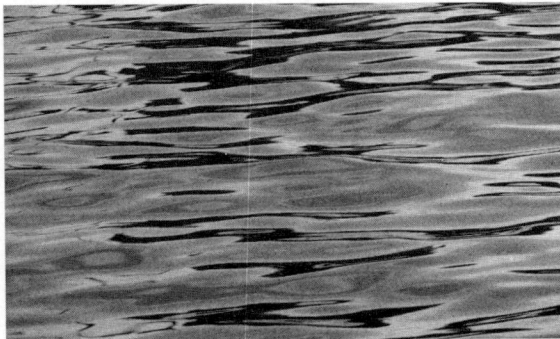

水面摄影

总在想：为什么凡事都得有一个结局不可呢？

古往今来，多少凄楚动人的故事之所以流芳百世，正是因为它们永远没有什么结局。就像这水纹一样。或者，那便是最完美的结局了。

彦波于 2020 年 1 月 29 日家中
2021 年 7 月 11 日家中修改